히말라야가
내린 손

히말라야가 내민 손

초판 1쇄 인쇄 2010년 08월 20일
초판 1쇄 발행 2010년 08월 25일

지은이 | 박제현
펴낸이 | 손형국
펴낸곳 | (주)에세이퍼블리싱
출판등록 | 2004. 12. 1(제315-2008-022호)
주소 | 서울특별시 강서구 방화3동 316-3 한국계량계측회관 102호
홈페이지 | www.book.co.kr
전화번호 | (02)3159-9638~40
팩스 | (02)3159-9637

ISBN 978-89-6023-411-6 03810

길이 2,400km. 세계의 지붕이라 일컬어지는 '히말라야'는
개 산스크리트(梵語)의 눈[雪]을 뜻하는 히마(hima)와 거처를 뜻하는 알라야(alaya)의 복합어이다.

15일 만에 완주하는
에베레스트 트래킹

| 에세이 작가총서 306 |　글 · 사진　박제현

히말라야가 내민 손

ESSAY
에세이

들머리

살다보면 문득 자신의 정체성에 대해 깊게 생각해 볼 때가 있습니다. 산속에서 산을 볼 수 없듯이 일상 속에서 내 모습을 찾아내기란 정말 쉽지 않은 일입니다. 생각 같아서는 일상을 훌훌 털고 어디론가 훌쩍 떠나가고 싶지만 늘 꿈만 꿀 뿐 현실은 그렇게 녹록치 않은 것 같습니다.

언제부턴가 버릇처럼 이런 꿈을 꾸었습니다.

내 인생에 있어서 어느 날 1년 동안의 휴가가 주어진다면 난 무엇을 할까? 아니 단 한 달이라도…. 그러나 꿈은 꿈일 뿐 바쁜 일상 속에서 시간을 만들기란 쉽지 않은 일입니다.

그런데 이런 꿈도 버릇처럼 꾸다 보면 현실이 될 수 있나 봅니다.

2009년 가을 22년째 몸담고 있던 부산일보에서 뜻밖에 1개월의 유급휴직을 얻게 되었습니다. 한 달간의 휴가… 내가 할 일은 이미 정해져 있었습니다.

아주 오래전부터 정해 놓은 목적지.

'에 베 레 스 트'

드디어 늘 그려왔던 초월적인 세계로 여행을 떠났습니다. 16박 17일 동안의 에베레스트트레킹을 하면서 쿰부히말라야가 지니고 있는 풍광과 사람과 풍속에 푹 빠져들었습니다. 그리고 돌아온 후 시간이 날 때마다 트레킹 동안의 일들을 하나씩 적어보다 한권의 기록을 만들기로 결정했습니다.

어쩌면 일반인에게 막연하게만 생각되어지는 히말라야, 그래서 아예 갈 엄두도 내 보지 못한다는 것이 안타까웠습니다. 마치 '히말라야 = 일반인 출입금지'라는 공식이라도 존재하는 것처럼 말입니다. 히말라야에는 다양한 코스가 있어 일반인이 즐길 수 있는 곳도 많이 있습니다. 물론 이 책은 그중

난이도가 비교적 높은 에베레스트를 중심으로 쓰이긴 했지만, 이 글이 부디 격문이 되어 많은 사람들이 에베레스트를 비롯한 히말라야 트레킹 코스를 즐길 수 있었으면 하는 마음입니다.

지면을 빌어 우선 갑작스레 에베레스트로 떠난 남편에게 격려와 힘을 실어준 사랑하는 아내와 17일 동안 아버지의 빈자리를 잘 지켜준 든든한 아들 한새와 한길에게도 고마움을 표하고 싶습니다. 특히 갖은 어려움을 이겨내고 산행을 끝까지 함께했던 존경하는 이웃 하상진 센텀시티산악회장님과 부인 박진순님, 박재욱님에게도 감사드립니다.

에베레스트 트레킹은 분명 만만한 코스는 아닙니다. 하지만 누구나 잘 준비하고 떠난다면 범접키 어려운 코스만도 아닙니다. 뜻이 있으면 도전하십시오.
함께한 박재욱님이 마지막 날 트레킹을 마치고 한 말입니다.
"에베레스트 트레킹! 젊다면 더 늙기 전에 도전하라! 젊지 않다면 죽기 전에 도전하라! 꼭 한번은!"

오늘도 서재에 앉아 장산을 바라봅니다.
장산은 보면 볼수록 고깔 모양의 에베레스트봉과 너무 흡사하게 닮았다는 사실이 재미있습니다. 물론 빙식암봉인 에베레스트에 비하면 너무나 작고 두루뭉술하지만, 에베레스트 트레킹이 머릿속에서 지워지지 않는 것은 창가에 항상 장산이 있기 때문인가 봅니다.

해운대 서재에서 장산을 바라보며
박제현

목차

쿰부히말라야 트레킹 지도

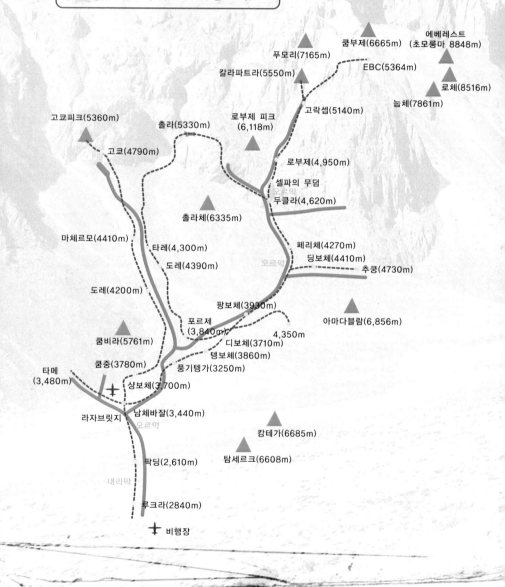

쿰부제(6665m)
에베레스트
(초모룽마 8848m)

푸모리(7165m)
EBC(5364m)

칼라파트라(5550m)
로체(8516m)

고락셉(5140m)
눕체(7861m)

고쿄피크(5360m)
촐라(5330m)
로부제 피크
(6,118m)

고쿄(4790m)

로부제(4,950m)

셰르파의 무덤
두클라(4,620m)
오르막

촐라체(6335m)

마체르모(4410m)
페리체(4270m)

타레(4,300m)
딩보체(4410m)

도레(4390m)
추쿵(4730m)
오르막

도레(4200m)

팡보체(3930m)

포르제
(3,840m)
아마다블람(6,856m)

쿰비라(5761m)
4,350m

디보체(3710m)

쿰중(3780m)
텡보체(3860m)

타메
(3,480m)
풍기텡가(3250m)

상보체(3,700m)

라자브릿지
남체바잘(3,440m)
오르막
캉테가(6685m)

탐세르크(6608m)

팍딩(2,610m)

내리막

루크라(2840m)

비행장

히말라야가
내민 손

첫째 날·둘째 날

| 부산 – 인천 – 카트만두 |

내 인생의 27시

인천 발 카트만두 행 대한항공 비행기는 오전 9시 20분이 되어서야 출발했다. 이것은 당초 출발 시간인 8시 40분보다 40분이나 지연된 출발이었다. 이륙이 늦어진 것은 다름 아닌 네팔 청년들 때문이었다. 이륙 직전에 나타난 4명의 청년들은 별로 미안한 기색도 없이 성큼성큼 객실로 걸어 들어와 자리에 앉았다.

그런데 이상한 것은 40분이나 출발이 늦어지게 만든 그들에 대해 아무도 불평불만을 이야기하지 않는다는 것이었다. 배려의 문화일까? 눈결, 이것이 네팔 문화인가 하는 생각이 불현듯 머리를 스치고 지나갔다. 비행기 안은 인도와 네팔 사람들로 가득했고, 드문드문 앉아 있는 한국인들은 소수에 불과했다. 벌써부터 기내에서 네팔의 독특한 체취와 향이 느껴지는 것은 섣부른 착각일까?

비행기가 이륙하자 나는 눈을 감았다. 그러자 히말라야에 대한 기대감과 불안감이 한데 뒤엉켜 머릿속이 혼란스러워졌다. 우선 오늘 하루는 무척 긴 하루가 될 것 같다. 우리나라와 카트만두의 시차는 3시간 15분 정도. 그러니까 어림잡아 내게 있어서 오늘 하루는 27시간 15분이 되는 셈이다. 내 인생에서 3시간 15분의 덤을 받은 오늘은 나에게 어떤 하루가 될까?

문득 게오르규의 '25시'라는 작품이 생각났다. 25시가 암시하는 마지막 시간을 '절망의 시간', 즉 신도 도울 수 없는 영역, 오로지 인간이 주인이 되어버려 제멋대로인 시간 25시…. 내게 있어서 '27시'는 어떤 의미일까? '희망의 시간', 히말라야의 신만이 도울 수 있는 영역, 자연이 주인이 되는 영역, 오로지 자연에 순응해야 되는 시공으로 들어가는 출발점이자 이번 트레킹의 정신적 베이스캠프가 될 27시….

"커피, 주스?"

차분한 여자 목소리에 눈을 떠보니 스튜어디스가 다가와서 음료수를 권했다. 정면 안내화면을 보니 비행기가 중국 칭따오 상공을 지나가고 있었다. 나는 옆자리의 박재욱 님과 주스를 한 잔씩 받아 마시며, 간식으로 나온 피자 조각을 입에 넣고 오물거렸다. 피자의 따뜻한 온기 때문인지 입안에서 사르르 녹는 치즈 맛과 질감이 입안에서 착착 감겼다. 하지만 어쩌면 그 감칠맛의 근원은 배고픔일지도 모르겠다는 생각이 들었다. 아침을 일찍 먹은 탓에 배가 고파 올 때도 되었기 때문이다.

"피자 하나만 더 부탁하입시다."

박재욱 님이 배가 고파서인지 피자 맛에 반해서인지, 아니면 상큼한 표정의 스튜어디스에게 반해서인지, 조용한 중저음의 목소리로 피자 한 조각을 추가로 주문했다. …. 그런데 젊은 스튜어디스가 귀가 어두울 리는 없을 텐데? 순간 스튜어디스는 말을 잘 알아듣지 못하고 방긋방긋 웃으며 속삭이듯 재차 묻고 또 물어본다. 그러자 그가 미소를 지으며 다시 피자를 추가 주문한다. 그래도 스튜어디스는 몇 번이고 되묻기만 할 뿐 전혀 줄 생각을 하지 않는다.

이상한 일이었다. 168센티 정도의 키에 날씬하고 뽀얀 얼굴, 상냥한 미소가 압권인 그녀와 건장하고 수려한 남성미가 돋보이는 그가 얼굴을 점점 가까이 맞대고 조곤거리는 모습이 언뜻 보기엔 남녀간의 '작업 중' 처럼 보였다. ? …. 그러나 두 사람의 '작업 중' 에 대한 의혹은 곧 풀렸다. 그녀는 중국인 스튜어디스였고, 그래서 경상도 억양을 쓰는 박재욱 님의 말을 제대로 알아듣지 못했던 것이다. 그제야 그녀의 왼쪽 가슴에 중국 오성기가 그려진 명찰이 보였다. 언뜻 보기에 그녀의 이름은 X자로 시작되는 '쉬엔메이' 정도로 읽히는 이름이었다. 이름을 자세히 보다간 처녀 가슴을 훔쳐보는 변태로 보일까봐 얼른 눈길을 돌린 탓에 이름을 자세히 볼 수는 없었지만, 중국 칭따오 상공에서 중국 스튜어디스로부터 간식 서비스를 받았다는 사실이 아이러니했다.

아직 가야 할 길이 멀었다. 다시 헤드셋을 쓰고 음악을 들었다. 박재욱 님은 클래식을 듣는 모양인지, 손가락이 지휘를 하듯 리드미컬하고도 절도 있게 움직였다. 나도 음악을 들으며 나른해진 몸과 마음을 이완시켰다.

눈을 감으니 다시 잠이 스멀스멀 밀려왔다. 아마도 지난 밤 부산에서 인천까지의 버스 투어가 몸을 피곤하게 만들었던 모양이다. …. 잠결에 상냥한 아가씨 목소리가 다시 들려왔다.

"고객님! 생선하고 카레 중에 어느 것으로 하시겠습니까?"

어느새 기내 점심 식사 시간이 된 것이다.

"난 생선요."

출출한 배를 채우는 동안 곧 맞이할 히말라야와 카트만두를 상상하며 식사를 즐겼다. 얼마나 시간이 지났을까? 주변이 웅성거려 눈을 뜨자 창문 밖으로 히말라야의 설산들이 나타나기 시작했다. 아! 저곳이 바로 세계의 지붕…. 봉우리마다 하얀 눈을 덮어쓴 히말라야는 끝없이 펼쳐진 운해 위로 힘차게 솟아 있었다. 그 모습은 바다가 융기한 모습이라기보다는 차라리 하늘에서 강력한 힘이 대지를 세차게 빨아올린 듯한 모습이었다. 그래서 그것은 마치 구름 위로 타오르는 '하얀 화염' 같았다. 히말라야…. 주머니에서 수첩을 꺼내 메모를 읽었다.

히말라야. 눈의 집 또는 거처. 세계의 지붕 7,000m 이상 고봉의 연속. 동서로 총길이 2,500km. 남북으로 큰 장벽 형성. 기류도 넘지 못함. 그런데 사람이 넘어다님. 대단한 인간들…. 야크도 넘어다님. 대단한 짐승. 인도가 대륙으로 붙으면서 융기. 심하게 밀려 올라갔음….

카트만두 국제공항 청사 전경.
수려한 외관에 비해 내부는 어둡고 칙칙한 느낌이다.

비행기 옆으로 펼쳐진 히말라야 산군.

나마스떼 카트만두

비행기는 마치 히말라야 관광 전용 항공기라도 되듯 히말라야 산맥을 따라 나란히 날아갔다. 그리고는 얼마 있지 않아 카트만두 상공에 도착했다. 비행기에서 내려다본 해발 1320m의 카트만두[1] 시내는 나지막한 건물로 빼곡하게 채워진 분지로서 차분하고 한적해 보였다.

카트만두 국제공항에 내리자 긴장이 탁 풀렸다. 한적한 비행장과 여유로운 사람들, 손질하지 않은 화단에는 꽃들이 들꽃처럼 피어 있고, 무심한 잠자리만 화단을 고즈넉이 지키고 있었다.

청사로 들어가 어둑어둑한 공항 입국장에서 입국 수속을 받았다. 신규 비자발급은 왼쪽, 비자가 있는 사람들은 오른쪽 줄에 서서 비자를 발급받았는데, 더디기가 그지없다. 분위기 때문일까? 비자를 발급하는 직원이나 발급받는 사람이나 조용하기는 매한가지다. 이따금 환전소 직원이 종을 '딸랑딸랑' 치며 환전해 가라고 외칠 때만 제외하면 절간 같은 분위기였다.

이곳에서 비자를 받는 일은 한국인에게 고역스런 일 중에 하나다. 긴장감이 떨어져서 느긋해졌다고는 하지만, 신속 정확한 한국의 서류발급 문화에 철저히 단련된 우리로선 그저 답답할 뿐이었다. 우리는 마치 톨게이트에 줄지어 서서 통행 카드와 현금을 손에 쥔 채 통행료를 어서 바치려고 안달난 운전자처럼 모두들 손에 여권과 현금 25달러를 부여잡고 순서를 기다렸다. 그런가 하면 비자가 있는 사람들의 오른쪽 줄은 하이패스를 통과하듯 거침이 없었다.

그럴 때마다 다시 한 번 마음속으로 이렇게 주문을 외워 보았다. '비스따

■ ■ 주석

1) **카트만두**: 네팔 수도. 동서로 25km, 남북으로 20km 크기로, 표고차가 거의 없는 분지로 이루어져 있다. 시내에는 왕궁 등의 유네스코 문화유산으로 지정된 곳이 여러 군데 있고, 네팔에서 하나뿐인 카트만두 국제공항이 있는 도시이다.

리 비스따리'. 네팔어로 '천천히 천천히' 라는 뜻인데, 아마도 트레킹 내내 이 생명줄 같은 주문을 외우고 또 외쳐야 할 것이다. 왜냐하면 '비스따리 비스따리' 가 고산에서는 절대 절명의 생존 법칙이기 때문이다.

카트만두 국제공항을 빠져나오자 우리를 맞이한 것은 '부리' 라는 현지 가이드와 늦여름 같은 따가운 햇살이었다. 짐을 나르고 팁을 받으려는 짐꾼들의 움직임이 부산했다. 검게 그을린 얼굴에 퀭한 눈빛을 한 짐꾼들의 민첩한 가방 쟁탈전은 카트만두에 도착해서 처음 보는 "치토치토"(빨리빨리)였다.

카고 백을 옮기는 짐꾼들. 관광객이나 트레커들의 짐을 옮겨주고 거금 1달러를 받는다.

공항에서부터 사리[2]와 펀잡 드레스[3]를 입은 여성들이 눈에 띄기 시작했다.

카트만두는 아리안 족이 많이 사는 곳으로서 그들 대부분 힌두교도들이다. 그녀들의 얼굴은 약간 검었지만 이목구비가 확연한 얼굴에 스모키 화장을 한 듯 눈매가 두드러졌다. 금장 무늬가 화려한 붉은색 사리를 입고 다니는 그녀들의 모습에서 이국적이다 못해 신비로움까지 느껴졌다. 그 모습은 척박한 황무지에 피어 있는 밝고 화려한 꽃처럼 생기 가득한 모습이었다. 그렇게 내가 본 카트만두의 첫 인상은 칙칙하고 절제되지 않은 도시 분위기와 함께 여인들이 입고 있는 사리의 강렬한 색감과 고혹적인 눈빛에서 느끼는 생동감이었다.

그녀들이 입은 사리는 한국인의 시각으로 볼 때 역설적인 모습으로 보였다. 날씬한 처녀들은 온몸을 사리로 감싸고 다니는 데 비해 허리와 뱃살이 튼실한 아주머니들은 허리를 통째로 드러내고 다니는 것이 정겨워 보였다. 여성의 두툼한 허리는 이곳에서는 풍요의 상징이다. 개미허리는 명함도 못 내미는 카트만두, 이곳은 다이어트의 무덤일지도 모른다. 그런데 아무리 가려도 그들에게서 느껴지는 섹시함은 무엇일까? 문득 『카마수트라』가 떠올랐다.

짐을 차에 싣고 숙박지인 하얏트 호텔로 떠났다. 거리에서 가장 눈에 띄는 것은 택시였다. 이곳의 택시는 겉모습이 특이한데, 우리나라 '티코' 크기의 택시에는 'SUZUKI'라는 글자가 큼지막하게 박혀 있고, 정작

2) **사리**: 힌두 여성 전통 의상. 바느질을 전혀 하지 않은 5~6m짜리 옷. 주로 붉은색은 기혼녀가 많이 입으며 기쁨과 행복, 자신에게 필요한 에너지를 얻는다고 믿는다. 사리를 입을 때는 온갖 장신구로 치장한다. 과부는 흰색을 입어야 한다.

3) **펀잡 드레스**: 힌두 여성들이 잘 입는 전통 의상. 원래는 살바르 꾸르따(salwar kurta)인데, 유독 한국 사람들이 펀잡 드레스라고 부른다)신구로 치장한다. 과부는 흰색을 입어야 한다.

'TAXI' 라는 글자는 운전석 위에 조그맣게 달려 있다. 어쩌면 1970년대 우리가 택시를 보고 '코로나' 라고 차 모델명을 불렀듯이 그들도 '택시' 대신에 '스즈키' 라고 하지나 않을까 궁금해졌다.

시내의 도로 사정. 사람도 저 정도로 빼곡하게 걸으면 서로 부딪칠 만도 한데, 차들은 서로 엉킬 듯 말 듯 잘도 빠져나간다.

시내로 들어가자 희망은 곧 절망으로 변했다. 네팔을 조용한 산속 나라로 생각했던 생각은 선입견에 불과했다. 어쩌면 그것은 과거에 우리나라를 '조용한 아침의 나라' 로 생각하고 온 외국인이 출근길 서울 풍경을 보면서 '번잡하고 혼란스러운 아침의 나라' 라고 생각하는 것과 별반 다를 게 없을 것이다. 수많은 차량의 뒤엉킴과 끊임없는 경적, 그리고 매캐한 매연과 먼지…. 차창 밖에 사람들이 마스크를 하고 다니는 모습에서 카트만두의 공기 오염도가 쉽게 가늠되었다.

이것도 문화 충격일까? 숨 막히고 귀가 멍멍한 경적의 연속. 좌측통행하

하얏트 호텔 입구. 마치 왕궁을 연상케 하는 고풍스러운 분위기이다.

는 차량들의 혼란스러움. 도로에서 항상 우측통행을 해온 나로선 자꾸만 반대편 차량과 충돌할 것 같아 '움찔' 거리는 트라우마에 시달렸다. 이곳 도로는 차선이 흐릿해서 차량이 뒤엉키며 서로 지나가는 것이 일상이었다. 그런데 신호등이 없는 교차로에서도 나름대로의 원칙이 있는지 차량들이 잘도 빠져나갔다. 매연이 너무 심해 모두 서둘러 창문을 닫았다. 하지만 이미 들어온 매연 때문에 여기저기서 '쿨룩쿨룩' 기침을 해댔다. …문득 다가온 정적의 공간.

　그곳은 혼잡한 시내에서 오아시스 같은 곳, 하얏트 호텔이었다. 호텔은 슬럼가처럼 꾀죄죄한 건물과 상가가 어지럽게 널려있는 거리를 한참이나 지나서 나타났다. 그곳은 조금 전까지 지나왔던 거리와는 분위기가 확연히 달랐다.

　정문을 들어서자 레드 베레모에 경찰 복장을 한 경비원이 차량을 반사경으로 검문하고 바리게이트를 올려 주었다. 바리게이트는 호텔과 바깥 세계를 구분 짓는 가장 확실한 상징물이었다. 호텔 본관 입구는 네팔 전통 왕궁을 연상하기에 충분할 만큼 고풍스러운 모습을 띠고 있었다. 다만 앞마당의 분수는 호텔 건물에 비해 너무 초라해 보였다. 서민 같은 분수와 왕족 같은 호텔 본채가 묘한 대조를 이루며 부조화의 조화를 만들고 있었다.

혼란스런 생동감을 주는 타밀 시장

　저녁 식사를 겸해 네팔 최고의 시장인 타밀 시장으로 나갔다. 타밀 시장으로 가는 시내 도로 곳곳에서 전투모를 쓰고 무장한 군인들이 경계 근무를 서고 있는 광경이 보였다. 무슨 일이 있는 걸까? 과거 계엄군의 기억이 있는 나로서는 마음이 편치 않아 자꾸만 눈이 갔다. 특별한 일이 있어서가 아니라 정치가 불안정해 주요 지역에서는 늘 군인들이 거리에서 총을 들고 경계를 서고 있단다.

군인이 경계를 서고 있는 거리.

　미니버스는 먼지가 폴폴거리는 비좁은 골목길을 용케도 요리조리 잘도 빠져나간다. 혼잡스런 골목길을 20분쯤 굼실거려 도착한 타밀 시장. 그곳은 이채로움과 혼잡스러운 풍경으로 생동감이 가득했다. 시장을 들어서자 골목마다 형형색색의 타르초 깃발이 만국기처럼 걸려 있어 축제 분위기가 났다. 인파로 북적거리는 길을 따라 시장을 둘러봤다. 카펫 가게, 만다라 가게, 지도 파는 서점, 기념품 가게, 울긋불긋한 옷감을 파는 가게, 등산용품점, 거리의 악사가 내미는 손, 전통 현악기인 사랑기4)를 연주하며 사라고 권유하는 행상, 좁은 길을 비집고 지나가는 소형 차량과 오토바이, 그리고 릭샤(2인승 자전거 인력거) 등….

　시장을 한 바퀴 둘러보고 저녁식사를 하러 간 곳은 산악인 박영석 씨가 운영한다는 '에베레스트 빌라' 라는 숙소 겸용 한국 식당이었다. 우리는 마당에 만들어 놓은 야외 식탁에서 삼겹살을 안주 삼아 한국 소주와 '럭시' 라는 네팔 전통 고량주를 마셨다. 내일이면 시작될 '절대 금주' 때문일까? 나

■ ■ 주석

4) **사랑기:** sarangi, 바이올린 비슷한 현악기로, 몸체는 나무로 깎아 만들고 줄은 동물의 창자로 만든다. 활로 연주를 하는데, 카트만두에서 TV를 켜면 끊임없이 이 악기의 연주 소리가 흘러나온다. 감미로우면서도 신비로운 음감이 독특하다.

도 모르게 술을 마시는 마음이 비장해진다.

"한국 분이세요?"

때마침 에베레스트 트레킹을 마치고 내려온 60대 초반의 한국 남자가 말을 건네 왔다. 삼겹살 냄새에 도저히 참을 수가 없었다고 고백하고는 너털웃음과 함께 자연스레 합석했다. 그는 로부제에 방이 귀해서 혼났다는 이야기와 함께 숙소와 현지 상황에 대한 간단한 정보를 알려주었다. 이곳에선 한국 트레커를 만나면 이렇게 생생한 정보를 주고받을 수 있다. 별것 아닌 것 같아 보이는 정보도 때에 따라서는 아주 요긴하게 쓰이기 때문에 경험자의 이야기에 항상 귀 기울일 필요가 있다.

수염을 깎지 않아 덥수룩한 60대 초반의 그에게 잘 구워진 삼겹살에 소

간판이 즐비한 타밀 시장 거리. 카트만두 최대 시장인 타밀 시장. 네팔에서 없는 거 빼고는 다 있다는 시장. 직물의 질이 좋고 싼 편이다.

주를 한 잔 건네자, '캬~아!' 하며 그냥 자지러졌다. 오랜 산행 끝에 맛보는 삼겹살과 소주 맛은 저렇게 사람을 미치게 만드는 모양이다. 나도 열나흘 후면 삼겹살 한 조각과 소주 한 잔에 저렇게 몸서리(?)치는 전율을 느끼게 될까? 그때의 소주 맛은 어떤 맛일까?

내일부터 트레킹이 시작되면 하산 때까지 술을 마시지 못한다는 생각 때문일까? 입에 잘 맞지도 않는 럭시를 나도 모르게 꾸역꾸역 마셔댔다. 밤이 깊을수록, 카트만두의 소음과 매연이 진하게 느껴질수록 어서 산을 오르고 싶은 마음이 간절해졌다.

꼭! 챙겨 봐야 할 것들

1. 인천에서 카트만두 가는 도중의 히말라야 전경. 카트만두로 가는 도중 오른쪽으로 펼쳐진다. 가능하다면 오른쪽 좌석에 앉으면 금상첨화.
2. 카트만두 착륙 직전의 카트만두 시내 전경. 넓은 도시지만 높은 건물이 없어 느낌이 색다르다.
3. 타밀 시장 풍경. 첫 날 가능하면 트레킹 지도를 한 장 사는 것이 좋다. 단, 주의할 점은 지질이 떨어져 이미 찢어졌거나 접힌 부분이 곧 찢어질 경우가 많으므로 잘 살펴보고 구입해야 한다.

셋째 날

| 카트만두 – 루크라 – 팍딩 |

인생의 짐 무게

현지 시간 오전 6시. 잠에서 깼다. 한국 시간으로 9시가 넘은 시간, 룸메이트인 박재욱 님도 이미 잠에서 깨어 있었다. 그가 아침 샤워를 하는 동안 나는 TV 요가 프로그램에서 흘러나오는 네팔 전통 음악에 맞춰 요가를 따라하기 시작했다. 요가는 생각보다 운동량이 많았다 10분 정도 따라했을 뿐인데도 몸이 뜨거워지고 땀이 송글송글 맺혔다.

샤워를 마치고 아침 식사를 하러 우리는 1층 레스토랑으로 내려갔다. 아직 이른 시간이라 레스토랑에는 손님이 박재욱 님과 나 둘밖에 없었다. 그와 나는 자리를 잡은 후 접시를 들고 뷔페 테이블 이곳저곳의 음식을 살펴보았다. 음식을 선택하는 그와 나의 기준은 서로 달라 보였다. 나는 주로 시각으로 음식을 판단하는 편이었고, 그는 후각으로 음식을 판단했다. 카트만두에서 먹을 만한 현지 음식을 선뜻 골라낸다는 것은 그리 쉬운 일이 아니다.

차분한 분위기의 국내선 대합실.

    나중에 안 사실이지만 안내를 해준 한국인(?)은 셀파 족 현지 가이드였다. '푸르바' 라는 친구로서, 생김새도 몽골리언으로 우리와 비슷하고 한국어 실력이 제법이었다.

    네팔인과 외국인들은 죄다 짐 보따리를 키 높이만 한 커다란 저울에 올려 놓고 무게를 달았다. 그렇잖아도 줄곧 무거운 카고 백이 마음에 걸렸었는데, 계량 저울을 보자 초조해졌다. 한국을 떠나올 때는 이코노미 기준으로 20kg을 허용해 주지만, 네팔 국내선에서는 15kg을 초과할 수 없다. 이미 한국에서 출발할 때에도 20kg을 초과한 사람이 있어 문제가 되었는데, 이곳은 숫제 15kg밖에는 되지 않으니 무게가 초과되는 것은 불 보듯 뻔한 일.

    측정 결과 결국 부산 팀은 주로 먹거리 때문에 무게가 초과되었고, 서울

에서 온 부부는 박스째 가지고 온 소주 때문에 무게가 초과되었다. 결국 짐
무게 초과로 당초 카트만두에서부터 동행하려던 요리사를 루크라에 가서
현지 수배하기로 했다. 이곳 카트만두 국내선에선 사람이 짐짝만도 못한
모양이다. 비행기 탑승 순서는 철저하게 짐 우선, 사람 나중이었다. 그래서
항공에서 짐이란 자칫 골칫거리가 된다. 무게가 초과되면 추가요금을 물어
야 하지만, 때에 따라서는 짐을 싣는 것조차 불가능할 때가 있으므로 주의
해야 한다.

초과된 짐 때문에 가이드 '부리' 가 해결책을 찾느라 항공사 매표소에서
본사와 논의하는 동안 우리는 검색대를 지나 대합실로 먼저 들어왔다. 그
러나 당초 출발 예정이었던 8시 30분이 지나도 가이드가 나타나질 않는다.
짐 문제를 해결하기가 쉽지 않은 모양이다. 아무래도 시간이 오래 걸릴 것
같아 조급함을 버리고 그냥 초연히 기다리기로 했다.

시간이 지나자 몸이 근질근질한지 모두들 무료함을 달래기 위해 대합실
이곳저곳을 기웃거리기 시작한다. 대합실 안을 둘러보니 네팔 사람들의 다
양한 복장이 눈에 띈다. 비교적 낮은 곳에 사는 사람은 가벼운 여름옷을 입
고 있는가 하면, 고산지대에 사는 사람들은 두꺼운 겨울옷에 털모자를 쓴
사람도 있었다. 게다가 인종도 아리안 족과 몽골리언 등 다양했는데, 제각
각의 전통 복장과 장신구를 하고 있는 모습들을 한참 동안 재미있게 지켜
보았다.

그 중에서 유독 눈에 띄는 아이가 있었다. 아리안 계통의 대여섯 살쯤 되
어 보이는 여자아이. 현란한 색깔의 전통 의상을 입고 있는데 눈빛이 어찌
나 맑고 신비로운지 자꾸만 눈이 갔다. 네팔에 현존하는 여신인 꾸마리가
저렇게 생기지 않았을까? 딸이 없는 나로서는 저런 깜찍한 딸 하나 있었으
면 하는 마음 간절했다.

그리고 눈길을 잡는 것은 기둥에 달아놓은 손바닥만 한 빨간 새집이었

다. 실내에 새집이 있다는 게 아무래도 이상하다 싶어 가까이서 살펴봤다. 'post box'라고 씌어 있다. 우체통이었다. 우체통이 이렇게 작아서야…. 한편에는 internet shop도 보였다. 하지만 아무래도 믿음이 가지 않았다. 저 인터넷은 과연 속도가 얼마나 날까? 비스따리 비스따리일까?

짐 문제로 예정보다 30여 분이나 늦게 루크라 행 비행기를 타러 갔다. 기다림은 초조했지만 벌써 '비스따리'에 적응했는지 모두들 표정은 여유로워 보였다. 다만 얼굴 한구석에는 경비행기에 대한 막연한 설렘과 두려움이 묻어 있는 것 같았다.

비행장은 우리네 공항과 비슷하게 네팔 공군이 함께 사용하고 있었다. 공군부대 쪽에는 공군기와 군용 헬기가 격납고에서 전시용 비행기처럼 우두커니 제자리에 멈춰있었다. 그래서인지 그것은 언뜻 야외 전시장에 전시해 놓은 날 수 없는 비행기처럼 보였다.

일행을 태운 버스는 경비행기가 있는 곳으로 천천히 움직였다. 버스 뒤쪽을 돌아보니 짐을 수북하게 실은 달구지가 버스 꽁무니에 달려서 굼실굼실 따라오고 있었다. 문득 그 모습에 '풋' 하고 웃음이 터져 나왔다. 소처럼 굼실거리며 움직이는 버스에 소달구지가 달린 것 같은 모습이 우스웠다.

비행기에는 짐부터 실었다. 아무래도 이곳은 사람 우선이 아닌 짐 우선인 모양이다. 짐을 앞뒤로 최대한 우겨 넣고서야 승객을 태웠다.

"박 선생님. 짐 무게가 장난 아닌 것 같지요?"

박진순 님이 자신의 짐 무게가 부담스러웠는지 걱정스레 말을 건넨다.

"예, 그렇네요. 그런데 짐을 보다 보니 문득 이런 생각이 드네요. '각자의 짐 무게가 그 사람이 지고 살아가야 할 인생의 짐 무게다'라는 생각 말입니다. 짐이 가벼운 사람은 인생의 짐도 가볍고, 짐이 무거운 사람은 그만큼 인생의 짐이 무겁다는 것 말입니다. 짐이 무거운 것은 욕심이 많기 때문이고, 욕심이 많다는 것은 그만큼 짊어져야 할 짐이 무거워진다는 얘기지요.

이왕 이곳에 온 김에 '내 인생의 짐 무게'를 화두 삼아 산행을 하는 것도 좋을 것 같습니다."

"내가 짐을 너무 많이 가져왔나 봐요, 그죠?"

"그런 뜻은 아니고요, 어차피 13일 후면 짐의 무게가 많이 줄겠지요. 산속으로 들어갈수록 짐 무게가 줄 듯이, 우리도 13일 후면 인생의 무게가 지금보다 훨~ 가벼워지지 않을까요?"

"아마 그렇겠지요. 정말 13일 후가 기대되네요, 호호호."

걱정스럽던 그녀가 밝게 웃으니 벌써 인생의 무게가 5kg은 줄어든 것 같았다.

루크라 행 경비행기. 중간쯤의 아가씨가 항법사.

경비행기는 16인승으로 보였다. 금발의 서양인 조종사와 얼굴이 작고 선이 간결한 젊은 여자 항법사, 고혹적인 눈매에 화려한 사리를 입은 아리안 혈통의 여자 스튜어디스(카트만두 국내선 승무원은 항공사에 따라 남승무원인 스튜어드도 있고, 여승무원인 스튜어디스도 있다), 그리고 한국인 9명, 가이드 2명, 프랑스인 남녀 2명.

"나마스떼"라고 스튜어디스와 인사를 나누고 비행기에 오르는데 트랩이 출렁거려 중심 잡기가 쉽지 않았다. 자리에 앉자 스튜어디스는 쟁반에 사탕과 귀마개용 솜을 나눠주었다.

'귀마개? 아, 비행기 소음이 장난 아닌가 보다.'

프로펠러가 돌기 시작하자 소음은 곧 굉음으로 바뀌고 귀가 멍멍해졌다. 비행기가 움직이자 몸과 마음이 굳어졌다. 문득 경비행기에 실린 내 몸무게가 91kg이라는 것이 마음에 걸렸다. 13일 후면 내 몸무게는 얼마나 줄어

비행기에서 내려다 본 다락논과 밭.

루크라로 가는 도중에 본 히말라야 산군들.

있을까?

의외로 비행기는 땅을 박차고 가볍게 떠올랐다. 이제부터 루크라 (2840m)까지는 40분을 비행해야 한다. 경비행기의 조종석과 승객석은 커튼 하나로 구분되어 있었고, 그나마 그것도 항상 활짝 열려 있기 때문에 조종사와 항법사의 모든 행동과 계기판이 한눈에 들어왔다. 그래서 기내 분위기는 가족나들이 가는 것같이 친근했다.

비행기가 카트만두를 벗어나자 아래쪽으로는 네팔의 다락논과 다락밭이 끝없이 펼쳐져 있었고, 그 사이사이로 가느다란 실뱀처럼 구불구불하게 흐르는 강물이 보였다. 지금은 경비행기로 40분 만에 루크라에 도착하지만, 예전에는 저 밑 어딘가에 있을 지리(Jiri, 1930m)까지 버스를 타고 가서, 거기서부터 일주일을 걸어야만 루크라에 도착했었다고 한다.

고통스런 굉음에 적응될 무렵 왼쪽으로 멀리 설산이 보이기 시작했다. 눈 덮인 히말라야의 풍광은 그야말로 끝없이 연속된 설국의 파노라마였다.

칼날처럼 날카로운 산등성이에 하얀 눈을 덮어쓴 채 폭을 알 수 없는 병풍 속 그림처럼 장엄하게 펼쳐져 있는 히말라야…. 한눈으로 볼 수 없는 그 규모에 전율이 느껴졌다.

서둘러 사진을 찍으며 풍광을 즐기다 보니 비행기는 쿰부히말의 웅장한 협곡으로 들어섰다. 비행기가 선회하기 시작하자 멀리 두드코시 강의 가파른 벼랑 위로 산중 요새 같은 루크라(Lukla, 2840m)가 보였다.

그런데 '헉! 이게 뭐야?' 비행기에서 본 루크라 비행장은 뜻밖의 모습을 하고 있었다. 비행장이 평면이 아니라 놀랍게도 산악 지형을 이용한 경사면으로 되어 있었다. 그래서 착륙은 오르막 방향으로, 이륙은 내리막을 내달리게 되어 있어 짧은 활주로로 이착륙이 가능했다. '가장 히말라야다운 인공물', '산중 비행장의 백미'. 내가 본 루크라 비행장의 첫 느낌은 그랬다.

아주 짧아 보였던 활주로는 생각보다 긴 450m나 된다고 한다. 물론 그

경사면으로 된 루크라 비행장.

끝은 히말라야의 웅장함에 걸맞게 까마득한 벼랑으로 되어 있다. 그것은 한 번에 이륙하지 못한다면 벼랑 아래 두드코시 강으로 곧장 떨어질 수도 있다는 사실을 의미한다. 그러나 두려워할 필요는 없을 것 같다. 이착륙 시 실제 활주하는 거리는 활주로의 절반 정도이기 때문에 별 문제는 없었다.

문명의 경계선 루크라

루크라 공항 활주로와 붙어 있는 루크라 호텔(롯지 : 산장 같은 시설) 정원에서 점심을 먹었다. 점심을 먹고 포만감이 느껴지자 그제야 15일간 함께할 멤버들이 눈에 들어왔다.

나와 함께 부산에서 출발한 센텀시티 산악회장 부부인 하상진 님, 박진순 님, 본의 아니게 트레킹 내내 통역관이 되어버린 박재욱 님. 서울에서 온 부부인 오 선생님, 성 여사(일명 오성 부부). 경기도에서 온 윤 선생님. 마음이 넉넉한 이 선생님과 은은한 미소가 향기로운 혜안 스님(스님의 법명은 따로 있었으나 지혜로운 눈을 가지셨다고 모두들 그렇게 불렀다). 가이드이자 한국 대표 산악잡지 『산』에 인터뷰 기사가 났던 부리. 가이드이자 한국어가 능숙한 푸르바. 셀파인 앙카이라와 겔루, 그리고 한국 음식의 달인 주방장 담배(덤배)와 다른 스텝들⋯. 그 중에 재미있는 것은 셀파 족들의 이름이었다. 이들은 태어난 요일별로 이름을 짓기도 하는데, 월요일은 다와(Dawa), 화요일은 밍마(Mingma), 수요일은 락파(Lhakpa), 목요일은 푸르바(Purba), 금요일은 파쌍(Passang), 토요일은 펨바(Pemba), 일요일은 니마(Nima)로 이름 짓는다고 한다. 우리 가이드인 푸르바도 목요일에 태어나서 붙인 이름이고, 키친보이 중에 '밍마'라는 아이도 화요일에 태어나서 붙은 이름이다.

이렇게 트레킹 팀은 트레커 9명에 가이드를 비롯한 스텝 11명, 그리고 포터를 대신할 좁키오 5마리로 구성되었다.

루크라 호텔 정원에서. 왼쪽부터 하상진, 부리(가이드), 겔루(셀파), 푸르바(가이드), 박진순, 필자, 박재욱.

오늘은 기상 상태가 좋아 오후 2시가 넘도록 쉴 새 없이 비행기가 뜨고 내렸다. 비행기가 이착륙할 때는 찢어질 듯한 굉음이 들리다가도 금방 깊은 산중의 고요함으로 변하는 루크라 비행장. 비행기는 흔하지만, 자동차는 고사하고 자전거도 한 대 없는 곳. 그렇게 루크라는 묘한 양면성을 가진 산중 마을이었다. 우리는 정원에서 휴식을 취했다.

고글을 쓰긴 했지만 히말라야의 햇빛은 가히 경이로웠다. 고도가 올라갈수록 햇빛이 더욱 강해질 거라고 생각하니 슬며시 긴장감이 더해졌다. 이따금 구름이 지나가며 그늘을 만들어 주기도 했지만, 갑자기 구름이 걷혀 햇빛이 강렬하게 내리쬐일 때는 등산용 티셔츠를 입고 있는데도 피부가 따끔거렸다.

따가운 햇빛 아래서지만 주변의 아름다운 풍광을 보고 있으면 나도 모르게 기분이 황홀해진다. 우선 뒷산인 공글하 산(Gonglha, 5813m)에서 뻗어 내려온 장엄한 좌우 능선이 루크라를 병풍처럼 감싸안고 있었고, 그 가파른 경사면에 위태롭게 서 있는 초르텐[5]과 타르초[6]가 눈에 띄었다. 그것들을 쳐다보면 누가 저렇게 높고 가파른 곳까지 올라가서 백탑을 쌓고 타르초를 매어두었는지 신기할 따름이다. 아마도 믿음이 없다면 불가능한 일일 것이다.

점심 식사를 하는데 뜻밖에도 반찬이 전형적인 한국식이었다. 어떻게 조리한 것이냐고 물어보았다. 그러자 그 중에는 한국에서 공수해 온 것도 있고, 현지 요리사가 만든 것도 있다고 했다. 밥맛도 의외로 좋았다. 이곳 루크라만 하더라도 고도가 2,800m로 비등점이 낮아 밥을 하기가 그리 쉽진 않을 텐데, 현지 주방장인 담배의 조리 솜씨가 예사롭지 않았다. 그 중에서도 눈에 띄는 것은 달걀 프라이였다. 달걀 프라이는 트레킹 내내 함께 해야 할 먹거리로서 전통적으로 쿰부히말에서 트레커나 원정대에게 가장 인기 있다는 음식이다.

식사 후 고소적응을 겸한 휴식을 취하는 동안 짐은 좁키오(Zhopkyos)[7]에 실어 보냈다. 좁키오 5마리는 커다란 워낭을 뎅그렁거리며 서서히 마을을 떠났다.

■ ■ 주석

5) **초르텐**: 백탑, 고승의 무덤으로 사리탑으로 보면 된다. 초르텐은 항상 시야가 탁 트인 곳에 위치해 있다.
6) **타르초**: 라마경문을 산스크리트어로 써놓은 깃발을 줄에 매어 만국기처럼 만들어 놓은 것으로, 바람이 불면 그 경전이 바람을 타고 멀리까지 날아가서 인간을 구제한다고 믿는다. 그래서 타르초는 바람이 잘 부는 언덕 위에 위치해 있다.
7) **좁키오**: 수 야크와 암소와의 교접으로 나온 동물. 야크가 주로 4,000m 이상 고원에서 활동하는 데 비해, 좁키오는 비교적 낮은 2,000m에서부터 활동이 가능해, 에베레스트 트레킹에서는 야크보다는 좁키오가 더 효과적인 동물이다.

곧이어 유치원생과 초등학생 정도로 보이는 아이와 아주머니로 구성된 요리 보조 팀이 제각기 짐을 들고 팍딩으로 떠나려 막 나서고 있었다. 그 중에 아주 어린 아이가 있어 나이를 물어보니 6살이란다. 그 아이에게는 트레이닝 삼아 쌀자루를 지워 보낸단다. 그리고 기름통과 대형 기름 버너를 도빌라(대나무 광주리)에 지고 가는 초등학교 5~6학년쯤 되어 보이는 아이는 보기하고 다르게 17살이라고 했다. 이곳 사람들은 대부분 체격이 작아 나이보다 어려 보인다. 하기야 처음으로 에베레스트 정상에 올랐던 '텐징 노르가이'의 키가 175cm임에도 대단히 건장한 체격이었다고 하는 걸 보면 이들의 평균 키를 짐작할 수 있다.

비행장 옆의 좁키오 무리. 포터 대신 우리 짐을 나르려고 대기 중이다.

고등학생이라는데 외모로는 초등학생으로 보인다. 티하르 축제기간이라 5일 동안 아르바이트로 포터를 한단다. 페리체까지 함께 갔다.

영어로 기본적인 소통이 되는 아이가 있어 장래 희망을 물어보니 포터가 되겠다고 대답했다. 이왕이면 가이드를 하지 왜 포터를 하냐고 물으니, 그건 자기가 할 일이 아니란다. 자기는 그냥 실력 있는 포터가 되어 돈을 많이 버는 것이 꿈이란다.

'아! 그렇구나, 카스트 제도.'

네팔도 엄연히 카스트 제도가 있는 나라다. 그래서 그들은 할 수 있는 일과 해서는 안 되는 일이 구분되어 있는 것이다. 아이들의 꿈이 고작 포터라는 게 안타깝지만, 이 아이들에게 그것은 운명이고 또한 행복일지도 모른다. 어쩌면 그들보다 많은 것을 가졌다고 생각하지만 정작 행복은 조금밖에 가지지 못한 우리가 더 안타까운 존재인 것은 아닐까?

점심을 먹고 휴식을 취한 뒤 비행장을 에둘러 쳐놓은 철조망을 따라 팍딩(Phakding, 2610m)으로 향했다. 길은 비행장 위쪽으로 나 있었으므로, 먼저 30미터 정도의 완만한 계단을 오르기 시작했다. 순간 머리가 어찔한 느낌이 들었다. 뒤통수에서 무언가가 빨아들이는 서늘한 느낌. 루크라에 도착한 지 두어 시간이 지났지만 아직 고소적응이 덜 된 모양이다. 그리고 길 위에 지뢰처럼 널려 있는 좁키오 똥을 피해 걷느라 여간 고역스럽지 않았다. 한국에선 소똥을 밟으면 재수가 좋다는 말이 있듯이, 여기서도 좁키오 똥을 밟으면 재수가 좋을지 모를 일이다.

불이문

해발 2,840m의 루크라에서 2,610m미터에 위치한 팍딩으로 향하려면 시장 골목을 지나가야 했다. 시장은 제법 큰 규모로 비디오방도 보이고 은행, 당구장, 노래방, 기념품점, 레스토랑, 빵집, 등산용품점 그리고 길가의 야바위, 노름하는 광경도 눈에 들어왔다. 그 가운데 신통한 것은 손으로 치는 포켓볼이었다. 포켓볼 당구대는 각목과 베니어합판에다 못질을 해서 만든 완전 수제품으로 네 모서리와 중간 양쪽에 포켓을 만든 다음 카지노 칩 같이 생긴 동그란 플라스틱을 손가락으로 튕기며 당구를 치도록 한 것인데, 마치 큐대로 친 것처럼 정확하게 구사하는 기술이 경이로웠다.

시장은 골목길로 50m 정도 이어졌고, 시장이 끝나는 마을 끝에는 루크라의 경계를 알리는 하얀 아치가 서 있었다. 거기에 'welcome'이라는 글자가 큼지막하게 적혀 있었고, 아치 바로 아래에는 셀파 족의 전설적인 여성 산악인인 파상 라무의 흉상이 있었다. 나는 그 아치 경계문이 현세와 해탈의 세계를 이어주는 불이문(不二門) 같다는 생각이 들었다.

때마침 아치 앞에서 셀파 족 청년이 백마를 타고 아치를 지나 루크라 쪽으로 가려하고 있었다. 힘차고 날렵한 몸매에 하얀 털빛이 반짝이는 백마의 모습은 마치 현세와 초월의 세계를 오가며 길을 안내하는 천마(天馬) 같은 모습이었다. 그런데 그렇게 고결해 보이던 백마가 우습게도 돌계단을 내려가지 못해 쩔쩔매고 있었다. 말은 돌계단이 두려운 듯 머뭇거리며 청년의 채찍질에도 꿋꿋하게 버티다가 한순간 시원하게 "히히히힝" 말울음을 터뜨리고는 계단을 내려갔다. 백마가 그렇게도 어려워했던 이 아치 경계문과 돌계단은 문명과 자연의 경계 같은 존재였다. 이 문을 지나 계단을 내려가면 더 이상 바퀴 달린 물건은 존재하지 않는다. 기원전 3,500년 전 이집트 지역에서 처음 사용되었다던, 인류 최초의 발명품인 바퀴마저도 존재하지 않는 곳….

뒤에 보이는 하얀 아치가 문명의 세계와 자연의 세계를 구분하는 경계문이다. 문에는 네팔 여성 최초로 초모룽마('에베레스트'의 티베트어)에 오른 네팔의 영웅 파상 라무의 흉상이 있다. 세 아이의 엄마인 파상 라무(파상은 금요일에 태어났다는 뜻이다)는 초모룽마에 3년 연속 등정을 시도하다 결국 네 번째인 1993년에 등정했고, 등정 후 하산 길에 사망했다.

이제부터 모든 짐은 사람이나 짐승의 힘으로 실어 날라야만 한다. 지체가 높고 낮음에 관계없이 말을 타지 않으면 모두가 걸어가야만 한다. 그래도 우리는 호강하는 편이다. 제 몸보다 훨씬 큰 짐을 지고 협곡을 오르내리는 셀파 족 포터들에 비하면 우리는 신선놀음에 불과하기 때문이었다.

팍딩으로 가는 길은 내리막이었다. 루크라는 2,840m이지만 팍딩은 230m 정도가 낮은 2,610m에 위치해 있어서 트레커나 등반가들에게는 고산에 적응할 수 있는 훌륭한 트레이닝 코스가 된다. 이곳 히말라야에서는 어디를 가나 좁키오들이 산길을 장악하고 있었다. 사람은 좁키오를 피하느라 통행권을 빼앗겼고, 길 여기저기에 떨어져 있는 녀석들의 배설물을 피하랴 냄새를 참으랴, 여간 성가시지 않았다. 그나마 다행스러운 건 초식동물의 배설물이라서 육식동물처럼 고약한 냄새가 나지 않는다는 것, 그리고 인간의 감각 중에 가장 빨리 감각이 마비되는 것이 후각이라는 사실이었다.

그리고 길에서 마주치는 좁키오의 뿔은 크기도 크거니와 그 끝이 날카로워 매우 위협적이었다. 원래 뿔이 있는 동물은 순하다. 그것은 겉으로 드러난 뿔의 모습이 이미 위협적이기 때문이다. 그래서 뿔은 공격보다는 방어용에 가깝다고 할 수 있다. 그런 뿔에 비해 좁키오의 눈빛은 선량하기 그지없어 보인다. 게으름을 피운다고 매를 때려도 소리 내지 않는다. 이곳의 사람들도 좁키오를 닮은 것처럼 급할 것도 화를 낼 것도 싸울 일도 별로 없어 보였다.

팍딩 코스는 돌을 다듬어 반듯하게 깔아 놓은 돌길과 흙길로 이어졌고, 길가의 대부분의 집들은 돌로 지어져 있다. 그래서 집들의 외형은 아주 후중하고 미려하지만, 집안이 어둡다는 것이 치명적인 약점이었다. 시멘트 같은 접착 자재 없이 석재만으로 차곡차곡 쌓아 올린 집 구조 때문에 창문을 조그맣게 낼 수밖에 없어 낮에도 집안이 어둡다. 이곳에서는 가장 구하

트레킹 코스에는 이렇게 포터들이 쉬어갈 수 있는 돌 벤치가 많다. 포터들이 지고 가는 도빌래(대나무 광주리)가 놓여져 있다.

기 쉬운 것이 석 재료인 탓에 대부분의 인공물들은 돌로 만들어진다. 집, 길, 담, 휴식용 돌 벤치에 이르기까지 대부분 돌로 되어 있다.

롬자(Lomdza) 마을을 휘돌아 내려가다 높다란 돌담 위에서 위태롭게 놀고 있는 해맑은 아이의 눈망울과 마주쳤다. "나마스떼!" 하며 사진기를 들이대자 어린아이는 사진을 여러 번 찍어 본 듯 환하게 웃는다. 내리막길에서는 거칠 것이 없지만 오르막이 나오면 나도 모르게 걸음이 급격히 느려졌다. 느려진 걸음으로 볼 때 나도 조금씩 에베레스트 트레킹에 몸이 적응되어 가는 모양이었다.

한적한 다살로아(Thalsharoa) 마을에도 돌로 지어진 2층 집들이 길가에 이어져 있었다. 보통 이런 집들은 2층은 가정집이면서 1층은 가축을 기르는 축사로 사용하는 것이 일반적이다. 그런데 트레커들 때문인지 몇몇 집들은 1층을 가게로 개조하여 장사를 하고 있었다. 이곳 집들에서 특이한 것은, 문짝은 보이지 않고 출입구에 발처럼 차양을 한 집이 많은데, 차양 문양이 눈에 익은 문양이라는 점이었다. 큰 사각형 모서리에 작은 사각형이 이어진 모양. 그것은 셀파의 상징 문양이었다. 그곳 사람들은 셀파에 대한 자존심이 대단해서 정통 셀파만이 그 문양을 쓸 수가 있다고 한다. 셀파의 훈장 같은 의미라고나 할까.

체플렁(Chheplung, 2,660m)을 지나가다 문득 친근한 나무 조각상을 보았다. 언뜻 보기에도 모양이 우리네 장승과 비슷해서 가까이 가서 확인해 보니 역시! 한국 장승이었다. '천하대장군' 과 '지하여장군' 이라고 한글로 써놓은 이 장승은 도대체 누가 만들어 놨을까? 마침 그곳은 살짝 오르막으로 숨이 차기도 한 터라 사진 촬영을 핑계로 잠깐의 휴식을 가졌다. 장승의 위치가 초보 트레커들에게는 쉬어갈 빌미를 주는 절묘한 위치에 있는 셈인데, 아무리 생각해도 대단한 한국인들이라는 생각이 들었다.

길을 가다 한국 장승을 만난 것은 뜻밖이었다. 대단한 한국인일까, 흔적을 남기기 좋아하는 유별난 한국인일까?

오르막이 당연히 힘들 것이라는 예상은 했었지만, 호흡 곤란이 일어나는 것을 보니 한국과는 사뭇 다르고 생경해서 막연한 조바심이 나기 시작했다. 더 이상 올라가면 어떤 현상이 벌어질까? 내 몸에는 어떤 변화가 생길까?

다시 위로 올라가려고 할 때쯤 어디선가 음악소리가 들려오더니 플래카드를 든 한 무리의 아이들이 나타났다. 전통의상과 교복을 차려입은 초·중·고등학생으로 보이는 아이들이 진노랑색말라꽃을 귀에다 꽂아주며 모금도 겸했다. 그들은 쟁반에 하얀 수건을 깔고 그 위에 돈을 받고 있었다. 웬일인가 싶었는데, 오늘 10월 17일은 티하르(Tihar) 축제의 첫 날이라고 한다. 두 손 모아 "나마스떼"라고 인사하는 아이들의 표정이 밝았다. 강렬한 자외선 때문에 얼굴은 검게 그을었지만 웃음의 순도만큼은 가히 순백이었다. 성금을 내기 위해 지갑을 꺼내들자 일순 똘망똘망한 아이들의 눈빛이 모두 내손에 쥐어진 지갑을 향한다. 얼마를 내야 할까? 잔뜩 기대하고 있는 아이들의 눈빛에 잠시 머뭇거리다가 나는 100루피(1,600원)를 꺼내 쟁반 위의 하얀 수건에 올려놓았다. 그러자 아이들이 "우~와, 나마스떼" 하며 두 손을 모아 인사를 해온다. 단돈 100루피로 이렇게 많은 아이들에게 감사의 인사를 받는다는 것은 과분한 호사였다. 잠시 아이들과의 만남이 즐거웠나 싶더니, 곧바로 오르막을 오르자 다시 숨이 차올랐다.

다도고시곤(Dhado Koshi Gaon) 마을을 지나자 첫 출렁다리인 다도고시콜라 브릿지(Dhado Koshi Khola Bridge)가 나타났다. 출렁다리는 아주 길고 어른이 서로 교차할 수 있는 정도의 폭이었지만, 짐꾼이나 좁키오와 마주치기라도 한다면 다리 입구에서 꼼짝없이 대기를 해야 했다. 다리를 3분의 1쯤 건너갔을까? 때마침 다리 건너편에서 좁키오 다섯 마리가 날카로운 뿔을 앞세우고 느릿느릿 건너오는 모습이 보였다. 이럴 땐 단 한 가지 방법밖엔 없다. 무조건 후퇴!

다리를 건너자 길옆으로 산스크리트어로 '옴마니반메훔' [8]이라고 새겨진 바위 '마니월' [9]과 경판 돌무더기인 '마니스톤' [10]가 나타나기 시작했다. 이곳에서는 마니스톤을 만나면 왼쪽으로 돌아가야 한다. 그 행위는 자연스레 경전을 읽고 지나가는 동작이 되어 복을 받는다는 것이다. 그럼 만약 오른쪽으로 돌면 어떻게 될까? 당연히 벌어 놓은 복마저 까먹게 된다고 한다. 그 말을 듣자 모두들 열심히 좌측통행을 하기 시작했다. 그리고 길가에 만들어 놓은 라마 회전 종인 '마니차' [11]가 심심찮게 보였다. '종을 보면 돌려라 시계 방향으로…'. 그렇게 이곳은 어딜 가나 산스크리트어로 된 경문을 만날 수 있다. 종교가 생활이고 생활이 곧 종교가 되는 바로 이곳이 쿰부 히말라야이다.

우리는 길을 걷다가 문득 계곡 깊숙한 곳에 나타난 예사롭지 않은 산을 발견했다. 왼쪽은 하얀 설산이었고, 오른쪽은 눈은 적지만 암봉의 위엄이 대단한 산이었다. 왼쪽은 남체의 앞산인 '콩테'(Kongde, 6,189m)였고, 오른쪽은 남체의 뒷산 격인 '쿰비라'(Khumbiyullha, 5,761m)[12]라는 산인데, 이곳 사람들은 쿰비라를 신령스런 산으로 모시고 있고, 그 때문에 아직 등정 기록이 없는 산이기도 하다.

▤ ■ 주석

8) **옴마니반메훔:** 문자적인 뜻은 "옴, 연꽃 속에 있는 보석이여, 훔"으로서, 관세음보살을 부르는 주문이다. 이 진언을 부르면 여러 가지 재앙이나 병환, 도적 등의 재난에서 관세음보살이 지켜 주고 성불하거나 큰 자비를 얻는다는데, 티베트인들이 특히 많이 외운다. 보통 티베트인들은 이런 뜻과 상관없이 그냥 많이 외우기만 하면 그 자체로 영험을 얻을 수 있다고 믿는다.
9) **마니월:** 주로 길 가운데나 길가에 있는 큰 바위에 '옴마니반메훔'이라는 글을 새겨놓은 바위.
10) **마니스톤:** 길 한가운데 경문을 새겨 놓은 경판과 석판을 무더기로 쌓아 놓은 것.
11) **마니차:** 손으로 돌리는 회전 종. 종 안에는 경전 두루마리가 들어 있어 종을 돌리면 경전을 읽는 것과 같다.
12) **쿰비라:** 쿰부에서 신령스럽게 여기는 산은 초모룽마, 초오유, 쿰비라, 체링마인데, 그 중 쿰비라는 쿰부의 중앙에 있다.

두 산을 사진에 담으며 잠시 쉬고 있을 때 길가에 재미있게 생긴 나무들이 눈에 들어왔다. 생김새는 소나무를 닮았는데, 잎이 먼지떨이처럼 죄다 아래로 축축 처져 있는 것이 특이했다. 알고 보니 blue pine(히말라야소나무)이라고 하는 나무였다. 이 소나무는 우기나 겨울에는 눈의 무게를 줄이기 위해 잎을 축축 늘어뜨리고 있다가, 봄이 오면 다시 잎을 위로 세운다고 한다. 글쎄, 두고 볼 일이다.

길에서 자주 만나는 마니스톤, 룽다, 마니차.

팍딩이 가까워지자 길옆으로 '우윳빛 강'이라는 뜻의 '두드코시 강'(Dudhkoshi river)의 역동적인 급류가 나타났다. 파란 코발트 빛 물에 우유를 조금 풀어 놓은 듯한 강물은 격류가 되어 힘차게 흘러내려가고 있었다.

홍어

팍딩 롯지 바로 앞의 기다란 출렁다리를 건넘으로써 오늘의 산행은 일단락되었다. 우리가 묵을 롯지 입구에는 가슴팍 높이의 돌담이 외담으로 둘러쳐져 있고, 그 가운데 대문이 있었다. 대문을 들어서자 본채까지 파란 잔디밭으로 이어져 있다. 본채를 중심으로 화사한 꽃들이 피어 있어 유럽의 어느 한적한 시골 마을 작은 호텔에 들어서는 느낌이 들었다.

여장을 풀고 간단하게 샤워를 했다. 나중에 안 사실이지만 다른 일행들은 느긋하게 여유를 부리다가 뒤늦게 샤워를 했는데, 샤워 도중에 그만 물이 떨어져서 얼굴에 묻은 비누를 울며불며 닦아내는 코미디 같은 곤혹을 치렀다고 한다. 히말라야라고 무작정 비스따리(천천히)를 할 것이 아니라 더러는 치토(빨리)가 필요하기도 한 모양이다.

샤워는 마쳤지만 식사를 하기까지는 아직 1시간 정도 더 기다려야 했다. 우리는 롯지 주변을 돌아보았다. 롯지라는 곳에 처음 숙박을 하는 터라 롯지의 모습도 궁금했고, 어떤 구조에 어떤 사람들이 있는지도 궁금했다. 그런데 롯지 잔디밭의 파라솔에는 서울 오 선생과 성 여사, 윤 선생이 벌써부터 술판을 벌이고 있었다. 조금 전까지만 해도 그 많던 주변의 외국인들은 다 어디 가고, 그들만의 세상이 되어 술을 마시고 있었다. 웬일일까? 그 넓은 잔디밭에 달랑 그들만이 있는 것은 다름 아닌 술안주 때문이었다. 어디선가 코에 익은 냄새가 난다 했더니, 잘 삭힌 홍어를 먹고 있었다. 한국인에게도 쉽지 않은 홍어 냄새, 코를 통해 뇌를 찌르는 것 같은 암모니아 냄새에 건장한 외인 트레커들이 아연 질색하여 무조건 철수해 버린 것이었다. 아무리 홍어 마니아라고 하더라도 방에서 먹어도 될 것을 굳이 외국인들이 가득한 이 정원에서 먹어야 할까? 하는 생각이 들었다.

"다른 나라 사람들도 있는 곳에서 홍어 냄새 풍기기가 좀 그렇지 않나요? 저 친구들 기겁할 텐데…."

강 건너에 보이는 팍딩 롯지. 트레킹 내내 이렇게 훌륭한 롯지를 만나지 못했다.

"괜찮아요. 맛있게 먹으면 되지 쟤네들 신경 쓸 거 뭐 있어?"

오 선생과 성 여사는 남들 신경 쓸 것 뭐 있냐는 투로 간결하게 대답했다. 나에겐 그 말이 결국 나만 좋으면 우리 일행에게도 신경 쓰지 않겠다는 뜻으로 들렸다. 이제 만난 지 불과 이틀째…. 두 사람의 개인주의 성향이 시간이 지날수록 부담스러워지기 시작했다. 담배를 피우더라도 다른 사람에게 피해를 주지 않도록 피워 달라는 간곡한 부탁을 들은 척도 안 하고 시도 때도 없이 담배를 피워대는 오 선생, 그리고 타인에 대한 배려라고는 별로 기대할 수 없는, '생각은 짧게, 말은 지체 없이'라는 직설화법의 대가 성 여사. 남은 기간 동안 그들과 무난하게 지낼 수 있을지 살며시 걱정이 됐다.

우리는 저녁 식사를 하러 롯지 식당으로 갔다. 롯지 식당은 건물 안채에도 있지만 이곳 롯지의 특징인 선룸(sun room, 온실처럼 유리창이 많이 달린 홀)도 있었는데, 이런 선룸들은 햇빛을 좋아하는 서양 트레커들을 위한 것이기도 하고, 밤이면 달과 별을 볼 수 있는 곳이기도 하다. 우리도 선룸에서 식사하기로 하고 그곳에 들어갔다. 홀 안에는 유럽인들이 조용히 음식을 먹고 목소리를 낮추어 속삭이듯 회의를 하고 있었다. 그들의 조용한 대화는 언뜻 커다란 회랑에서 경전을 외는 사제의 목소리같이 경건한 분위기를 자아냈다. 그러나 문제는 성 여사였다. 조용하다 못해 엄숙하기까지 한 그곳에서 그녀는 주변을 전혀 의식하지 않고 떠들고 웃어대기 시작했다. 보통의 한국 사람은 잡담을 하다가도 식사를 시작하면 조용해지는 것이 일반적인데, 그녀는 식사 전이나 식사 중이나 변함없이 여전히 활기찼다.

좀 심하다 싶은 생각이 들 즈음 다른 트레커 쪽의 분위기가 심상찮아 보였다. 아니나 다를까. 곧 주변에서 짜증스런 눈빛을 날려 보내기 시작하더니, 결국 회의 중이던 독일 팀에서 셰파를 통해 조용히 해달라는 공식 통고를 보내왔다. 우리끼리 눈치를 줘도 별로 개의치 않는 성 여사…. 서서히 외국인들과 우리들의 눈 밖에 나기 시작하는 건 아닌지 모르겠다. 그렇게 오 선생, 성 여사로 인한 '피곤한 트레킹이 될지도 모르겠다!' 는 생각이 우리 일행의 마음속에 서서히 움트기 시작하고 있었다.

그러한 약간의 미묘한 갈등 속에서 팍딩에서의 하룻밤은 저녁식사를 마치기가 무섭게 모두들 잠자리에 드는 것으로 마무리되었다. 오늘부터 잠자리에 들기 전에 꼭 챙겨야 할 것은 물통에 뜨거운 물을 받아가는 것이다. 롯지에는 난방시설이 없기 때문에 매일 밤 체온 유지를 위해서 어김없이 뜨거운 물통을 애인처럼 껴안고 자야 했다.

꼭! 챙겨 봐야 할 것들

1. 루크라 가는 도중에 보이는 다락밭과 히말라야 풍광. 히말라야를 보려면 경비행기를 탈 때 왼쪽 줄에 앉아야 한다.
2. 루크라 비행장의 모습. 경사진 산악 지형에 맞춰 만들어진 모습은 아주 특별하다.
3. 루크라 시장의 모습. 지나가는 길에 충분히 둘러보고 가라.
4. 천하대장군과 지하여장군 장승. 우리 것이 좋은 것이여~.
5. 팍딩 롯지로 들어가는 출렁다리와 전경.

넷째 날

| 팍딩 – 조르살레 – 남체 |

고양이 세수

팍딩에서의 아침 샤워는 생략했다. 게으름이나 늦잠 때문이 아니라 단지 물이 없기 때문이었다. 지난밤에 침낭 보온용으로 껴안고 잤던 물통은 미적지근해져 있었다. 물통의 물을 이용하여 얼굴을 닦고 양치질을 하고 나니 개운한 느낌이었다. 이렇게 이번 산행의 정규 체험 코스인 '고양이 세수'가 비로소 시작되었다. 하지만 그나마 이곳이 팍딩이라서 고양이 세수로나마 얼굴과 머리를 마음대로 닦을 수 있었다는 행복을 그때는 미처 몰랐다. 세수를 마치고 창문에 드리워진 커튼을 걷어내자, 여명 속의 뒤뜰 풍경이 푸르스름하게 나타났다. 그곳에는 생각지 못한 커다란 잔디밭이 있었는데, 어림짐작으로도 축구장 반만 한 크기였다. 그곳은 외국 원정팀과 스텝들이 잠을 자기도 하고 조리도 하는 야영 공간이었다.

이렇게 이곳의 롯지는 숙박 시설만 있는 것이 아니라 야영 공간도 함께 만들어 놓고 트레커들에게 빌려주기도 한다. 이곳에는 독일 팀을 비롯한 다국적 텐트가 20여 동 보였는데, 제각각 고유의 텐트 색을 지니고 있었다.

그 중에서 눈에 띄는 팀은 냉랭한 아침 공기 속에서도 반팔 티셔츠를 입고 텐트를 접고 있는 스웨덴 팀이었다. 건장한 체격의 남자와 글래머 체격을 자랑하는 여자들이 별로 춥지 않은 듯 설렁설렁 텐트를 걷고 식사 준비를 하는 모습이 무척이나 여유로워 보였다. 그 깊숙한 안쪽에는 짐을 싣고 온 좁키오 우리가 보였다. 동물도 우리를 사용하면 숙박비를 받을까?

시간이 조금 지나자 창가에서 누군가 '와~' 하는 탄성을 내지르는 소리가 들려왔다. 창밖을 내다보니 뒷산의 눈 덮인 봉우리가 아침노을에 황금빛으로 타오르고 있었다. 그 환상적인 황금 눈 빛 때문일까? 아침부터 마음이 들뜨기 시작했다. 아침 식사를 끝내고 주황색의 말라꽃이 흐드러지게 피어 있는 정원 돌담에 걸터앉아 출정 차비를 차렸다. 배낭을 메고 정원으로 나온 사람들 모두 얼굴이 조금씩 부은 듯 보였다. 얼굴이 부은 것은 피곤 때문이기도 하겠지만 기압 탓도 큰 것 같다. 아마 산을 오를수록 기압차가 커져 얼굴은 더욱더 붓고 동글동글해질 것이다.

차비를 차리기 무섭게 이 선생님과 혜안 스님은 먼저 길을 떠났다. 그들은 비교적 걸음이 느린 편이어서, 전체적인 일정에 폐를 끼치지 않으려고 항상 우리보다 먼저 길을 나섰다. 일행을 위해서 좀더 노력하려는 그들의 진지한 모습에서 인간적인 연민이 느껴졌다.

그런데 문제는 오성 부부였다. 그들의 희생적인 노력에도 불구하고 오성 부부의 눈매가 썩 매끄럽지 않았다. '저런 사람들이 무슨 배짱으로 이곳까지 왔냐?' 하는 눈빛이었다.

"이거 제대로 걸어야지, 어설프게 걸었다간 큰일 나겠습니다."

박재욱 님이 오성 부부의 도끼눈이 못마땅했는지 고개를 살랑살랑 흔들며 불편한 심기를 드러냈다.

우리는 롯지 뒤로 나 있는 길을 따라 오늘의 목적지인 '셀파의 본고장' 남체를 향했다. 남체는 남체 바잘로 불리는 곳으로 해발 3,440m에 있는 산중 마을이다. 바잘(시장)이라는 지명이 말해주듯이 커다란 시장이 있는 곳이다. 하지만 분위기 상으로는 선뜻 믿기지가 않았다. 도대체 얼마나 많은 사람이 살고 있기에 3,440m 높이의 첩첩산중에 거대한 시장이 있다는 것일까. 아침 공기는 냉랭했고, 하늘은 진한 파란색을 띠고 있었다. 파란 하늘이 반갑기도 했지만 한편으로는 두렵기도 했다. 어제 루크라에서의 경험으로 볼 때 파란 하늘에서 쏟아져 내리는 자외선이 예사롭지 않으리라는 경험 때문이었다.

처음 남체로 가는 길은 순탄했다. 두드코시 강 왼쪽을 따라 올라가는 길은 비교적 평탄했고, 산길을 굽이굽이 돌아갈 때마다 올망졸망한 마을이 나타났다. 그 마을을 들여다 보는 재미가 쏠쏠했다. 모두들 마을에 들어서면 마을 구경도 하고 고산에 적응도 하려는 듯 걸음이 한층 느려졌다. 그래도 걸음을 옮기면 숨이 조금씩 차오르는 느낌은 여전했다. 루크라에서의 첫 오르막 때처럼 뒤통수 쪽에서 무엇인가 빨아들이는 듯한 서늘한 느낌이 다시 느껴졌다.

등산로는 좁기오를 위시하여 여러 인종들이 뒤섞여 올라갔다. 그런데 아무리 둘러 봐도 동양 트레커는 우리 일행뿐이고 대부분 서양인과 현지인들이었다.

구메라(gumela) 마을로 들어서자 마침 티하르 축제 기간이었다. 전통의상을 입은 남녀 아이들이 두 줄로 나란히 서서 춤출 준비를 하고 있었다. 남자아이의 옷은 파란색으로 수수한 편이었고, 여자아이들의 옷은 알록달록 수수한 듯 화려해 보였다. 초등학생이나 중학생 정도 돼 보이는 남녀 아이들은 서로 손잡고 함께 춤추는 동작이 언뜻 포크댄스 같았다. 시간을 두고 이들의 춤사위를 즐기고 싶었지만, 전체적인 일정에 맞추기 위해 아쉽게도 발걸음을 옮겨야 했다.

축제 중인 구메라 마을. 아이들이 춤출 준비를 하고 있다.

고도가 올라갈수록 길가에 움막이 보이기 시작했다. 에베레스트를 올라가는 이 척박한 계곡 안에서도 빈부는 어김없이 존재했다. 이 조악한 계곡 안에서도 돌집으로 반듯하게 지은 집이 있는가 하면, 대나무나 나무줄기 또는 잎으로 얼기설기 엮어 만든 움막도 있었다. 때마침 움막에서 피부가 아주 검은 젊은 여자가 젖먹이 아이를 안고 나와 움막 앞에 앉았다. 아이에게 젖을 먹이는 그녀의 얼굴빛은 검고 거칠어 보였지만 표정은 오히려 여유로워 보였다. 그녀를 보다 보면 이곳에서도 빈부의 격차는 존재하지만 그들에게서 비교적 공평한 것이 있다면 행복감이 아닐까 하는 생각이 들었다. 반듯하게 지어 놓은 집에 사는 사람이나 움막에 사는 사람이나 서로 약속이나 한 것처럼 모두들 밝아 보였다.

그녀의 움막 옆으로는 대나무 닭장이 보이고, 벌레를 쪼고 있는 닭과 기둥에 매어 놓은 염소도 보였다. 움막 뒤에서 새끼돼지 한 마리가 집 지키는 강아지처럼 걸어 나와 먹이를 찾고 있었다. 돌돌 말아 올린 꼬리를 쉴 새 없이 흔들어 대며 주둥이로 풀뿌리를 뒤져 벌레를 잡아먹는 돼지를 보다 보니, 문득 돼지가 집돼지인지 멧돼지인지 모호해졌다. 가이드에게 물어보니 방목해서 키우는 집돼지란다. 때마침 개구쟁이들이 돼지 뒤를 따라다니면서 꼬리를 잡아당기고 장난치며 깔깔거리고 있다. 돼지가 우리에겐 단순히 '식탁 위의 즐거운 먹거리' 이겠지만, 이곳 아이들에게는 즐거움을 공유하는 친구이자 장난감 같은 존재였다.

마을에는 계곡의 낙차를 이용한 발전 시설도 보였다. 계곡에 위치한 마을에서는 협곡을 흐르는 물의 낙차를 이용해 전기를 만들고, 분지에 위치한 동네에서는 태양열로 전기를 만들어 쓴다. 그러나 생산량이 충분치 않아 집안은 항상 어둡고 밤이 되어도 아주 희미한 전등만 켤 수 있다. 그래서 트레킹을 하다 보면 늘 전기 부족 때문에 곤란을 겪는다. 전기 부족은 고도가 올라갈수록 더욱더 심해지는데, 갈수록 배터리 충전비가 할증되고 그나마도 전력 사정이 좋지 않으면 충전 자체가 어려울 경우도 있다고 한다. 5,140m 높이의 고락셉에는 전기가 제대로 있기나 한 건지?

그렇게 강을 따라 걷다 보니 높이가 100여m쯤 되어 보이는 폭포가 보였고, 그 옆에 '폭포 휴게소'가 있었다. 그곳에는 아침에 우리보다 앞서 출발한 이 선생님과 혜안 스님이 자리 잡고 있었다. 찌아(인도의 짜이, 네팔에선 찌아라고 한다. 우유와 홍차를 섞어 만든 차)를 한 잔 하면서 과자를 먹는 모습이 해맑고 여유로워 보였다.

높이가 100~200m 정도 되는 폭포가 길가 이곳저곳에 널려 있었다. 대부분 수량이 많지 않아 가늘고 길게 떨어지는 탓에 장엄한 맛은 떨어졌지만, 높이만큼은 단연 압권인 폭포들이다. 이곳에서는 산이면 산, 계곡이면 계곡, 폭포면 폭포…, 어느 것 하나 시원시원하지 않은 것이 없다. 그래서 길을 걷다 보면 '아! 역시 이래서 히말라야구나' 라는 생각을 자연스레 하게 된다.

　잠깐의 달콤한 휴식을 끝내고 높다란 전나무가 촘촘히 서 있는 숲길을 따라 올랐다. 키 큰 전나무 숲 그늘은 시원했다. 전나무 숲의 상쾌한 공기를 호흡하며 오르다 보니 어느 순간엔가 전나무 숲 사이로 새하얀 설산이 보이기 시작한다. 보기에도 예사롭지 않은 높이와 산세가 느껴지는 산. 어떤 산일까?

　그 설산은 '황금의 문' 이라는 뜻을 가진 탐세르쿠(Thamserku, 6,608m)였다. 탐세르쿠는 지금까지 보아온 쿰부히말의 풍광 중에서는 단연 뛰어난 산이다. 한때는 한국 원정대들도 자주 오르내리던 산이라서 그런지 친근감이 느껴지는 산이다. 키아사르 빙하(Kyashar glacier)를 품고 있는 탐세르쿠를 보기 위해 시야가 조금 트이는 곳에 앉아 사진을 찍으며 설경을 즐겼다. 전나무 그늘에서 설경과 파란 하늘을 보고 있자니 가슴이 후련해졌다. 이런 멋진 탐세르쿠가 하산 길에도 지금처럼 장엄하고 아름다워 보일까? 아마도 시간이 지날수록 더욱 화려하고 장엄한 산들을 만나게 될 것이다. 하지만 첫사랑의 간절한 기억처럼 탐세르쿠의 기억은 오래도록 가슴에 남아 있을 것 같았다.

　탐세르쿠를 보며 숲길을 걷다 어느새 뒤따라온 요리 팀과 아이들을 만났다. 요리사는 이미 우리를 앞질러 지나갔고, 학생들만 남아서 우리들 꽁무니를 졸래졸래 따라 다니고 있었다. 그런데 자세히 보니 모두 신발도 없이 슬리퍼를 신고 있었다. 해진 데를 꿰맨, 땟물이 꾀죄죄하게 눌어붙은 슬리퍼를 신고 있었다. 스텝들 중에는 가이드, 셀파, 주방장만 운동화를 신었고, 나머지 사람들은 모두 슬리퍼를 신고 산을 오르고 있었다. 5,140m의

기묘한 모양의 구름이 휘감고 있는 탐세르쿠.

고락셉의 추위 속에서도 이 친구들이 맨발에 슬리퍼만 신고 산을 오를까?

잠시 쉬는 동안 눈망울이 초롱초롱한 녀석이 영어로 어디서 왔냐고 말을 걸어 왔다. 코리아라고 대답했더니 코리아를 잘 안단다. 거참, 기특한 녀석. 그런데 보기에 학생 같은 데 애들은 왜 학교를 가지 않고 트레킹을 따라다니는 것일까?

"학생이니?"

"예, 학생인데요."

"근데 오늘 왜 학교 안 갔어?"

"휴일이라서 학교 안 가요."

"휴일? …오늘은 월요일인데? …아! 맞다, 티하르 축제구나."

그랬다. 오늘이 티하르 축제라서 휴일이라는 걸 깜빡 잊었다. 그것도 하루가 아니라 5일간 휴교란다. 세계에서 네팔만큼 축제가 많은 나라도 별로 없다고 한다. 축제 때마다 며칠씩 놀아 버리면 도대체 1년에 노는 날이 얼마나 될까? 학생이라? 문득 떠나올 때 가져온 카터가 생각났다. 가방을 뒤적거려 카터를 꺼내서 사용법을 가르쳐 주었다. 카터 날이 뭉개지면 날을 하나씩 떼어내면 된다는 걸 배운 아이는 신기한 표정으로 무척 즐거워했다.

사가마타 국립공원 들어가기

밴카(benkar, 2,630m)에서 한 차례 기다란 출렁다리를 건너갔다. 다행히 좁키오나 짐꾼을 만나지 않아 무리 없이 다리를 건넜다. 하지만 다리 밑으로 흐르는 두드코시 강의 코발트 빛 급류는 몸과 마음을 긴장하게 만든다. 강 위를 지날 때마다 느껴지는 냉기는 눈과 빙하가 녹아내린 물이라 더욱더 차갑게 느껴졌다.

곧 꽤나 큰 규모의 마을인 몬조(Monjo, 2835m)에 들어섰다. 그곳에는 '모모'라는 네팔 만두를 파는 가게도 있었고, 서양식 빵집도 보였다. 그러

사가마타 국립공원 관리소 전경.

나 무엇보다도 눈에 띄는 것은 현지 화가들의 작업실 겸 매장이었다. 또 한편으로는 마을 한가운데 경전을 새겨놓은 마니스톤들이 유독 많다는 것이었다. 마니스톤을 만나면 왼쪽으로 돌아라!

몬조 마을을 비스듬히 올라 야트막한 고개에 올라서자 고개 너머로 빨간 지붕의 사가마타 국립공원 사무소(Sagamatha national park entrance) 건물이 나타났다. '사가마타' 라는 생소한 이름은 에베레스트를 가리키는 네팔어로 '하늘의 이마' 라는 뜻이다. 이곳에서 에베레스트라는 이름은 단지 1800년대 후반 인도의 측량 관리인인 '조지 에베레스트' 의 이름에서 따온 것에 불과했다. 결국 같은 산 이름이 에베레스트(영어), 초모룽마(티베트어), 사가마타(네팔어)라는 세 가지 이름을 가진 셈이다. 그곳에는 입산을 하기 위해 올라온 트레커나 원정대들이 입산 수속을 밟느라 대기하고 있었다. 이곳 역시 건축물 대부분이 돌이었다. 건물도 바닥도, 심지어는 야트막한 담처럼 만들어 놓은 대기석도 모두 돌로 만들어져 있었다.

"선생님, 잠깐 기다리세요. 입산 신고를 하고 오겠습니다. 그리고 그동안 저곳에 가시면 히말라야 모형이 있으니 구경하세요."

가이드가 가리키는 건물 안에 히말라야 모형이 있었다. 그러나 그곳 또한 부족한 전기 탓으로 실내에 조명이 없어 그리 밝지 않았다. 이곳 트레킹 코스는 어디를 가나 전기가 문제인 것 같았다. 입산 수속을 마치고 뒷문을 나서자 돌계단 내리막이 있었다. 계단은 의외로 많았다. 꽤 긴 내리막이었고, 그 옆으로는 '옴마니반매훔' 을 산스트리트어로 새겨 놓은 글들이 암벽을 따라 줄줄이 이어졌다.

타와(Tawa)를 지나 점심 식사 장소인 조르살레(Jorsale, 2740m)를 향해 갔다. 그곳에서도 어김없이 기다란 출렁다리를 건너야 하는데, 이번엔 좁키오가 다리를 장악한 상태였다. 우리는 꼼짝없이 녀석들이 모두 지나갈 때까지 기다리는 수밖에 없었다. 하지만 좁키오는 절대로 빨리 움직이는 법이 없다. 설렁설렁 세상의 모든 것을 관조하는 혜안의 도인처럼 한 걸음 한 걸음 움직이며 다리를 건너왔다.

처음엔 다리 건너편에서 좁키오가 지나갈 때까지 기다리는 일이 여간 고통스럽지 않았다. 더군다나 한 무리의 좁키오가 건너오기 무섭게 이번에는 등 뒤로 다가온 좁키오가 건너가기라도 하면, 다리를 건너기 위해 한참을 지체해야만 했다. 그때의 기분은 도시의 철도 건널목에서 꼬리에 꼬리를 물고 지나가는 기다란 화물 열차가 '뎅~뎅' 거리는 경고음과 함께 한없이 '굼실굼실' 지나갈 때 느껴지는 속 터지는 조바심 같은 것이었다. 그런 달갑잖은 기다림 속에서 '아하! 이것도 트레킹의 한 부분이구나'라고 느끼게 된 것은 주변 사람들의 표정에서부터였다. 이곳 셀파 족들이야 그렇다 치더라도 서양 트레커들도 좁키오가 오면 느긋하게 기다릴 줄 안다. 그들의 기다림에는 우리와 같은 조급함이 없었다.

그런데 아이러니한 것은 이런 기다림이 훌륭한 고산병 예방약이 된다는 것이다. 어쩌면 그 녀석들이 없다면, 그리하여 휴식이 짧아진다면 더 많은 사람들이 고산병에 시달리게 될지도 모른다. 그런 면에서 고산병 예방약 품목에 좁키오나 야크를 추가로 넣어야 할지도 모르겠다. '단, 별도로 준비할 필요는 없음'이라는 단서 아래.

처음에는 그렇게 기다림의 순간이 그들에게는 '휴식의 시간'이 되었고, 우리들에게는 '조급함의 시간'이 되었다. 그제야 시간에 쫓기듯 성급하게 살아온 우리들의 일상이 부끄럽게 느껴졌다. 그리고 기다림까지도 즐길 줄 아는 것이 진정한 트레킹이라는 것을 이제 겨우 알기 시작한 것이다.

우리는 조르살레에서 점심을 먹기로 했다. 식사 때마다 느끼는 것이었지만 우리 요리 팀의 한국 음식은 정말 훌륭했다. 물론 매번 다른 메뉴의 식사를 준비한다는 것도 대단하지만 무엇보다도 맛이 제대로 났다. 요리사

'담배'가 만든 예술 같은 식사…. 줄여서 식사를 '담배예술'이라고 한다면 우스꽝스러울까? 오늘은 무슨 메뉴일까?

조르살레에서의 점심 식사. 메뉴는 비빔밥이다.

　　조르살레의 햇빛은 팍딩보다 좀더 사납게 피부로 파고들었다. 강렬하게 몸속을 파고드는 햇빛이 부담스러워 점심을 먹으러 차양 지붕이 있는 선룸 안으로 들어갔다. 선룸의 벽면은 유리로 되어 있어서 창 밖에 만발한 꽃들을 보면서 식사를 할 수 있었다. 화사한 히말라야의 고산 꽃들과 설산을 바라보며 먹는 비빔밥은 여유롭고 행복했다. 쌀밥에 갖은 나물을 넣고 고추장과 참기름으로 '쓱쓱' 비벼서는 그 위에 달걀 프라이까지 곁들여 먹는 맛! 힘이 불끈 솟았다. 그러나 한편 유럽의 트레커들처럼 자외선을 잔뜩 머금은 뙤약볕 아래서 식사를 하지 못하고 햇빛을 피해 온실에서 점심을 먹는 우리들은 트레킹에 관한 한 '온실 속에서 자라는 화초' 같은 존재였다. 이곳 쿰부 히말라야에서 우리의 존재감이란 그렇게 유하고 작은 것이 현실이었다.

점심을 먹고 나자 포만감으로 유쾌해진 일행들이 선룸 옆의 그늘진 장의자에 나란히 앉았다. 꽃들이 화사한 뜰 앞에 앉아 잠깐 꽃구경을 하는 동안 노곤함과 함께 식곤증이 밀려왔다. 게슴츠레해진 눈빛으로 롯지를 둘러보자 마당에는 식사를 즐기는 서양 아가씨들이 무어라 조잘거리며 세월을 낚고 있고, 주변으로는 아기자기한 꽃과 주변 풍광이 어우러져 언뜻 동화 같은 분위기를 자아내고 있었다. 먼 이웃 나라를 여행하는 명망 있는 카라반이 되어 가이드와 몸종, 요리 팀과 짐꾼 가축을 이끌고 새로운 풍광과 풍습을 즐기며 여행하는 동화 속 이야기의 주인공이 된 기분.

그렇게 동화 속의 주인공이 되어 유쾌한 여행을 즐기는데 난데없이 어디선가 마른 풀 타는 냄새가 솔솔 풍겨왔다. 코에 익은 냄새? 무슨 냄새일까? 눈결 눈을 떴다. 오 선생이었다. 그토록 흡연 장소를 가려 달라고 하였건만, 하필이면 바로 옆에서 담배를 '뽀끔뽀끔' 피워 대고 있는 것이다. 그것도 가뜩이나 홀쭉한 양 볼이 서로 맞닿을 정도로 '쪽쪽' 빨아대는 모습이 가관이었다.

"오 선생님! 담배는 사람들 없는 데서 피우기로 하셨잖아요."

박진순 님이 한 마디 던지자 그는 아무런 대꾸를 하지 못했다. 모두들 모처럼의 단잠을 깨운 그가 미운 표정들이었다.

남체, 그 숨 막히는 오르막

오후에 우리가 가야 할 길은 만만치 않은 코스였다. 지금까지는 올망졸망한 오르막과 내리막을 걸어왔지만, 지금부터 남체(Namche bazar, 3,440m)까지는 오르막의 연속이다. 고도 차이가 커서 자칫 고산병이 올 수 있는 코스였다. 조르살레에서 남체까지의 표고 차는 700m나 된다. 게다가 지도상의 촘촘한 등고선으로 볼 때 경사도 만만찮아 보였다. 모두들 긴장하는 빛이 역력했다.

"비아그라라도 먹어 두는 게 좋을런가?"

박재욱 님이 조금 걱정스런 눈빛으로 오후의 거사를 준비하려는 모양이었다.

"그런 거 필요 없어요. 무슨 걱정이 그렇게 많아요. 요거 올라가는데 고산병 약을 뭣 하러 먹어요? 여기 조막만 한 애들도 다 그냥 걸어 올라가는데."

난데없이 오 선생이 끼어들어서 밉살스레 그의 마음을 긁었다. 순간 고산병 공포증이라도 걸린 사람 취급하는 오 선생의 말투에 그는 몹시 불쾌한 표정으로 얼굴이 굳어지더니 정색을 하고는 한 마디 던질 태세였다. 분위기가 심상치 않다 싶었던지 이 선생님이 점잖게 오 선생의 말을 정리했다.

"준비하고 대비하는 게 좋습니다. 사람이 항상 건강한 것도 아니고, 특히나 이런 곳에 오면 스스로 알아서 조심하고 방비해야지요. 약은 이럴 때 쓰라고 준비해 오신 거 아닙니까?"

그러자 오성 부부는 비아냥거리는 표정으로 서로 속닥이며 입을 이죽거리더니 멀리 떨어졌다. 모두들 '무슨 철없는 애들도 아니고, 산을 저렇게 우습게 생각하는지 정말 대책 없네…' 하는 표정들이었다. 만약을 대비해 약을 착실히 준비해온 다른 일행들에 비해 약이라고는 소주 1박스가 전부인 그들의 '자기 합리화'로 치부해 버리기로 했다.

점심을 먹고 또다시 출렁다리를 지나 자갈이 밟히는 너덜과 암반으로 이어진 강가를 걸었다. 두드코시 강 오른쪽을 따라 굽이굽이 따라 오르다 문득 놀라운 광경과 마주쳤다. 라자브릿지(Laja bridge)였다. 라자브릿지는 에베레스트 트레킹에서 만나는 출렁다리 중에서 단연 백미였다. 강물로부터 높이가 60여 미터도 넘을 것 같은 높다란 허공에 놓여 있는 라자브릿지.

절벽 사이의 '라자브릿지' 다리 위로 사람들이 빼곡하게 지나가고 있으나 거리가 멀어 보이지 않는다.

　그것은 주변의 풍광과 어우러져 존재 자체가 신비로웠다. 그곳은 '보테코시 강'과 '두드코시 강'이 합쳐지는 곳인데, 라자브릿지는 두드코시 강 쪽의 깎아지른 절벽 사이에 설치된 다리이다. 라자브릿지가 간직한 신비로움의 또 다른 이유는 다리에 매어둔 수많은 형형색색의 경문 때문이었다. 협곡으로 바람이 일면 경문이 적힌 오색 깃발들이 일제히 펄럭이는 것 또한 장관을 이루었다.

　다리를 건너자 지그재그로 나 있는 오르막이 시작되었다. 남체를 오르는 가풀막은 이번 여행에서 처음 맞이한 고난의 여정이었다. 오르막이 시작되자 걸음을 옮길 때마다 숨이 차오르기 시작했다. 자연스레 걸음이 느려지고, 쉬는 시간이 점점 잦고 길어졌다. 그러다 보면 산더미 같은 짐을 진 포터들이 슬리퍼를 신은 새카만 발로 성큼성큼 경쾌하게 우리들 옆을 지나가기도 하고, 뎅그렁 뎅그렁 워낭소리를 내며 느릿느릿한 동작으로 좁키오도 지나갔다. 좁키오는 보면 볼수록 히말라야의 현자(賢者) 같다는 생각이 든다. 결코 서두르지 않는 느릿느릿한 걸음. 스피드가 미덕처럼 되어 있는 우리에게 좁키오는 느림의 미학을 가르쳐 준다. 그리고 그 느림의 미학으로 행복을 말하려는 것 같다. '조급함 속에 행복은 존재하지 않는다'라고 말이다. 소걸음이 천 리를 간다고 하였던가? 느리지만 꾸준한 걸음이 시간이 지날수록 위력을 더해 갔다. 이럴 때는 나도 주문을 외운다. '비스따리 비스따리…'

그동안 일행을 업신여기며 으스대던 오 선생, 성 여사도 속도가 영 나지 않는 모습이었다. 이곳에서 '폼생폼사'는 곧 '폼사폼사'가 된다는 걸 몸으로 느낀 모양이었다. 그동안의 자신감은 다 어디로 갔는지, 가쁜 숨을 몰아쉬며 처절하게 오르막을 오르고 있었다. 그런 처절함은 곧 절박감으로 바뀔 것이다.

지그재그로 나 있는 길은 지루하게 이어졌다. 가뜩이나 호흡이 어려워 여간 고역스럽지 않은데, 지그재그 길의 끝은 도대체 어디에 있는 것인지, 아무리 위를 올려다봐도 종잡을 수가 없다. 얼마나 올라왔을까? 어디선가 사람 소리가 들려왔다. 고개를 들어 올려다보니 위쪽 숲 사이로 사람들이 어른거렸다.

그곳은 벤치용 돌담이 있는 휴식공간이었다. 그곳의 위치 때문일까. 남체를 오르는 사람들은 그곳을 그냥 지나치는 법이 없다. 그만큼 남체를 오르는 오르막은 힘에 벅찬 코스였다. 그렇게 휴식공간의 반가움은 오르막의 고통과 정확히 비례했다. 돌 벤치가 전부인 휴식처이지만 그곳에는 과일을 파는 사람들이 있었다. 이 고장의 특산품 과일인지 낯설기도 했지만, 맛도 시큼털털하고 씨가 입안에 한 움큼 씹혀서 씨를 뱉어내느라 제대로 먹을 수가 없었다. 그렇게 그곳에서는 사람들이 과일을 사먹으며 쉬기도 하고 거름(?)을 주러 숲으로 잠깐씩 사라지기도 했다. 때마침 숲에서 유럽 트레커가 코를 싸잡고 잔뜩 얼굴을 찌푸린 채 황급히 나왔다. '세상에! 완전 지뢰밭이다' 라는 얼굴 표정으로…. 모두들 그의 모습을 보고 큭큭거리며 웃어댔다. 잠깐의 휴식으로 호흡과 체력을 충전하고는 다시 남체를 향해 걸음을 옮기려는데 어디선가 외침이 들려왔다.

"코리아 파이팅"!

길옆에서 휴식 중이던 일본인 트레커들이었다. 동병상련이었던 모양이다. 그렇게 예기치 않은 격려를 받고 나니 힘이 불쑥 솟아오른다.

"재팬 화이또"!

그렇게 답례를 하고 서로가 인사하며 환하게 웃었다. 늘 떨떠름하게 느껴졌던 일본인들에게 처음으로 느껴 보는 친근감이었다. 산을 오를수록 그렇게 사람들은 마음이 열리고, 서로에게 밝은 얼굴로 배려하게 되는 모양이다. 문제의 두 분은 오늘도 심기가 불편해 보였다. 자신들도 그렇게 썩 잘 오르는 것은 아닌 것 같은데도 한 걸음씩 느릿느릿 남체를 오르는 일행들을 별로 탐탁찮게 여기는 것 같았다.

오르막이 더해질수록 남체에 진짜 시장이 있을까? 하는 의문도 깊어졌다. 정말 눈으로 보지 않고서는 상식적으로 이해가 가지 않는 산길의 연속이었다. 숨이 턱밑에서 깔딱깔딱거릴 무렵 오르막이 조금 완만해지는가 싶더니, 앞 쪽으로 음료수를 파는 가게가 보였다. 그곳에선 먼저 온 유럽 트레커들이 가는 나무 가지로 엮어 만든 나무 벤치에서 음료수를 마시며 호흡과 체온을 고르고 있었다. 이렇게 힘들 때 가게를 만난다는 것은 무척 반가운 일이다. 모르긴 해도 가게는 남체 마을 영역에 들어왔다는 가장 확실한 증표일 가능성이 크기 때문이었다.

벤치에 앉자 몸이 지치는 느낌이 들었다. 휴식도 필요했고, 체력을 보충

할 먹을거리도 필요한 순간이었다. 때마침 도착한 박진순 님이 배낭을 뒤적거리더니 초콜릿을 꺼내어 나눠주었다. 지치고 배고플 때 먹는 초콜릿 한 조각….

'아… 박진순 님! 당신은 천사입니다.'

초콜릿은 지친 몸을 순식간에 회복시켰다. 마법 같은 초콜릿에 힘입어 다시 남체를 향했다.

완만해진 언덕을 올라가자 눈앞에 타르초가 펄럭이는 높다란 언덕이 나타났다. 그 위로 집들이 몇 채 보였다. 그리고 그곳으로 올라가는 좁은 골목길 옆으로 물건을 파는 가게와 가정집이 몇 집 보였다. 가게 앞에는 전통의상을 입은 동네 아이들이 북을 두드리며 노래와 춤을 추고 있었다. 아이들이 춤추고 노래하는 것은 티하르 축제 때의 전통행사인 것 같았다. 아이들과 서양 트레커는 노래의 후렴구를 반복적으로 따라하며 흥겨워했다.

남체 바잘의 어린 아이들.

그리고 공연이 끝나자 아이들 중 가장 덩치가 큰 까까머리 소년이 함께 즐기던 서양 트레커들에게 돈을 받았다. 그리고 그 소년은 함께 연주하고 노래하며 춤췄던 애들을 불러 모아 놓고는 돈을 나누어 줬다.

아이들이 공연하던 곳의 좁은 비탈진 골목길을 빠져나갈 때쯤 어떤 남자가 무어라 말을 걸어왔다. 눈치 빠른 박재욱 님이 뒤를 가리키며 "가이드"라고 말하고는 그냥 지나쳤는데, 뒤늦게 유심히 보니 그곳은 통행자를 확인하는 검문소였고, 그 남자는 경찰이었다. 분위기상 언뜻 보기에는 검문소 분위기가 나지 않아 하마터면 잡상인이 지나가는 사람에게 물건을 팔려고 호객하는 것으로 착각할 뻔했다.

남체 바잘, 거대한 산중 마을

그나저나 '도대체 남체 바잘은 어디에 있는 것일까?' 그 의문은 언덕의 왼쪽을 돌아가자 풀렸다. 언덕을 돌자 눈결 경사면으로 집들이 빼곡한 마을이 보이기 시작했다. 남체의 규모는 상상 이상이었다. 언덕을 돌면 돌수록 오른쪽의 언덕 뒤에서 연이어 나타나는 마을. 도대체 어디까지가 마을일까? 1~5층짜리의 100여 채도 넘어 보이는 롯지가 부채꼴로 층층이 줄지어 있었다.

마을의 규모는 루크라보다도 훨씬 큰 마을이었다. 3,440m에 위치한 거대한 마을은 마치 마추픽추처럼 산자락에 숨어 있다가 언덕을 돌아 들어오는 트레커들을 화들짝 놀라게 하기에 적합한 마을이었다. 문득 마추픽추의 모양과 남체 바잘의 모양이 랑거(남성의 상징물)와 요니(여성의 상징물)처럼 서로 짝을 이룬 것 같다는 생각이 들었다. 도톰한 언덕에 볼록하게 자리한 마추픽추가 랑거라면, 오목한 계곡에 위치한 남체 바잘은 요니와 같은 모양이었다.

마을 입구에 세워진 또 다른 불이문 같은 문을 통해 마을로 들어섰다. 루크라에서 불이문을 통해 현세에서 미지의 세계로 들어갔듯이, 이번에는 미지의 세계에서 인간이 사는 현세로 다시 들어가는 느낌이었다.

마을 입구에 들어서자 불탑인 초르텐이 큼지막하게 세워져 있었다. 초르텐은 정방형의 탑 모양인데, 상단부에 귀와 입이 없는 부처가 그려져 있었다. 그곳에 그려진 커다란 두 눈은 마치 이방인을 환영하는 듯하기도 하고, 잘못을 저지르지 못하도록 하는 경고의 눈빛 같기도 했다. 그래서 그런지 이곳 남체는 지난 30년 동안 강력 범죄가 한 건도 없었다고 한다. 마을 입구에 있는 초르텐과 타르초를 보면 문득 우리네 시골 마을 입구에 있는, 마을의 수호신인 성황당과 당나무(神木)에 쳐놓은 금줄 같다는 생각이 들었다. 다만 우리의 금줄은 나무에 치렁치렁 감아서 부정한 것을 금하는 네거티브한 것인 데 반해, 그곳의 타르초는 줄을 팽팽하게 당겨서 빨랫줄처럼 매어두는 것과 그 깃발에 적힌 경전이 널리 퍼지도록 하는 포지티브한 것이었다.

우리는 우리가 묵을 롯지에 가기 위해 완만한 계단식 돌길을 올라갔다. 계단 한 쪽으로는 노점상들이 생필품과 옷가지들을 팔고 있었고, 그 옆 공터에는 제법 많은 물건을 펼쳐 놓고 장사하는 모습도 보였다. 그들은 바닥에 커다란 보자기를 깔아놓고, 그 위에 옷가지나 여러 물건들을 진열하거나 쌓아 놓은 채 팔고 있었다. 남체는 원래 saturday market으로 매주 토요일마다 큰 장이 열리는 곳이어서, 오늘은 일부 상인만이 조촐하게 난전을 펼치고 있었다.

계단을 오르자 또다시 머리가 묵직해졌다. 목적지에 다 왔다는 안도감으로 성급하게 오르막을 오른 것이 화근이었다. 아차! 싶어 속도를 줄여 한 발 한 발 걸음을 옮기니 한결 나아졌다. 점심을 먹고 표고로 700m나 올라온 탓인지 모두들 지쳐 보였다.

"정말 힘드네요, 앞으로가 걱정이네요."

"박 여사님만 힘든 게 아니고 다들 힘듭니다. 말은 안 해도 다들 똑같으니까 편하게 생각하세요."

"정말 그럴까요?"

"허허, 어차피 산행을 마치는 동안 수도 없이 '정말 잘 왔다' 라는 긍정적인 생각과 '내가 뭐 하러 여길 왔을까?' 라는 부정적인 생각을 반복하게 될 겁니다. 그게 트레킹의 묘미일지도 모릅니다. 인생도 기쁨과 슬픔이 수도 없이 교차하지 않습니까. 기쁨만 있거나 슬픔만 있다면 삶이 얼마나 무미건조하겠습니까? 그러니까 아무 걱정 마세요."

남체 마을 위쪽은 롯지가 빼곡하게 들어서 있고, 중간 조금 아래쪽에 상설 시장이 있었다. 좁은 골목으로 이어진 시장은 제법 규모가 큰 편으로 주로 기념품 가게가 많았고, 그 다음은 지도 파는 가게, 인터넷 숍, 맥주집, 빵집, 환전소, 댄스홀까지, 그야말로 야생의 세계에서 만난 문명세계 같았다.

재미있는 것은 그 좁은 시장골목에서도 어김없이 좁키오가 우선 통행권을 갖는다는 것이다. 좁키오가 뎅그렁거리는 워낭과 커다란 뿔을 끄덕이며 지나가면 어쩔 수 없이 사람들은 가장자리로 비켜서야 했다. 골목길에다 귀한(?) 배설물을 흘리고 가면 그것 또한 피해가야 했다. 남체부터는 좁키오 똥도 귀한 대접을 받는다. 이곳에서 땔감을 구하기가 쉽지 않아 좁키오나 야크의 똥을 말렸다가 연료로 쓰기 때문에 이놈들의 똥값은 이미 똥값이 아닌 셈이다. 골목에는 야크나 좁키오 뿐만 아니라 더러는 염소 떼가 지나가기도 하는데, 이것을 지켜보는 것도 참 흥미로운 일이다. 느릿느릿하고 근엄한 표정의 시골 노인 같은 야크와 도시의 중년같이 세련된 좁키오에 비해, 염소 떼는 총총걸음으로 까불까불 부산하기 짝이 없다. 마치 인생을 달관한 존재 같은 야크에 비해 염소는 이제 막 유치원에 들어가는 개구쟁이 같은 모습이다. 이렇게 사람과 가축이 함께 누비고 다니는 좁은 골목

남체 바잘 전경.

길의 풍경은 고대 도시를 배경으로 한 영화에서나 봄 직한 장면인데, 이런 고풍스러움이 남체에서는 일상이 되어 있었다.

한편 남체 시장에는 사람과 동물이 서로 뒤엉키면서도 마치 고도의 통행 기술을 발휘하듯 전혀 부대낌 없이 제각각 제 갈 길로 간다는 것이 신기했다. 어쩌면 남체는 인간적인 논리보다는 동물적인 감각이 더 필요한 곳일지도 모른다. 재미있는 것은 이런 풍경이 카트만두 시가지의 교통 소통과도 닮았다는 것이다. 아무래도 네팔 사람들은 소통에 관한 한 절대적인 감각을 지녔나 보다.

고산병과 축제의 밤

우리가 묵을 롯지는 시장통 조금 위쪽 언덕에 있었다. 3층짜리 롯지는 언덕의 경사면에 위치한 탓으로 정문으로 들어서면 지상 1층이 되고, 옆문을 이용하면 지상 3층으로 들어가는 전형적인 산악 형 건물 구조였다. 롯지 안으로 들어서자 실내는 어두웠고 외형에 비해 허술했다. 나무로 된 바닥에서는 걸음을 옮길 때마다 삐걱이는 소리가 났고, 몸무게 때문인지 울렁거렸으므로 나도 모르게 조심스러워졌다. 그리고 방안은 페인트를 덕지덕지 칠해 놓은 베니어합판 벽면과, 1970년대 시골 이발소 창문을 연상케 하는 낡은 여닫이 창문이 눈에 들어왔다.

우리는 2층에 방을 잡았다. 방에 들어서자 긴장이 풀린 탓에 온몸에 피로가 몰려들고 허기가 느껴졌다. 우선 옷을 벗어 벽에 박아 놓은 옷걸이용 못에다 옷을 걸었다. 순간 '푸헐' 웃음이 나왔다. 나란히 박아 놓은 다섯 개의 못이 악보의 음계처럼 하나같이 크기나 높이가 제각각이었다. 이제야 이곳이 고산지대이고, 건축 자재가 이렇게 귀한 곳이라는 사실이 새삼 느껴진다.

저녁 식사를 기다리는 동안 박재욱 님은 그동안 흘린 땀으로 몸이 찜찜했는지 샤워를 하려 했다.

'샤워, 머리감기, 빠른 고도 높이기…. 다들 고산병하고 친구들인데? 그가 샤워를 해도 괜찮을까?'

고산병 예방규칙에는 분명 샤워하지 마라, 머리 감지 마라, 술 마시지 마라, 물을 많이 먹어라 등등의 것들이 있었다. 그의 샤워가 왠지 불안하게 느껴졌다.

그는 120루피를 지불하고 3층 식당 옆에 만들어 놓은 창고 같은 샤워장에서 샤워를 했다. 무슨 샤워를 그렇게 오래 하는지 30분 정도가 지나서야 그는 방으로 돌아왔다. 그런데도 별로 개운한 표정이 아니었다.

"아, 물이 쪼금씩 나와서 샤워하고 빨래하느라고 혼났다 아이가. 박 선생도 빨리 가이소."

"그럼 저도 샤워를 해볼까요?"

샤워를 하려고 도구를 챙기는데 하상진 님이 부인인 박진순 님의 몸 상태가 좋지 않다고 뜨거운 물로 샤워를 했으면 좋겠다고 한다. 그래서 당연히 양보를 했는데…, 오히려 그것이 문제였다. 그녀가 샤워를 하는 도중 그만 뜨거운 물이 나오지 않는 것이었다. 부랴부랴 다시 가스통을 교체하고 물을 데우는 동안 몸을 심하게 떨었던지 샤워를 마친 그녀의 몸 상태는 오히려 더 악화된 것 같았다. 우선 한기를 느끼고 있는 그녀에게는 체온을 올리는 것이 급해 보였다. 하상진 님은 보온력이 뛰어난 침낭에 두꺼운 이불을 덮고 방한용으로 준비해간 비닐로 랩을 씌우듯 그녀를 감싼 다음, 침낭 안에 뜨거운 물통을 넣어 그녀의 몸을 데웠다. 박재욱 님도 걱정스런 표정이었고, 하상진 님이야 더 말할 나위가 없었다. 그녀를 보자 '이것이 고산병이구나' 하는 생각이 들었다. 머리도 아프고 구토감에 온몸에 열도 나고 으슬으슬 추워서 견디기가 어려운 모양이었다.

저녁식사 시간이 되어 식당이 있는 3층으로 올라갔다. 이곳에선 계단을 올라가는 것이 여간 고역스런 일이 아니었다. 나무 계단은 가파르기도 가파르지만 습관적으로 평상시처럼 무심코 계단을 성큼성큼 올라가면 숨이 차오르고 순식간에 머리가 묵직해지는 고산 증세가 일어났다. 희한한 것은 다시 2층으로 한 층만 내려가면 괜찮아진다. 고산병이 한 집안에 숨바꼭질 하듯 숨어 있을 줄이야….

그날 저녁은 특별히 축하해야 할 일이 있었다. 별 생각 없이 앉은 식탁에 케이크와 와인이 놓여 있었다. 무슨 일일까? 알고 봤더니 서울에서 오신 이 선생님의 생일이란다. 그래서 저녁을 먹으면서 케이크를 놓고 축하노래를 부르고 와인도 한 잔씩 했다. 3,440m에서 맞이한 생일은 아마 이 선생님 생애에 있어서 아주 특별한 추억이 될 것이다.

그날 밤 남체 바잘은 축제를 즐기려는 사람들로 시끌벅적했다. 동네아이 들이 가가호호 돌면서 춤을 추고 노래를 불렀다.

'비나~ 비나~ 바이호 데우시레~.'

이 반복되는 가사의 뜻이 뭐냐고 가이드에게 물어보니 '돈 달라'는 뜻의 노래라고 간단히 말했다. 말하자면 우리의 각설이타령과 흡사한 노래인 셈

이 선생님 생일 파티. 케이크에 와인에 그래도 분위기는 제대로.

이다. '어쩐지 반복되는 노래가 친근하다 했더니만….'

그런 축제의 밤에 하상진 님은 아내를 정성스레 간호하고 또 간호했다. 그 간절한 간호는 그녀가 건강한 모습으로 아침을 맞이할 때까지 계속될 것이다. 비록 고산병으로 힘든 시간을 보내고 있는 그녀였지만, 모르긴 해도 박진순 님처럼 해발 3,440m의 고산에서 남편의 지고지순한 간호를 받아본 사람도 드물 것이라는 생각이 들었다. 그래서 지금 그녀는 고통스런 호사를 누리고 있는지도 모를 일이다. 오늘 따라 두 부부의 모습이 간절하고도 아름다웠다.

룸메이트인 박재욱 님도 약간의 몸살기가 있어 보온용 옷을 챙겨 입고 침낭에 들어가 잠을 청했다.

"박 선생! 박 여사가 아파서 걱정이다. 내일 움직일 수 있을런가? 사실 나도 으슬으슬한 게 상태는 안 좋은데, 내보다는 박 여사가 더 걱정이네."

"괜찮아지겠지요. 내일은 다행히도 고산 적응하는 회귀 코스니까 정 어려우면 롯지에서 하루 더 회복하면 별문제 없을 겁니다."

말은 그렇게 희망적으로 했지만 걱정스런 밤이었다. 만약 그녀가 모레 아침까지 회복하지 못하고 도중에 하산해야 하는 경우라도 생긴다면, 그것은 이번 트레킹에서 가장 곤혹스런 상황이 되겠기 때문이었다. 이렇게 우리 둘은 그녀가 내일 아침이면 건강한 모습으로 특유의 밝은 웃음을 지을 수 있길 바라면서 피곤하고 지친 몸을 누이며 잠을 청했다. 밤이 되면 조명이 어두워 딱히 할 일도 없는 이곳 쿰부 히말에서는 해가 지면 자연스레 잠을 잘 수밖에 딴 도리가 없었다.

오늘밤은 체력 소진에다 급격한 고도 상승으로 침대에 눕는 것조차 쉽지 않았다. 자리에 누우려면 몇 번이고 뒤척이며 끙끙거리는 이커서니와 함께 숨을 거칠게 몰아쉬어야만 했다. 옆 침대의 박재욱 님이 화장실을 다녀와서 자리에 눕느라 '끙끙' 앓는 소리를 토해내며 안간힘을 쓰는 모습에서 나도 몰래 '푸헐' 웃음이 나왔다. 힘들어 하는 것이 웃을 일은 아닌데도, 그 모습이 도리어 웃음을 유발하게 만들었다. 지금부터는 얼마나 산을 잘 오르느냐가 아니라, 얼마나 산에 잘 순응하느냐가 문제라는 사실이 가슴에 와 닿았다. 그동안에 그래도 산을 좀 다녔다고 하면서도 이 간단한 진리를 남체에 와서야 깨닫게 된 것이다. 바보같이….

꼭! 챙겨 봐야 할 것들

1. 팍딩 롯지에서 설산의 비치는 아침놀 또는 날씨에 따른 변화무쌍한 모습. 늦잠 자는 자에게는 볼 일이 없음.
2. 라자브릿지의 위용(물론 지나가는 코스라서 안 볼 수는 없지만, 시간을 가지고 풍광을 즐겨라.)
3. 라자브릿지 건너편의 급경사 계단을 내려가는 포터와 좁키오의 모습. 포터나 좁키오가 오면 길도 비켜 주며 쉬엄쉬엄 걸어라.
4. 남체 바잘의 풍경과 사람과 동물이 공존하는 모습.
5. 시간이 되면 남체의 인터넷 숍에서 고국에 계시는 지인에게 인사라도 하면 좋을 것이다. 물론 사용료가 비싸고, 한글 버전은 있으나 속도는 보장 못 함.

다섯째 날

| 남체 – 에베레스트뷰 호텔 – 남체 |

열부문(烈夫門)

아침에 커튼을 젖히자 여명 속에서 하얀 콩테가 나타났다. 팔짝 지붕처럼 웅장하면서도 칼날같이 경쾌한 모양의 하얀 설능(雪稜)이 길게 이어진 모습이다. 방안 침대에 누워서 창문을 통해 건너편 콩테의 웅장한 자태를 바라보았다. 그것은 마치 창문이라는 낡은 액자 속에 담겨진 사진 작품을 보는 듯했다.

산정에서 아래로 내려와 6부 능선쯤으로는 높이가 가늠되지 않을 정도로 기다란 폭포가 보였다. 그 폭포는 높이가 800m쯤 된다고 했다. 폭포는 가파른 협곡에 생긴 것으로, 용이 까마득한 협곡 아래서 힘차게 승천하듯 몇 번을 굽이치며 콩테 정상을 향해 있었다. 이 폭포는 겨울이면 유럽 빙벽 팀이 5박 6일 동안 빙벽에 비박을 하며 오르는 빙벽 코스라고 한다. 폭포의 높이도 경이로웠지만, 그곳을 오르는 인간의 능력은 더더욱 놀라웠다.

잠에서 깨어나 침대에 누워 있는 동안 머리가 묵직하고 불유쾌했다. 그러나 일어나서 움직이고 걷다 보면 머리도 몸도 가벼워진다. 나중에 안 사실이지만 고산에서는 원래 그런 것이 정상이란다.

방안에서 창문을 열면 보이는 콩테 전경.

　돌이켜 보면 지난밤부터 나는 히말라야의 밤에 두려움을 느끼기 시작했
다. 내게 있어서 밤이란 휴식과 행복의 시간이었는데, 이제는 어둠에 대해
서 원초적인 공포에 떨고 있는 원시인처럼 밤을 두려워하기 시작한 것이었
다. 이곳의 밤은 열악한 전력 사정으로 실내 조명이 너무 어두워 딱히 할
일도 없긴 하지만, 일찍 잠을 자는 것도 그리 간단한 일만은 아니었다. 왜
냐하면 고소증 예방 차원에서 일찍 잠자리에 드는 것은 좋지 않기 때문이
었다. 특히 하루에 고도를 600m 이상 올렸다면 피곤하더라도 밤늦게 잠을
자야 한다는 것이 철칙이다. 고산병은 산행을 시작한 지 10~13시간 사이에
잘 온다고 하니까, 아침 9시에 산행을 출발하면 저녁 7시 경부터 고산 증상
이 올 수 있다는 것이다. 그래서 느지막이 잠을 자라는 것인데, 그게 어디
말처럼 쉬운 일인가.

고통   이유는 화장실을 들락거리는 것이었다. 고
산병을   이나막스 등의 약을 먹기도 하지만 기본적
으로 물   다이나막스는 이뇨작용을 일으켜 물을 많
이 먹게   이 떨어지면서 소변이 잦아지는데 물까지
많이 먹게   락거리는 일이 잦아지게 된다. 이것은 여간
성가시고   특히 어제 하루는 고도를 거의 830m나
높여 고난   적으로 지치고 고산 적응도 덜 된 상태라
서 화장실   려면 거의 초죽음 상태가 되어 버린다. 태
어나서 처음으로 맞닥뜨린 침대 위의 호흡곤란 과정은 이렇다.

1. 우선 화장실을 다녀오면 숨이 차서 침대에 걸터앉아 숨을 고른다.
2. 그 다음 숨이 정돈되면 우선 한 쪽 다리를 침낭에 집어넣는다. 순간 그
   간결한 동작에도 호흡이 다시 거칠어지고 숨을 거칠게 몰아쉬며 다시
   숨을 고른다.
3. 다음은 나머지 한 쪽 다리를 다시 침낭 속으로 넣는다. 당연히 호흡이
   거칠어지고, 또 숨을 고른다.
4. 다음은 조용히 천천히 몸을 눕힌다. 반듯하게 누우면 가슴이 조여 오
   기 때문에 때로는 모로 눕는다.
5. 문제는 마지막 동작인데 정말 고통스러운 순간이다. 몸을 완전히 침낭
   속에 넣기 위해 엉덩이를 들면서 동시에 침낭을 위로 당겨 올려 몸을
   완전히 넣는 동작인데, 이 동작을 하다 보면 터질 듯한 심장의 박동을
   숨 가쁘게 들어야 한다. 호흡은 100m를 전력 질주했을 때와 거의 비
   슷하다. 폭발적인 호흡을 고르려면 오랜 시간 숙명처럼 다가온 고통과
   싸워야 한다.

그런데 정작 그런 호흡곤란을 느끼는 순간에도 나는 나도 모르게 '큭큭큭' 웃음이 나오곤 했다. '실없는 웃음', 이것도 고산 증상 중에 하나일지 모를 일이다. 결론적으로 물을 버리러 화장실에 한 번 갔다 오면 침대 위에서 숨 고르는 데 만 5분 이상이 걸린다. 그리고 다시 잠이 들려면 또 시간이 걸리고, 이런 숨고르기를 하룻밤에 대여섯 번 하다 보면 그냥 날이 새어버린다는 것. 그래서 나는 최대한 버틸 수 있을 때까지 침낭 대신 이불만 덮고 잤다. 열 많은 체질이 늘 문제였는데, 이렇게 제대로 써먹을 때도 있었다.

문득 그녀가 궁금해졌다. 밤새 건강을 회복했는지도 궁금했고, 만약 회복되지 않았다면 앞으로 어떻게 해야 할 것인가도 걱정스러웠다. 물론 많이 좋아졌을 것이라고 긍정적으로 생각하고 또 생각했지만 불안한 마음은 여전했다.

잠결에 노크 소리가 들려왔다. 비몽사몽간에 문을 열어주자 키친보이들이 모닝 티를 가져왔다. 차가운 방안 공기 탓으로 따뜻한 레몬 티의 느낌이 좋았다. 컵 손잡이의 금속마저도 따뜻한 촉감에 부드럽게 느껴진다.

"재욱 형님! 박 여사님 좀 괜찮으실런가요?"

"내가 하 회장 방에 갔다 와야겠네."

그때 때마침 하상진 님이 우리 방으로 들어왔다.

"박 여사님 좀 어떠세요?"

"많이 나았습니다. 괜찮아요."

하상진 님 특유의 간결 담백한 대답이었다. 다행이라 생각했지만 한편으론 우리를 안심시키기 위해 그렇게 안심용 멘트를 날린 것일지도 모른다고 생각했다. 그렇게 아프던 분이 하룻밤 새 거뜬해졌다는 것이 아무래도 믿기지 않았다.

조금 후 아침 식사를 하러 홀에 나타난 그녀의 모습은 정말 거뜬해 보였다. '이럴 수가…' 사랑의 힘이 그렇게 큰 것일까? 밤을 세워가며 아내를 돌봐준 하상진 님의 숭고한 사랑이 그녀에게는 세상에서 가장 효과적인 고산병 치료제였던 모양이다. 이런 그를 위해 부산에 돌아가면 센텀 입구에 열녀문(烈女門) 대신 열부문(烈夫門)이라도 세워야 할 것 같았다. 아침 식사를 함께 하던 분들도 모두 건강을 회복한 그녀를 보며 반갑게 맞이해 주었다. 다만 오성 부부의 표정이 떨떠름하니 별로였다.

오늘의 일정은 남체 뒷산에 일본인이 지었다는 에베레스트뷰 호텔(3,840m) 전망대까지 왕복하는 코스였다. 말하자면 고산 적응을 하기 위한 날로서 체력에 따라 전망대까지 왕복하거나, 체력적으로 버겁거나 고산 증상이 있으면 롯지에 남아 휴식을 취하기도 하는 날이다. 그리고 예외적으로 아주 심한 경우에는 조르살레 쪽으로 하산했다가 고산 증상이 사라지면 다시 올라와야 한다.

지난 밤 숙박했던 롯지는 오늘 저녁 축제 하우스로 선정되어 방을 비워줘야 하는 모양이었다. 이국 만 리, 그것도 해발 3,440m까지 올라와서 지금까지 한번도 들어보지 못한 "방 빼!" 소리를 듣게 될 줄이야….

아침을 먹고 짐을 챙겨 복도에 내다 놓았다. 우리가 전망대 코스를 돌아올 동안 짐은 인근에 있는 새로운 롯지에 옮겨 놓을 것이지만, 느닷없이 집을 옮긴다는 것에 마음이 그리 편치는 않았다. 아마도 내 몸에는 여전히 농경민족의 피가 흐르고 있는 모양이다. 유목민족처럼 늘 주거지를 옮겨 다니는 것보다는 한 곳에 안주하길 좋아하는 정착 유전자가 내 몸과 마음을 지배하고 있어, 뜬금없이 집을 옮기는 데 대한 거부반응이 생긴 것이었다.

트레킹 차비를 차리고 롯지를 나섰다. 밤새 고생했던 박진순 님이 예상외로 동행하겠다고 등산화 끈을 조이고 있었다. 회복은 했다 하더라도 오늘 코스는 지금보다 고도를 400m나 더 올라가야 하는 코스인데, 그래서 오늘 하루는 고산 적응을 위해 롯지에서 쉴 것으로 예상했는데….

"힘드시면 롯지에서 쉬셔도 됩니다. 너무 무리할 필요는 없을 것 같은데요."

"괜찮아요, 이정도면 충분합니다."

그녀의 동행 의지는 분명했다. 그리고 특유의 웃음을 환하게 지어 보이며 고개를 살짝 옆으로 틀어서 나를 빤히 보았다. 그녀의 그런 동작과 표정은 '걱정 팍 붙들어 매슈' 라는 뜻이라는 것을 나는 잘 알고 있었다.

우선 롯지를 빠져 나와 우리는 마을의 골목 사이사이로 짐을 짊어진 야크마냥 어슬렁거리며 올라갔다. 골목은 오래된 달동네 빌라 촌을 닮았다. 이곳도 집과 집 사이로 좁고 구불구불한 골목길이 모세혈관처럼 연결되어 있었다. 팽나무 고목의 그로테스크하게 생긴 가지처럼 구불구불한 골목을 지나다 보면 그 모습에서 우리나라의 전통적인 골목길 정서가 느껴진다. 한국에서는 전통적으로 우선 집을 짓고 난 다음 그 집 사이사이로 구불구불한 골목길이 생긴다. 그에 반해 서양에서는 우선 길부터 반듯하게 내놓고 그다음 집을 짓기 때문에 길이 반듯하다. 이것을 두고 '생활 우선' 의 길(한국의 골목길)이냐, '계획 우선' 의 길(서양의 구획된 길)이냐를 따지기도 한다. 현대 도시생활에서는 반듯한 길이 훨씬 효과적이지만, 에베레스트를 트레킹하는 트레커로서의 시각은 이곳 남체의 구불구불한 길이 훨씬 친근하고 실용적이며 또한 예술적이다.

아! 예술도 좋고 친근한 길도 좋은데 문제는 고산병이었다. 이제 막 오르막이 시작인데도 숨이 차고 뒤통수에 찌릿한 자극이 왔다. 잠시 길가에 서서 호흡을 가다듬는데 문득 등산화 끈이 풀린 것이 보였다. 허리를 숙여 헐거워진 등산화 끈을 단단히 고쳐 매고 몸을 일으키는데….

"어어."

그만 뒤통수가 찌릿하게 고산 증상이 또 왔다. 세상에! 지난밤에는 집안에서 한 층 사이에서도 고산병이 온다고 웃었더니, 이건 숫제 잠시 몸을 숙였다가 폈을 뿐인데…. 고도차이라고 해봐야 겨우 1m 남짓인 높이에서도 고산 증상이 나타나다니 황당한 일이었다. 고산병은 한 건물 안에서뿐만 아니라, 내 몸 안에서도 생겨난다는 사실을 명심해야겠다.

남체 마을을 굼실굼실 빠져 나가는 데도 대략 20분이나 걸렸다. 마을 제일 위쪽 끝자락으로 에베레스트뷰 호텔로 가는 산길이 보였다. 오르막에는 키 작은 관목만 조금 있을 뿐 풀들만이 가득 나 있는 황량한 경사면으로 되어 있었고, 그 길로 알록달록한 등산복을 입은 트레커들이 개미처럼 줄지어 오르고 있었다.

눈에는 언덕 정상이 빤히 보이는데, 생각보다는 거리가 멀었다. 오늘은 시간이 충분한 일정이라 한 발 한 발 천천히 걸음을 옮기기로 했다. 올라가는 길옆으로 좁키오들이 짧은 풀을 뜯으며 한가로이 시간을 보내고 있었다. 고도가 점점 올라가자 발 아래로 남체가 눈에 들어오기 시작했다. 위에서 내려다본 남체 마을의 모습은 부채꼴 같기도 하고 태극문양 같기도 했다.

숨이 차올랐다. 숨이 차면 어김없이 쉬었다. 시간이 지날수록 호흡이 점점 거칠어졌다. 더러는 숨을 몰아쉬느라 염치 불구하고 '하~악! 하~악!' 소리 내어 숨을 내쉬었다. 호흡이 짧아지면 휴식을 취해야 한다. 호흡이 가빠지면 심호흡을 할 수 없고, 그러다 보면 반복적으로 산소 흡입량이 줄어들어 고산병이 올 가능성이 커지기 때문이다.

아마다블람과의 첫 만남

오르막이 힘들 때면 '저 위에는 풍광이 얼마나 대단하기에 이 고생을 하고 올라가야 하는가? 어차피 다시 돌아올 텐데…' 하며 푸념도 했지만, 뒤따라오는 하상진 님과 박진순 님이 의연하게 산을 오르는 모습을 보면 이내 부끄러워진다.

'내가 두 분에 비하면 정신적인 사치를 하고 있구나, 몸도 정상이 아닌데 저렇게 열심히들 올라오고 있는데, 나는 조금 힘들다고 투덜거리고 있다니…'

언덕을 반쯤 올라갔을까. 탐세르쿠의 설경이 코앞으로 바싹 다가왔다. 때마침 아침 시간이라 탐세르쿠는 역광을 받아 정상부의 만년설이 진한 푸른색으로 빛났다. 그리고 언덕 8부 능선쯤 올랐을 때 언덕 위로 눈 덮인 봉우리의 끝부분이 살짝 나타났다.

'어떤 봉일까?'

점점 제 몸을 드러내기 시작하는 봉은 하얀 눈을 덮어쓴 채 꽤나 경쾌하고 매혹적인 자태를 드러냈다.

"푸르바, 저 봉 이름이 뭐지?"

"선생님 멋지지요? 저 봉이 아마다블람(Ama Dablam, 6,856m)입니다. 세계에서 제일 아름다운 3개 봉우리 중에 하나입니다."

세계 3대 미봉이라… 세계 3대 미봉은 우선 이곳 에베레스트 밑에 있는 아마다블람(6,853m), 안나푸르나 쪽의 마차푸차레(Machpuchare, 6,993m), 알프스에 있는 마테호른(Matterhorn. 4,478m)이다. 아마다블람은 '어머니의 보석상자'라는 뜻을 가지고 있고, 마차푸차레는 안나푸르나 쪽에 있으며 '물고기 꼬리'라는 뜻으로 네팔인들이 신성시 여기는 산이다. 마테호른은 독일어로 알프스 초원(Matte)에 솟은 뿔 같은 봉우리(Horn)라는 뜻이다. 이탈리아에서는 몬테체르비노, 프랑스 사람들은 몽세르뱅이라고 부르는, 스위스와 이탈리아 경계선에 있는 산이다.

잔디 언덕 너머로 보이는 로체, 아마다블람.

그랬구나! 어쩐지 예사롭지 않다고 생각했는데…. 앞으로 며칠 동안은 아마다블람 밑자락을 돌면서 트레킹을 하게 될 것이다. 이런 미봉을 끼고 산을 탄다는 것은 생각만으로도 행복한 일이었다.

숨이 점점 거칠어지고 이젠 제발 좀 쉬었으면 할 때쯤 언덕의 정점이 보였다.

'이제 다 올라왔나 보다…? 벌써 고도를 400m나 올라왔을까?'

그러나 그곳은 오르막의 정점이 아니라 8부 능선쯤에 있는 완만한 둔덕이었다. 그곳에는 오르막의 왼쪽에 샹보체 비행장(Shyangboche airport, 3,720m)이 자리 잡고 있었다. 활주로는 루크라와는 달리 반듯하고 길이도 훨씬 길어 보였지만, 지금은 폐쇄되어 특별한 경우에만 사용하는 비행장이다. 가이드가 설명하는 공항 폐쇄 동기가 묘했다. 트레커들의 안전을 위해서라고 하는데, 글쎄? 즉 공항 개통 얼마 후 일본인 여자 트레커가 샹보체 공항에 내렸다가 고산병으로 즉사한 적이 있어서 곧장 폐쇄를 결정했다는 것이다. 일반적으로 루크라 공항(2,840m)에 비해 약 900m가 더 높은 곳이라 급격한 고도상승으로 인한 고산병이 왔다는 것인데…. 내 생각으론 그것보다는 셀파 족들의 소득 문제와 연관이 있지 않을까 하는 생각이 들었다. 말하자면 트레커들이 루크라로부터 산행을 시작하면 루크라와 샹보체 사이의 수많은 마을에서는 트레킹 관련 수입을 얻게 되고 또한 트레커들의 일정이 길어져서 가이드를 비롯한 스텝들이 더 많은 수입을 올릴 수 있다. 그런데 루크라 대신 샹보체 비행장이 활성화되면 그 사이에 있는 아랫마을의 상권이 죽게 되고, 트레킹 일정도 짧아져서 네팔 경제로 볼 때 이로울 게 없다는 것이 이유 아닐까? 어찌했든 샹보체 행장의 그 아까운 시설을 사용할 수 없다는 것이 안타까웠다.

샹보체 비행장 근처부터는 나무가 별로 없어 황소 잔등같이 누런 잔디평원이 펼쳐졌고, 그 뒤에는 쿰비라 산이 신령스런 자태로 우뚝 서 있었다. 언덕을 올라서자 영국 트레커들이 길옆에서 쉬고 있었다. 문득 그들의 배낭에 부착된 검은 유리판이 눈에 띄었다.

"이게 뭐죠?"

"솔라 배터리."

솔라 배터리는 햇빛이 과도할 정도로 무한 리필(refill)되는 이곳에서 아주 유용한 물건이다. 저것만 가지고 다니면 롯지에서 비싼 충전비를 쓰지 않아도 될 텐데…. 다음에 오지로 트레킹을 떠나게 되면 꼭 한 번 사용해 볼 만한 물건인 것 같았다.

다시 다보록한 잔디밭으로 펼쳐진 언덕길을 따라 오르자 전망대 롯지가 나타났다. 롯지는 조용한 분위기였고 주변의 전망이 아주 훌륭한 곳이었

에베레스트뷰 호텔로 가는 도중 주변의 산 설명 안내판.

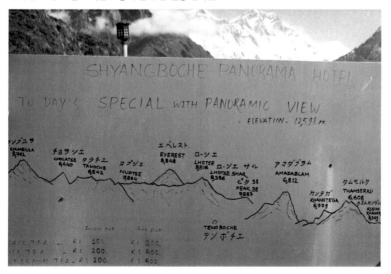

다. 언덕을 올라서는 사람마다 풍광에 매료되어 모두들 "굿" 하는 감탄사를 연발했다. 우리는 잠깐 숨도 돌릴 겸 사진을 찍으며 주변을 돌아봤다. 허리 높이로 쌓아 놓은 돌담을 끼고 돌자 탐세르쿠, 캉데가, 아마다블람, 눕체가 설선 위로 하얀 눈을 덮어쓴 채 시원하게 펼쳐져 있었다. 장엄하고도 미려한 산군을 바라보며 능선을 걸어서인지 서서히 호흡이 편해지고 마음도 마냥 행복해졌다.

능선 길은 고원 오른쪽의 낭떠러지 가장자리로 나 있어 경관이 탁 트였고, 고원과 탐세르쿠 사이의 까마득한 깊이의 협곡 아래로는 두드코시 강이 흐르고 있었다. 협곡의 깊이는 눈짐작으로 800~900m도 더 되어 보였다. 그리고 협곡 아래 중간쯤엔 내일이면 우리가 걸어가야 할 남체에서 캉주마로 가는 길이 실처럼 가늘게 산허리를 따라 구비구비 이어져 있었다. 그 길에는 보일락 말락 작아 보이는 좁키오와 트레커들이 쌀벌레처럼 곰실곰실 움직이고 있었다. 때마침 경비행기 한 대가 발 아래 협곡 사이로 바람을 타는 매처럼 날렵하게 활공하며 아마다블람 쪽으로 날아갔다. 발 아래로 날아가는 비행기? 얘기치 못한 볼거리에 피식 웃음이 나왔다. 모두들 그 모습이 우스웠는지 깔깔대고 웃어 대기 시작했다.

여기서부터 에베레스트뷰 호텔로 가는 길은 잘 가꾸어 놓은 왕궁의 정원 같이 평탄한 길이었다. 금잔디 같은 짧은 갈색 풀들이 카펫처럼 깔려 있고, 중간 중간에 전나무와 주목이 고원의 분위기를 제대로 살려주고 있었다. 흠이 있다면 막힌 곳이 없는 곳이라 차가운 바람이 제법 세차게 불어온다는 것이다. 그래도 차가운 바람보다는 볼거리가 더욱 뛰어난 곳, 점점 업그레이드되는 풍광에 차가운 바람의 존재감은 점점 사그라지고 있었다. 평탄하던 길이 약간의 경사를 이루더니 곧 에베레스트뷰 호텔이 나타났다.

에베레스트뷰 호텔

에베레스트뷰 호텔은 전나무와 잔디 평원에 둘러싸여 고원 끝자락에 자리 잡고 있었다. 외국 자본을 전혀 허용치 않는다는 이곳에서 일본인은 어떤 로비를 했기에 이런 천혜의 뷰포인트에 호텔을 지었을까?

호텔 로비를 가로질러 우리는 뷰포인트로 나갔다. 뷰포인트는 언덕 끝에 위치하고 있었고, 그곳에서 탐세르쿠와 '말안장'이란 뜻의 캉데가(kangtega, 6,685m), 아마다블람, 눕체, 로체, 그리고 구름이 걷힐 때마다 살짝 살짝 암봉을 내미는 에베레스트가 보였다. 경치를 즐기기에 가장 좋은 정면은 이미 유럽 트레커들이 자리를 차지하고 간식을 즐기고 있었으므로 우리는 오른쪽 테이블로 가서 먼 곳에 위치한 쿰부 히말라야 산군을 조망했다. 보면 볼수록 호텔의 자리가 절묘하다는 생각이 들었다. 잠깐 동안이지만 내리쬐는 햇볕이 따가웠다. 고도를 높일수록 자외선의 강도는 점점 높아지는 모양이었다. 그렇다고 햇빛을 피해 그늘에 있기엔 너무 추웠다. 잠깐 동안 주변을 조망하고 사진을 찍은 뒤 다시 남체로 돌아가기 위해 왔던 길을 따라 호텔을 빠져나왔다.

돌아오는 길의 풍광은 올 때보다 더 풍요롭게 느껴졌다. 오르막을 오르느라 호흡조절에 전전긍긍했던 때와는 달리, 호흡이 편해지니 세상도 편안해 보이는 것은 당연한 일이다. 나도 모르게 흥얼흥얼 콧노래가 나왔다. 나뿐 아니라 모두들 즐거운 표정이었다. 돌아오는 길에 우리는 전망대 롯지 근처 고산 초원에 앉아 도란도란 얘기를 나누었다.

"박 여사님, 정말 대단하십니다. 전 내일 텡보체 출발 전까지라도 제발 회복되었으면 참 좋겠다고 생각했었는데, 이렇게 함께 산을 올라올 거라고는 상상도 못 했거든요…."

"사실 저도 어제 밤에 오만 가지 생각을 다했어요. 이러다가 회복이 안 되면 어떡하나, 하산했다가 다시 회복한 뒤 올라와야 하나? 아니면 루크라

나 카트만두로 내려가야 하나. 그것도 아니면 아예 한국으로 돌아가야 하나? 한국으로 돌아가면 무슨 망신일까 등등 말예요."

"진짜 오늘 산행은 별로 기대하지 않고 왔는데 정말 안 보면 후회 엄청했을 것 같아요. 이 경치가 보통 경치입니까?"

"아파도 꼭 와봐야 할 곳 같네요. 이렇게 경치가 멋있을 줄이야, 호호."

그녀는 고산병으로 몸이 아픈 것도 아픈 것이지만, 무엇보다 밤새 마음고생이 심했던 모양이다. 그래도 이렇게 멋진 풍광을 함께 보고 내려갈 수 있어 다행이었다. 히말라야 트레킹에는 이런 극적인 반전이 있어 묘미가 더해지는 것 같았다.

잠깐 초원에 누워 하늘을 봤다. 하늘은 구름 한 점 없이 파란 빛으로 가득했다. 그리고 파란 하늘과 맞닿은 새하얀 설봉들이 병풍처럼 빙 둘러서서 감히 하늘을 담아내고 있었다. 잔디는 생각보다 부드러웠고, 뛰어난 쿠션처럼 등짝으로 전해오는 촉감이 황홀했다. 문득 편안함으로 졸음이 몰려왔다. 이 순간만큼은 '이곳이 신선의 세계이고 내가 곧 신선이었다'고 해도 과언이 아닐 것이다.

남체로 내려가는 길은 생각보다 경사가 심해 보였다. 우리는 하산을 준비하며 언덕에서 잠시 머물렀다. 마주 보이는 건너편의 눈 덮인 콩테 모습은 언제 봐도 건장한 청년의 골격을 가졌다. 보디빌더의 잘 발달된 승모근과 삼각근처럼 좌우로 힘차게 펼쳐진 콩테를 바라보다가, 문득 왼쪽 능선에 점점이 박혀 있는 콩테 베이스캠프를 발견했다. 그런데 이상한 것은 베이스캠프를 보게 되면 나도 모르게 그 산을 오르고 싶은 욕망이 일기 시작한다는 것이다. 누구라도 출발선에 세워 놓으면 본능적으로 앞으로 뛰어나가려고 하는 것과 같이….

그리고 남체를 내려다 봤다. 그 모습은 언뜻 '쿰부 히말라야를 숨 쉬게 하는 거대한 허파' 같다는 생각이 들었다. 수많은 롯지의 창문들이 폐포처럼 빼곡하게 들어찬 모습이 가히 예술적이었다. 쿰부 히말라야의 모든 길은 남체로 통한다. 그래서 남체는 쿰부 히말라야의 허파이자 심장이다. 남체를 중심으로 혈관처럼 퍼져나간 산길들을 통해 쿰부의 삶이 서로 교환되고 있는 것이다.

'교통의 요지 남체….' 바퀴 달린 것이라고는 자전거 한 대도 없는 이곳이 쿰부 히말라야의 교통의 요지라고 생각하니 내가 가지고 있는 상식으로는 이해가 되지 않았다. 더더욱 놀라운 것은 수많은 인파와 차량들로 가득한 네팔의 수도 카트만두보다도 이곳 남체 땅값이 더 비싸다는 것이다. 우리로 치면 서울보다 지리산 중산리의 땅값이 더 비싼 격인데, 지금도 이곳에선 새로운 롯지를 짓느라 공사가 한창이다. 그러나 이런 개발로 인해 이곳도 얼마 있지 않아 전기와 물 부족으로 곤란을 겪게 될 것이라고 걱정하는 이도 많은 것이 현실이다.

남체 마을을 거의 다 내려갔을 때쯤 한 무리의 딱새 떼가 내 옆을 날아갔다. 그런데 딱새 떼의 비행 궤적이 나에겐 충격적이었다. 내 몸을 스치듯 지나가는 딱새 떼는 나를 피하려 하지도 않은 채 자연스럽게 휘~익 제 갈길로 날아가는 것이다. 인간을 두려워하지 않는 야생의 새. 이것이 이곳의 인간과 동물의 공존법인 모양이다. 이 공존의 노력은 바로 아래의 군부대에서도 찾아볼 수 있다. 남체의 왼쪽 언덕에 위치한 부대는 전투도 전투지만 주 임무가 밀렵 방지 및 예방이라고 한다. '자연과 인간의 공존을 위한 군대', 이것이 네팔 군대의 또 다른 이름인 셈이다.

새집 증후군

점심시간에 맞춰 모두 새로 옮긴 롯지에 도착했다. 새 롯지도 3층짜리 돌집인데, 계단 구조가 특이하게 'ㄹ' 자로 되어 있다. 즉 1층에서 2층을 올라갈 때는 입구로부터 가장 안쪽 끝에 있는 계단을 이용해야 하고, 2층에서 3

층으로 오르려면 또다시 반대편 끝부분의 계단으로 오르게 되어 있다. 불편하게 지어진 집 구조 때문에 처음에는 적응하기가 쉽지 않았다. 가뜩이나 움직이기만 하면 숨이 차고 힘이 드는데, 건물 구조상 이동거리가 너무 멀어 슬며시 짜증이 났다.

그런데 시간이 지나자 생각이 달라졌다. 처음엔 '이 사람들이 도대체 무슨 생각으로 집을 이 모양으로 지은 거야?' 하고 불만을 표했지만, 곰곰이 생각해 보니 트레커를 위한 배려라는 생각이 들었다. 즉 한 쪽에 계단을 만들어 1, 2, 3층을 한 번에 올라갈 수 있게 만들었다면, 곧바로 고산 증상이 올 수 있기 때문이다. 한꺼번에 고도를 높이지 못하도록 집안을 에둘러가게 만들어 놓은 것이 이 롯지 건축의 큰 뜻이 아닐까? 동선(動線)이 길수록 실용적이 되어 버리는 이곳 쿰부 히말의 역설적인 건축물을 4차원적인 건축으로 이해하면 될까?

점심을 먹고 남체 바잘을 둘러보기로 했다. 시장은 롯지와 붙어 있어, 말 그대로 계단을 내려가 대문만 나서면 시장 한가운데였다. 시장에 내려가서 무엇을 살까 고민하며 가이드에게 가격대를 물어보자, 이곳은 일반 물품은 카트만두보다 비싸고, 티베트에서 야크 등에 싣고 히말라야를 넘어오는 물건은 싸다고 귀띔해 주었다.

우선 난전부터 둘러보았다. 난전은 기념품을 파는 것이 대부분이었는데, 반지, 귀걸이로부터 팔찌, 발찌까지의 장신구와, 스카프를 비롯한 모직류…. 그 중에 유독 분위기가 엉뚱한 물건이 눈이 띄었다. 그것은 카마수트라의 성교 장면을 그로테스크하게 그려 놓은 카드 세트였는데, 허접한 지질에 선명치 못한 인쇄에다 오랫동안 햇빛에 노출되었는지 색까지 희끗희끗 바래 버린 초라한 모습이었다. 카드를 보고 웃자 주인 남자가 가게 안에서 새 카드를 들고 나와 '좋은 그림 많이 있어요.' 하는 표정으로 카지노 딜러처럼 능숙하게 카드를 넘겨가며 사라고 권한다. 문득 고등학교 시절 '학생 좋은 거 많이 있다' 라며 접근하던 이른바 '빨간 책 아저씨' 생각이 나서 껄껄거리고 웃었더니, 주인 남자는 영문도 모르고 따라 웃었다.

결국 시장에서 선택한 것이 야크 털로 짠 숄이었다. 그런데 그곳 사람들은 파란색을 좋아하는지 가게에는 주로 파란색 계통의 숄들이 대부분이었다. 물론 셀파 상징 문양도 파란색인 걸로 봐서는 파란색이 특별한 의미를 지니고 있는 것 같았다. 이곳에서 판매하는 숄은 생각보다 크기가 무척 컸다. 티베트의 추위를 막기 위해서인지 숄의 크기는 1인용 침대 커버로 써도 될 만큼 큼지막했다.

붉거나 밝은 색 계통의 숄을 구하기 위해 가게 몇 곳을 옮겨 다니다 우리는 비교적 색상이 다양하게 갖춰진 가게를 찾아 흥정에 들어갔다. 오늘도 흥정의 귀재 박재욱 님이 국제적인 에누리 감각을 발휘하기 시작했다. 우선 가게 주인에게 물건 값을 물어보고는 얼마에 팔겠냐고 물어봤다. 이곳

남체바잘의 가게 모습.

네팔이나 인도에서 물건을 살 때는 먼저 물건 구입 희망가격을 제시하면 안 된다. 파는 사람에게 자꾸 얼마에 팔겠느냐고 묻고 또 물어야 싼 가격으로 물건을 살 수 있는 것이다.

결국 다량구매라는 조건이긴 했지만 원래 가격의 1/3 가격인 7달러에 숄을 샀다. 나는 별도로 아들놈 줄 알록달록한 문양의 전통 방한모를 사기도 했는데, 그의 흥정 솜씨에 가이드가 고개를 절레절레 흔들었다. 내가 생각해도 저 가격이면 물건 싣고 온 야크 건초 값(티베트에서 만년설을 넘어오거나 고지대를 지날 때는 풀이 없어 야크 등에 항상 도시락처럼 건초를 지고 다닌다)이나 될까 의문스러웠지만, 주인의 표정으로 볼 때 적절한 값에 산 것 같아 보였다. 그런데 이곳의 가이드는 트레킹 가이드라서 그런지 물건 값 흥정하는 데는 소문대로 샌님이었다. 가이드는 가이드일 뿐! 흥정은 직접 해야 한다는 것이 이곳의 철칙이다.

시장을 돌아보고 롯지로 돌아가는 길은 너무도 가혹한 고난의 길이었다. 우선 시장과 통해 있는 롯지를 올라가기 위해 40여 개의 돌계단을 오른 후, 롯지 1층 식당을 가로질러 안쪽 끝에 있는 계단으로 2층을 오르고, 또다시 2층 반대편에 있는 계단을 통해 3층의 방에 도착하자마자, 아! 두통과 호흡 곤란! 고산 증상이 어김없이 찾아온다. 비스따리 비스따리 올라와야 하는데 높이가 얼마 안 된다고 대수롭잖게 올라왔더니…. 에~효~, 이것도 새로 이사 온 집의 새 집 증후군인가 보다. 화학적 새 집 증후군이 아닌, 계단이 많은 집에서 생기는 '물리적 새 집 증후군'.

롯지에서 우리는 모처럼의 휴식을 가졌다. 몸이 노곤해지더니 피곤함과 졸음이 밀려왔다. 낮잠을 자고 나자 머리가 묵직했다. 고산에는 가능하면 눕지 말고, 자지 말라! 하는 것이 역시 맞는 말인가 보다.

저녁식사 시간에 식당으로 내려갔을 때는 움직임이 한결 편안해졌다. 오전의 고산 적응이 효과가 있는 모양이었다. 특히 이 롯지는 식당이 1층에 있어 숨을 헐떡거리며 밥 먹으러 가지 않아 좋았다. 식당은 가장자리로 장의자(長椅子)와 식탁이 이어져 있고, 중앙에는 무쇠난로가 놓여 있다. 그리고 천장의 네 모서리에는 우리의 방짜같이 놋쇠로 만든 주방기구들이 진열되어 있는 것이 눈에 띄었다. 무슨 의미로 진열을 하느냐고 물으니, 그 물건들이 집안에 행운을 가져다준다고 한다.

그렇게 저녁 식사를 기다리며 잡담하고 있을 때 주인아주머니가 무쇠난로에 땔감을 넣고 있었다. 자세히 보니 땔감은 야크 똥 말린 것이었다. 땔감이 부족한 이곳에선 좁키오, 말, 야크 등 초식동물의 똥을 말렸다가 땔감으로 쓴다. 이곳에선 이것들을 낮에 공터 가득 피자처럼 납작하게 펴서 말린 후 집안에 호떡처럼 차곡차곡 쌓아놓고는 연료로 쓰는데, 생각보다 화력이 세다. 혹시 이곳 속담 중에 '야크 똥도 땔감에 쓰려면 없다' 라는 말은 없는지?

꼭! 챙겨 봐야 할 것들

1. 에베레스트뷰 호텔(힘들더라도 꼭 한 번은 가봐야 될 곳)
2. 남체 뒷산에서 남체 내려다보기. 우람한 콩데와 이어진 설산 능선 구경하기. 포르제 쪽 설산은 트레킹 방향과 맞지 않아 그곳 말고는 다시 볼 수 없다.
3. 시간이 많다면 군부대 내에 있는 셸파 박물관 구경하기(바쁘면 하산 시에 들러도 됨)

여섯째 날

히말라야 인

　나는 남체에 대한 세 가지 기억을 가지고 이곳을 떠난다. 하나는 창문 밖의 콩테 풍광과 다른 하나는 야크 똥에 대한 기억. 그리고 기압의 변화로 모든 물질이 빵빵해진다는 물리적 변화. 그 중 가장 놀라웠던 것은 1회용 커피 봉지도 막대풍선처럼 빵빵해지고, 과자봉지도 쿠션처럼 터질 듯이 빵빵해지는 것이었다. 그런 팽창 현상은 사람 얼굴이라고 예외는 아니었다. 내 얼굴을 본 하상진 님은 볼이 통통하게 부풀어 오르고 볼에 밀려 입이 조그마해진 내 모습을 단 한 마디로 표현했다.

　"복어!"

　아침 식사를 마치고 캉주마(Kyangjuma, 3,550m)로 가기 위해 차비를 차렸다. 내리쬐는 자외선에 대비해서 선크림과 입술연고를 듬뿍 바르고, 눈을 보호하기 위해 고글도 썼다. 그리고 목에는 다용도 스카프로 단단히 무장을 했다. 박재욱 님은 오늘도 엄청난 양의 선크림을 얼굴에 바른다. 아

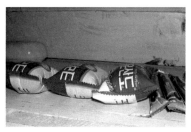

기압 변화로 빵빵해진 과자와 1회용 커피 봉지.

남체 롯지 간판. 뜨거운 샤워, 실내 화장실이 있는 럭셔리 룸이 있다고 자랑한다. 이곳에서는 대부분의 간판에 고도 표시를 하는 것이 일반적이다.

마 저 선크림 흔적이 없어지려면 점심나절은 되어야 할 것 같다. 일본 게이샤처럼 하얀 얼굴 화장을 하게 된 그를 보고 모두들 깔깔거리며 웃어댔다. 롯지에는 거울이 없어 정작 자신의 얼굴은 볼 수가 없다. 그래서 그로 인한 웃을 거리가 심심찮게 발생하기도 한다.

롯지를 나서서 우리는 천천히 마을 위로 올라갔다. 캉주마로 가는 길은 마을 위쪽으로 산길이 나 있기 때문이었다. 캉주마까지는 잡풀과 키 작은 관목이 듬성듬성 있는 코스였다. 어제 에베레스트뷰 호텔을 갔다 온 덕분에 오르막을 올라 마을을 빠져 나가기가 엄청 쉬워졌다. 아침이라 손이 시려 장갑을 끼고 산길로 접어드는데, 한 스무 살 정도 되었을까? 셀파 족 아가씨가 전통의상을 입고 길 옆 돌담에 서 있다가 불쑥 나를 잡아챘다. 순간 움찔했다. 이른 아침부터 아가씨가 입가에 환한 미소를 띠며 지나가는 나를 잡는다는 것은 전혀 예상치 못한 일이다.

"포토, 포토.

"치토, 치토?"

"호이노(아니), 포토, 포토."

그제야 그 아가씨의 말뜻을 알아들었다. 사진을 찍어 달라는 얘기다. 순간 '혹시 전통의상 입은 자기 사진을 찍고 돈 달라는 건 아닐는지?' 하는 생각이 스쳤다. 일단 사진기를 들이대자 아가씨는 모델처럼 살짝 웃으며 자세를 잡는다. 아가씨의 세련된 사진 포즈에 마음이 더 불안해졌다. 사진을 찍고 나자 아가씨는 내게로 다가와 뷰파인더로 사진을 보잔다.

"호호호, 라무로, 라무로(좋아, 좋아요)."

아가씨는 자신의 사진을 보며 환하게 웃으며 수줍어했다. 그제야 그 아가씨는 사진기에 자신이 찍히는 모습을 보는 것을 무척 즐긴다는 것을 나는 알았다. 사진 모델이 되어준 것에 대한 감사의 표시로 주머니에 있던 사탕을 몇 개 건네주고 다시 길을 떠났다.

산길은 우리네 산길과는 사뭇 달랐다. 가파른 경사면을 후벼 파듯 만들어낸 길이기 때문에 왼쪽은 벼랑처럼 깎아지른 가풀막이고, 오른쪽은 낭떠러지 같은 사면이 협곡 아래 두드코시 강으로 이어졌다. 길을 지나다 돌을 다듬는 사람을 보았다. 그는 무너진 길을 석축을 쌓아 보수하는 사람이었다. 이곳은 워낙 높고 비탈진 곳에 있어서 몬순기[13]가 지나고 나면 길이 자연 붕괴되거나 소실되는 일이 잦다고 한다. 그럴 때 언제든지 슈퍼맨처럼 나타나서 돌을 깨고 다듬어서 길을 보수하는 사람들이 있는데, 그런 일을 하는 사람은 대부분 카스트 제도에 의해 돌을 다루는 사람들로서, 스스로 자기 업인 양 그렇게 무보수로 일을 한다고 한다. 다만 그 옆에는 항상 모금함이 놓여 있는데, 이렇게 잘 보수된 길을 걷는 것이 고맙다면 소액이라도 감사의 성금(생활비)를 주고 가라는 뜻이었다.

■ ■ 주석

13) **몬순기**: 인도 지역의 우기로 5~9월 초까지 이어지는데, 폭우가 내리면 대단히 세차게 퍼붓는다고 한다. 물론 설선 위로는 폭설이 내린다.

캉주마로 가는 순탄한 산길.

　언제나 그렇듯 한 구비를 돌 때마다 전망이 시원하게 트이는 곳에는 티
베트 식 불탑인 초르텐이 있다. 하얀 초르텐을 만날 때마다 아마다블람을
배경으로 사진을 찍었다. 모두들 그곳 초르텐을 그냥 지나치는 경우는 드
물었다. 그것은 초르텐이 있는 곳은 예외 없이 전망이 좋고 휴식을 취하기
에도 적합하기 때문이다. 그곳에서는 서로 다른 팀 또는 다른 나라, 다른
인종, 심지어는 다른 언어를 쓰는 사람들까지 서로 아무 거리낌 없이 사진
을 찍어 주며 함께 웃고 즐긴다. 그 모습에서 내가 떠올린 것은 '히말라야
인'이라는 신인류였다. 이곳 히말라야에 들어온 사람은 본인이 원하든 그
렇지 않든 서서히 히말라야 인이 되어 간다. 마치 다양한 야채를 믹서기로

갈아서 동질의 야채죽으로 만들어 버리듯이 히말라야의 공기, 사람, 풍광은 거대한 네츄럴 믹서기가 되어 그곳의 사람들을 히말라야 인으로 만들어 버린다. 인종과 언어와 국가를 초월하는 신인류 히말라야 인….

이렇게 히말라야는 인간의 존재감을 가볍게 만드는 마력을 지닌 것 같다. 이것이 히말라야가 인간에게 주는 또 하나의 행복이 아니겠는가? 한시적으로나마 인간 융합이 가능한 곳이 쿰부 히말라야인 것이다.

여기서 캉주마까지는 평탄한 산길로 이어져 있다. 모두들 마음이 편안해진 건지 걸음도 설렁설렁, 이곳저곳에 사진기도 들이대며 봄꽃놀이 나온 상춘객마냥 걷기 시작했다. 이제는 히말라야에 어느 정도 적응이 되었는지, 무섭게 뿔을 치켜세우고 걸어오는 좁키오 떼를 만나도 서둘러 피하지 않았고, 설령 어찌하다 내 몸 쪽으로 뿔을 들이밀어도 나를 떠받으려는 것이 아니라는 믿음도 가지게 되었다. 시간이 지날수록 좁키오의 날카로운 뿔은 보이지 않고, 천사같이 선량하기 그지없는 눈망울만 내 눈에 들어오기 시작했다. 그것은 이제 막 뿔의 본질을 이해하기 시작하는 순간이기도 했다.

야크 콘 노터치!

캉주마(3,550m)는 전망이 뛰어난 휴게소이다. 전망 좋은 롯지 두 채와 벼랑 위에 지어 놓은 빵 파는 레스토랑 하나가 전부인 곳이지만 전망이 좋고 남체에서 처음 만나는 휴게소인 탓에 많은 사람들이 쉬어 가는 코스였다.

그곳에서 잠시 휴식을 취하는데 특이하게도 롯지 입구에 덩치가 커다란 야크 한 마리가 호객용인지 전시용인지 우두커니 앉아 있다. 사람들은 너도 나도 폼 나게 앉아 있는 야크 옆에서 사진을 찍으며 좋아했다. 그런데 갑자기 다급한 외침이 들려왔다.

"노터치"!

웬일인가 했더니 오버하기 좋아하는 성 여사가 야크 뿔을 잡고 사진을 찍으려 하자 주인아주머니가 화들짝 놀라며 급하게 소리친 것이다. 아주머니는 급히 달려와서 성 여사를 옆으로 밀어내고는 주변 사람들에게 설명했다.

"야크 콘 노터치, 비코우즈 베리 덴저러스, 야크 바디 터치 노 푸로브램. 오케이."

야크 몸을 만지는 것은 괜찮지만, 뿔을 잡거나 손대면 야크가 '뿔난다' 는 거였다. 야크에게 있어서 뿔이란 한비자에 나오는 역린[14]과 같은 것인지도 모른다. 아무리 착하고 눈빛이 천사 같은 야크라도 건드려서는 안 되는 것이 있다는 것. 아무리 착한 사람에게도 역린과 같은 것이 있다는 것을 명심해야 할 것 같다.

캉주마의 백미는 역시 아마다블람 전경이었다. 따뜻해진 햇빛을 받으며 우리는 잠깐 동안이나마 아마다블람의 자태를 감상하고 다시 길을 재촉했다.

캉주마 롯지 앞에 커다란 뿔을 가진 야크가 앉아 있다.

■ 주석

14) **역린**: 용의 몸에는 수많은 비늘이 있는데, 그 중 목 밑에 있는 비늘 하나가 거꾸로 나 있는 것이 있다. 누군가가 실수로 그것을 건드리면 용은 노발대발하여 모두 죽여 버린다는 것.

캉주마부터 점심 식사 장소인 풍기텡가(Phunki tenga, 3,250m)까지는 내리막이었다. 가야 할 길에는 테싱(Tesing, 3,380m) 평원이 보이고, 그 아래 풍기텡가가 있을 계곡도 보였다. 그리고 오늘 오후에 넘어서야 할 텡보체 오르막도 함께 보였다. 텡보체(Tengboche, 3,860m)까지 올라가는 오르막길은 언뜻 보기에는 한 30분 정도면 오를 것 같은데, 만만치 않은가 보다. 그 오르막의 언덕 위에 텡보체 사원의 일부 모습이 멀찌감치 보였다.

풍기텡가로 내려가는 길은 랄리구라스(네팔의 국화[國花]. 5~6월에 꽃을 피운다) 숲으로부터 시작되었다. 마치 허물 벗는 뱀처럼 붉고 얇은 껍질을 벗고 있는 랄리구라스와 그 위에서 천상생활을 하고 있는 송낙(랄리구라스 나무에 이끼처럼 기생하는 한해살이 풀)이 독특한 분위기를 만들고 있는 곳이었다. 그리고는 숲을 벗어나자 벼랑 위로 나 있는 돌계단이 이어지고, 얼마 있지 않아 주목과 전나무 천지인 숲길이 이어졌다. 한국에서는 천연 기념물로 지정되어 소백산, 태백산, 덕유산 정도는 가야 관상용으로나마 겨우 볼 수 있는 주목이 이곳에서는 아예 숲을 이루고 있었다. 그것도 높이 가 10m가 넘는 주목들과 20~30m가 훌쩍 넘어 보이는 전나무가 빽빽하게 들어선 숲. 그 숲길을 따라 걷자 공기가 달랐다. 그렇잖아도 더없이 맑은 히말라야의 공기에 이들 숲이 뿜어 주는 산소와 피톤치드가 공기의 품격을 높여 주고 있었다.

그러나 지금으로선 주목과 전나무가 고품격 공기를 뿜어 주는 것보다는, 가는 길을 괴롭히던 강렬한 햇빛을 차단해 주고 시원한 그늘을 만들어 준다는 것이 더욱더 반가웠다. 왜냐하면 불과 몇 시간 전 출발할 때만 하더라도 손이 시려서 장갑을 꼈는데, 어느새 햇빛이 달궈지고 자외선 때문에 피부가 따가웠기 때문이었다.

우리는 시원한 주목 숲을 터벅터벅 여유를 부리며 내려갔다. 호흡의 고통에서 벗어날 수 있어서 좋아서인지 콧노래가 흘러 나왔다. 5분쯤 지나자 사나사(Sanasa) 갈림길이 나왔다. 갈림길의 왼쪽은 쿰중(Khumjung, 3,780m) 마을로 올라가는 길이었다. 쿰중은 제법 큰 마을로 비교적 평평한 땅이 많아 농사를 짓는 곳이다. 이곳은 에베레스트 최초 등정자인 텐징 노르가이와 힐러리 경과 연관성이 있는 마을이기도 하다. 한때 텐징 노르가이가 가난했던 시절 쿰중에서 머슴처럼 농사일을 하기도 했던 곳이며, 힐러리 경이 세운 힐러리 학교와 병원이 있는 곳이기도 하다. 그리고 직진하게 되면 고쿄(Gokyo, 4,790m)를 가는 길이고, 약간 오른쪽이 우리가 가야 하는 풍기텡가로 가는 길이다.

풍기텡가로 내려가다 오른쪽 아래 숲속에서 수상쩍은 건물이 보였다. 마을에서 동떨어진 외딴곳에 있는 건물…. 도대체 무슨 건물일까? 건물 입구 쪽에 안내판이 있어 읽어 보려는데 네팔어는 알 턱이 없다. 영어로 표기된 부분을 읽어 보니 익숙한 단어가 눈에 들어왔다.

사나사에서 방향을 안내하는 표지판.

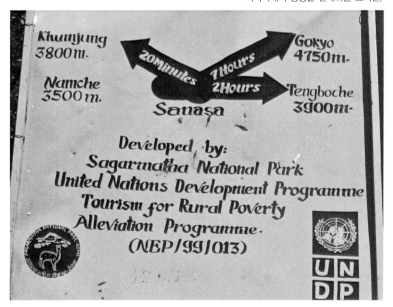

'Post office.' 우체국이었다.

쿰부 히말라야의 우체국답게 산 속에 외로이 있는 것이 당연한 것 같으면서도 선뜻 이해가 되질 않았다. 우체국이 마을에 있지 않고 외진 곳에 위치한 까닭은 무엇일까? 이곳이 고쿄 지역과 추쿵 지역 고락셉으로 갈라지는 요지이기 때문이었다.

우체국을 지나오면서 곰곰이 생각해 보니 궁금한 게 한두 가지가 아니었다. 우선 직원들은 어떻게 이곳 외진 곳까지 출퇴근을 하는 걸까? 오로지 두 다리로 걸어 다녀야 하는데, 그리고 우편물을 배달하려면 몇 날 며칠을 히말라야를 헤매고 다녀야 할까? 그들이라고 고산병이 오지 않으란 법도 없는데. 하지만 그들에게도 효과적인 방법이 있을 것이다. 지나가는 말, 좁키오, 야크를 이용하는 방법이라든가, 아니면 산악 가이드를 통한 방법이라든가….

숲속의 우체국.

그런데 풍기텡가로 하산하다가 문제가 생겼다. 사거리를 지나 테싱 마을까지 내려왔을 때였다. 잠깐 휴식을 취하다 보니 불현듯 혜안 스님이 보이지 않았다. 가이드도 스텝들도, 특히나 늘 출발부터 도착까지 함께 하던 이 선생님도 사거리를 지나서는 스님을 보지 못했다고 했다. 서유기의 삼장법사처럼 오지를 여행하다 마귀에게 잡혀가기라도 한 것처럼 갑자기 사라져서는 아무도 행방을 모른다고 하니, 황당했다. 걸음이 빠르지 않아 우리보다 먼저 갔을 리는 없겠지만, 혹시나 해서 우선 발 빠른 가이드 푸르바를 풍기텡가로 내려 보내고, 우리는 캉주마 쪽에서 내려오는 외국인들에게 스님 인상착의의 동양인을 봤냐고 물어보았다. 하지만 봤다는 사람은 아무도 없었다. 하기야 스님이 모자를 쓰지 않았다면 쉽게 알아볼 수도 있었겠지만, 서양인이 보기에 동양 사람들은 그 사람이 그 사람으로 보였을 것이다. 정말 길을 잘못 들어 고쿄로 간 것은 아닐까? 그렇다면 정말 큰일이다. 스님을 찾으러 다시 오르막을 올라가는 것도 그렇고, 찾더라도 오늘 안에 숙소까지 도착하는 것도 문제였다.

15분쯤 지났을까? 멀리 위쪽에서 사뿐사뿐 걸어 내려오는 혜안 스님의 모습이 보였다. 늘 그랬던 것처럼 양손에 스틱을 잡고 한 걸음 한 걸음 발자국 수를 세듯 천천히 발을 옮기며 내려오는 스님의 걸음은 어느새 좁키오의 걸음걸이를 닮아 가고 있었다. 때마침 아래쪽에서는 먼저 풍기텡가로 내려갔던 푸르바가 스님이 도착하지 않았다는 것이 확인되자 허겁지겁 오르막을 다시 올라오고 있었다. 급히 올라오느라 얼굴이 벌겋게 상기된 푸르바가 우리와 함께 내려오는 혜안 스님을 보고서야 안심하는 표정이었다. 딴에는 무척 당혹스러웠던 모양이다.

파라다이스 풍기텡가

풍기텡가(Phunki tenga, 3,250m)는 고산병의 피난처다. 캉주마

(3,550m)에서 고산병이 발생하면 풍기텡가로 내려오고, 또한 텡보체 (3,930m)에서 발생해도 다시 뒤돌아 이곳으로 내려와 몸을 추스르는 곳이다. 말하자면 잠수병으로 초죽음이 된 스쿠버들을 살려내는 감압장치 챔버처럼 고산병을 없애 주는 자연치유 공간 같은 곳이다. 이곳은 그런 이유 말고도 가만히 머무르기만 해도 자연스레 마음이 편안해지는 곳이다. 시원한 계곡물이 흐르고, 청아한 물소리를 듣고 있다 보면 세상의 모든 시름을 잊은 채 몸과 마음이 편안해진다.

점심 식사를 위해 들른 야외식당에는 어른 두세 명이 팔을 벌려야 잡을 수 있는 정도의 거대한 전나무가 풍기텡가의 상징물처럼 서 있었다. 나무의 높이도 어림짐작으로 30~40m 정도는 되어 보이는데, 그런 거목도 이곳에서는 별로 주목 받지 못하고 있었다. 그 거대한 전나무가 할 수 있는 것은 빨랫줄의 한 쪽 지지대로서, 화장실 가는 길목에 있는 돌로 쌓은 담벼락의 일부로서, 야외 차양 막의 지지대로서의 역할이 고작이었다.

풍기텡가 직전의 나무 다리와 두드코시 강의 격류.

점심을 먹고 나자 오 선생이 어제 남체 바잘에서 산 산행지도를 꺼내 놓고 오늘 오후 트레킹에 대해서 설명을 시작했다.

"풍기텡가에서 팡보체까지 거리는 지도상으로 3센티도 안 되니까 대략 1.5km쯤 되는데, 이걸 3시간 동안이나 걸어가면 어떡하냐? 겨우 여길 올라간다고 고산병 약을 먹을 필요는 당연히 없겠지."

그러면서 또다시 넌지시 다른 일행들의 저질 체력을 비꼬며 염장을 질러 댔다. 그 말에 일행들의 기분이 언짢아 보였다. 시시 때때로 잊을 만하면 한 번씩 자존심을 건드리는 오 선생의 말을 듣던 박재욱 님이 입을 열었다.

"고산병 약은 각자 체력에 맞게 적절하게 잘 쓰시면 되고요, 조금 전에 텡보체까지 3km밖에 안 된다고 하셨는데, 실제 도상 거리 계산은 그렇게 하지 않습니다. 만약에 도상 거리가 3km라면, 경사도에 따라 다르긴 한데, 보통 산인 경우 우선 1.3을 곱합니다. 1.3은 경사도에 대한 실제 거리 산정이고요. 그리고 산길은 직선이 아니라 구불구불하기 때문에 거기다 다시 1.2 정도를 곱합니다. 그러면 3km라면 실제 거리는 4.16km 정도가 되겠지요. 그런데 제가 보기에는 텡보체까지 도상 거리가 3.5km는 넘을 것 같고, 오르막은 경사도가 거의 40도는 넘을 것 같은 데다 길도 심하게 지그재그로 나 있어서, 실제 거리는 최소한 5km는 넘을 것 같은데요."

오 선생은 입맛을 쩝, 다시더니 더 이상 말을 하지 않았다.

사실 이곳 풍기텡가만 하더라도 푸모리 봉(Pumo Ri, 7,165m)으로 원정 가던 한국인 청년대원이 폐수종으로 사망한 적이 있는 곳이기도 하다. 고산병의 치료지라고 하는 이곳에서조차 고산병이 올 수 있다는 것을 너무 간과하고 있는 것이 안타까웠다.

점심을 먹고 충분한 휴식을 취하며 우리는 '텡보체 혈투'를 준비했다. 오후 산행은 고도를 600m나 올려야 하는 난코스였다. 눈으로 볼 때에도 경사가 만만치 않고 나무도 듬성듬성 나 있어서 쉴 만한 그늘도 많지 않아 보였다.

풍기텡가를 출발하자마자 처음 만난 풍경은 물길을 이용한 마니차였다. 사람의 손으로 돌리지 않아도 흐르는 물길에 불교경전이 감겨 있는 마니차는 쉴 새 없이 돌아가고 있었다. 어쩌면 이런 회전 종의 법력이 풍기텡가를 에베레스트 트레킹의 오아시스 같은 곳으로 만들었는지도 모르겠다.

그 옆 돌무더기 사이에는 엉성한 군복 차림의 군인이 서 있었다. '이런 곳에 웬 군인이 있을까?' 처음엔 그 군인이 왜 거기에 서 있는지 몰랐다. 자세히 보니 군인은 초병이었다. 그가 서 있는 안쪽의 낡은 건물이 군부대였고, 그 안에 서성이는 군인이 몇몇 보였다. 얼기설기 쳐놓은 철조망과 돌로 대충 쌓아 놓은 돌무더기가 군부대의 경계인 모양이었다. 세계 최빈국 중의 하나인 네팔도 모병제 국가이기 때문에 이곳의 군인은 직업군인들이었다. 말하자면 '프로 전사'들인데 전투력은 글쎄? 군 경험이 있는 한국인의 시각으로는 엉성하기 짝이 없어 보였다. 그 현존하는 전설의 구르카 용병(Gurkha army)[15]의 명성은 온 데 간 데 없고, 그저 지역을 무심히 지키고 있는 초라한 모습의 군인으로만 보일 뿐이었다.

군부대를 지나자 이제부터 본격적인 오르막이 시작되었다. 경사가 심해진다 싶을 즈음 숲길은 끝이 났다. 하늘이 쨍 하니 개어 있어 구름을 기대할 수도 없는 상황이었다. 머리 위로는 뜨겁고도 따가운 뙤약볕이 내리쬐기 시작했다.

■ ■ 주석

15) **구르카 용병**: 네팔 히말라야 중서부 지방에 살고 있는 구르카 족 전사. 과거 영국 식민지 때부터 특출한 전투력으로 명성이 자자했다. 1, 2차 세계대전 때와 6·25 전쟁, 포클랜드 전쟁에 참전하면서 영국 용병으로서 그 명성을 떨쳤다. 부적을 앞세우고, 기묘한 살인병기인 쿠구리 단검으로 적을 무찔렀던 과거와는 달리 지금은 첨단 무기로 무장한 용병 전사이다. 세계적인 용병으로 까비블랑[kepi blanc, 프랑스 외인부대], 교황청 근위대인 스위스 용병[swiss guard] 등이 있으나 전투력은 최강으로 알려져 있다.

길은 경사도가 말해 주듯이 심하게 지그재그로 나 있었다. 오르막의 나무 그늘에는 땅따먹기 게임이라도 하듯 딱 그늘 크기만큼의 면적에만 사람이 다닥다닥 붙어 서서 휴식을 취하고 있었다. 이미 에베레스트뷰 포인트 (3,800m)의 고도를 경험하고 내려온 탓에 오르막 초반에는 호흡이 그리 어렵지 않았다. 하지만 폴폴거리는 먼지 때문에 스카프로 코와 입을 막자 시간이 지날수록 점점 호흡이 힘들어졌다.

텡보체 오르막은 야크(Yak)[16]에게도 쉬운 코스는 아닌가 보다. 포르제 (Phortse, 3810m) 쪽 사이 길에서 텡보체를 오르던 한 무리의 야크 떼들이 제자리에 멈춰 서서 거친 숨을 몰아쉬고 있는 모습이 보였다.

야크는 주로 4,000m 이상에서 활동하는 동물로 3,500m 이하로 내려오면 저산증으로 맥을 못 춘다. 고도계를 보니 현재 고도는 3,480m 정도쯤이었다. 그래서인지 야크들은 힘에 버거운 것 같았다. 배는 터질듯이 벌렁거렸고, 거친 숨과 함께 입으로는 침을 질질 흘리고 있었다. 그런가 하면 뒤쪽의 블랙야크 한 마리는 입에 거품을 물고 아예 길바닥에 엎드려 버렸다. 야크 주인 가족이 채찍질을 하고 큰소리로 윽박질러도 야크는 거친 숨만 몰아쉴 뿐 일어날 생각이 전혀 없어 보였다. 야크에게도 호흡곤란은 채찍질보다도 더 고통스러운 모양이다.

한참을 야크와 실랑이하던 남자는 애호박만 한 돌멩이를 하나 주워 야크의 머리를 내리쳤다. '퍽' 하는 소리와 함께 순간 움찔하던 야크는 심장이 터질 듯이 짧고 격렬하게 숨을 몰아쉴 뿐 자리에서 일어나질 않았다. 결국 야크 등에 지워졌던 등짐은 야크 주인 가족 차지가 되었다. 어른은 묵직해

■ ■ 주석

16) **야크**: 야크는 티베트, 히말라야, 티베트어를 사용하는 몽골 지역에 주로 살고 있는 소의 일종. '야크'는 원래 수컷을 의미하며, 암컷은 '드리'(dri) 또는 '나크'(nak)라고 불린다. 하지만 일반적인 언어 암수 구별 없이 야크라고 불린다.

보이는 플라스틱 드럼통을 머리띠로 지고, 여자와 아이들도 곡물이 든 자루들을 지고 올라갔다. 그제야 야크는 홀가분해진 몸으로 자리에서 일어나 유유히 대열에 합류했다. 잠깐의 채찍질과 돌멩이질을 이겨 냈기 때문에 야크는 짐으로부터 자유의 몸이 되었다. 하지만 그 자유는 그리 오래 가지 않을 것이다. 지금은 지쳐 있는 야크지만 숨길과 체력이 어느 정도 회복되면 조금 전의 그 짐들은 또다시 야크 등에 얹힐 것이기 때문이다. 그렇게 야크는 일생을 짐과 함께해야 할 운명을 가졌다. 마치 짐이 몸의 일부라도 되는 양….

야크 떼의 지체로 우리 또한 충분한 휴식을 취했다. 예기치 않게 야크 떼가 가져다준 휴식이란 선물은 나머지 오르막을 오르는 데 큰 힘이 되었다. 하지만 오르막의 끝은 쉽게 보이지 않았다. 점점 힘들고 고통스러워지는 오르막을 오르기 위해 마인드 컨트롤도 해보았지만 별반 도움이 되지 않았다. 그래서 잡념을 버리고 오직 오르는 일에만 열중하기로 했다.

땅을 보고 걸음을 다섯 번 옮긴 후 고개 들어 풍광 보기. 다시 땅을 보며 다섯 걸음을 걷고 시계의 고도계 보기. 그리고는 심호흡을 '헐떡헐떡' 하기. 어디선가 좁키오나 야크가 나타나면 긴급대피. 나무 그늘만 있으면 쉬어가기. '내가 왜 이곳에 와서 이 고생을 하는가.' 하며 후회하기. 그래도 저 위에는 무언가 의미 있는 것이 기다리고 있을 것이란 희망 찾기….

텡보체 그리고 병풍같이 펼쳐진 설산들

얼굴은 달아올라 후끈거리고, 호흡은 점점 거칠어지고, 온몸이 무기력해질 즈음 나무 사이로 불쑥 솟아오른 하얀 첨탑의 모습이 보였다. '아, 비로소 텡보체를 올라왔구나.' 하는 안도감이 밀려왔다.

가까이 다가서자 초르텐은 하얀 칠이 희끗희끗 벗겨진 남루한 모습이었다. 하지만 규모가 크고 상단부 유리 안에 다소곳이 모셔 놓은 불상이 은혜

텡보체콤파에서 눕체, 에베레스트, 로체, 아마다블람을 배경으로.

로워 보였다. 고행의 끝자락에서 불쑥 손을 내밀듯 내 앞에 나타난 초르텐은 반갑다 못해 경이로웠다. 그래서 텡보체곰파(사원)는 극적인 묘미를 더해 주는 것 같았다.

탑을 지나 언덕 위에 올라서자 광활한 눈의 나라가 기다리고 있었다. 오른쪽으로 바투 다가선 아마다블람(6,856m), 그리고 로체(Lhotse, 8,516m)와 검룡류의 공룡 등짝에 난 칼날처럼 뾰족뾰족한 능선을 가진 눕체(Nuptse, 7,861m)가 보이고, 눕체 능선 뒤에서 고깔 같은 머리를 살짝 내밀고 있는 에베레스트(Everest, 8,850m)가 병풍처럼 떡 하니 버티고 있었다.

텡보체 곰파에 도착하자 문득 예티(yeti, 雪人. 티베트어로 yeh는 눈의 계곡, the는 사람을 뜻하고, 네팔에서는 은둔의 사람이라고 부른다)의 두개골과 아마다블람의 불상이 떠올랐다. 예티의 두개골과 손가락뼈는 이곳 곰파에 보존되어 오다가 1991년 도난당했다고 한다. 그리고 아마다블람의 어떤 설벽(雪壁)을 보면 거대한 불상의 형태가 나타난다고 하는데, 과연 어느 쪽에서 보면 불상이 보이는 것일까? 인위적으로 만든 불상이 아닌, 자연물인 아마다블람의 불상을 과연 볼 수 있을까?

우선 텡보체곰파를 둘러보기로 했다. 텡보체곰파는 쿰부에 있는 티베트식 사원으로는 단연 규모나 전통, 상징성 면에서 으뜸인 곳이다. 사원으로 들어서자 안마당에서는 트레커들과 승려들이 서성거리고 있었다. 승려들은 놀랍게도 민소매 차림에다 맨발로 슬리퍼를 신고 다녔다. 추위를 피해 우모복을 입고 장갑을 끼고 있는 우리들 앞을 종종걸음으로 지나가기도 했고, 자연스레 대화를 나누는 모습도 보였다. 도대체 추위에 얼마나 단련되었으면 이런 기온에 민소매 승복에 맨발로 생활하는 걸까? 놀라움은 히말라야의 자연에만 있는 것이 아니라 이곳 사람들의 모습에도 숨어 있었던

텡보체 사원의 마니차를 돌리고 있는 박재욱 님과 나. 마니차는 사원 외벽으로 계속 이어져 있다.

텡보체 사원의 어린 승려들.

사원에서 만다라를 그리고 있는 승려들. 밑바탕에 스케치를 하고 그 위에 물감을 칠한다. 가운데 겹친 삼각형 모양(얀트라, yantra)이 특이하다. △ 모양은 남성, 시바를 의미하고 ▽은 여성, 우마를 의미한다. 그리고 바깥쪽 네모 모양은 모든 일이 증진된다는 뜻이고, 외부의 침입으로부터 보호하는 가장자리의 화염륜(火焰輪)은 아직 그리기 전의 모습이다.

것이다.

하상진 님과 박진순 님은 사원 건물 안으로 예를 올리러 들어가고, 박재욱 님과 나는 마니차를 돌리며 사원을 한 바퀴 돌았다. 나보다 앞서서 마니차를 돌리고 있는 박재욱 님은 무엇을 빌고 있을까? 나는 가족의 건강과 가족에 대한 나의 바람들을 빌었다. 그런데 종을 돌리다 문득 그것이 내 욕심이라는 걸 깨달았다. 그래서 내 욕심보다는 가족 모두가 자기 나름대로 가지고 있는 꿈이 이루어지길 빌기로 했다. 그리고 이번 트레킹에 함께한 모든 분들이 모두 건강하게 집으로 돌아갈 수 있도록 빌었다.

"선생님, 오늘은 텡보체에서 안 자고 디보체에서 잡니다."

한국어에 능통한 푸르바가 숙소가 변경되었다고 알려주었다.

"디보체까지는 얼마나 걸려?"

"20분쯤 걸립니다. 저 아래 마을입니다."

당초 계획은 숙박지가 텡보체였는데, 어찌된 일인지 디보체(Deboche, 3,710m)로 변경되었단다. 어차피 지나가야 할 길이니까 그것도 나쁘지 않겠다 싶어 디보체로 하산했다.

텡보체와 디보체

내리막은 돌계단과 흙길로 이어졌다. 로도댄드론(rododendron, 영어로는 아젤레아, 진달래 과 식물로 키가 크고 6월에 꽃이 핌) 숲길을 한참 내려가자 마을이 나타나기 시작했고, 우리가 숙박할 롯지는 그 마을 끝쯤에 있었다. 롯지는 길보다 약간 높은 축대 위에 지어졌는데 안정감 있는 모습이 인상적이었고, 주변은 짧은 잔디가 깔려 있어 무척 고급스런 분위기였다. 근사한 외형에 비해 롯지 안은 썩 훌륭하진 않았다. 그러나 숙박하는 데는 문제가 없어 보였다. 다만 트레커 용 주방이 본채와 너무 멀어 요리 팀이 식사를 준비하고 식당까지 나르는 것이 번거로워 보였다.

식사를 하고 휴식을 취하는데 가이드의 표정이 별로 좋지 않아 보였다. 늘 밝게 웃으며 길을 안내하던 그에게 무엇인가 어려운 문제라도 생긴 것 같았다. 무슨 일인지 궁금하던 차에 오 선생이 문제 제기를 했다.

"오늘 숙박지는 원래 텡보체인데 갑자기 디보체로 바뀌었어요. 이곳 시설 보세요. 텡보체 놔두고 이런 후진 곳으로 온 것은 가이드가 숙박비 적게 쓰려고 그런 겁니다. 이거 여행사에 문제 제기해야 합니다."

"맞아! 가이드가 제 맘대로야, 웃기는 애들이야."

성 여사가 맞장구를 쳤다. 상황을 보니 디보체로 내려오는 동안 오성 부부가 짧은 영어로 가이드에게 '디보체 클레임'을 반복하며 압박했던 모양이다. 눈치라면 한 눈치 하는 가이드들이 무슨 뜻인지 모를 리가 없었을 터이고, 그래서 가이드가 그동안 곤혹스러워 했던 것 같았다. 그러자 평소 별 말을 안 하던 이 선생님이 이건 아니다 싶었는지 차분하게 얘기를 시작했다.

"오 선생님, 이건 제 사견입니다만, 제가 알기로 텡보체는 모든 롯지가 텡보체 사원 소유라서 전혀 보수가 안 돼 아주 지저분한 걸로 알고 있습니다. 그래서 한 번쯤 지나갔던 트레커들은 일부러 디보체에 내려와서 자고 텡보체에서는 안 자는 걸로 알고 있습니다. 그러니까 오 선생님이 말씀하신 시설 좋은 텡보체 놔두고 시설 안 좋은 디보체 왔다는 건 맞지 않은 것 같습니다. 그리고 디보체에는 고산병 치료할 수 있는 시설도 있어, 여러 모로 텡보체보다는 디보체가 나은 것 같은데요."

그러자 오 선생과 성 여사는 앗 뜨거! 하는 표정으로 아무 말도 하지 않았다. 그렇게 디보체 숙박 건이 일단락되었다.

그런데 문제는 내일 자야 할 숙박지 문제였다. 당초 우리는 각각 다른 여행사를 통해 모인 멤버들이긴 해도 코스가 같아 별다른 문제가 없었는데, 유독 내일 일정만 서로 달랐다. 즉 페리체(Pheriche, 4,270m)가 숙박지인

팀과 옆 마을인 딩보체(Dingboche, 4,410m)가 숙박지인 팀이 있었던 것이다. 페리체는 비교적 체력 비축이 용이하고 고산병 전문병원이 있다는 장점이 있었고, 딩보체는 체력적으로는 무리가 가는 코스이지만 추쿵이라는 걸출한 뷰포인트가 있다는 장점이 있는 곳이다. 물론 각각 취향대로 어느 곳이든지 가면 그뿐이지만, 문제는 요리 팀은 어느 한 쪽으로만 갈 수 있어 다른 팀의 식사 문제가 발생한다는 것이다. 회의는 시작부터 삐걱거리기 시작했다. 대체적으로 체력 부담을 줄일 수 있는 페리체로 가자는 분위기였고, 오성 부부는 그건 가이드만 편해지는 거라며 딩보체로 가야 한다고 주장했다.

"이거 스케줄대로 해야 합니다. 왜 스케줄대로 안 하고 가이드 편한 데로 바꿔 줍니까?"

그러자 박재욱 님이 문제의 본질을 정확히 짚어냈다.

"가이드 문제가 아니라, 여기 이 선생님하고 혜안 스님이 식사를 못 하게 되는 문제가 있어서 모두 같은 곳으로 가자는 겁니다. 그리고 우리의 최종 목적지는 에베레스트 아닙니까? 그동안 가능하면 체력적인 부담을 줄이자는 건데…, 너무 민감하게 생각하지 마시고, 이곳까지 와서 서로 도우면서 가야 안 되겠습니까?"

그러자 성 여사가 성질을 버럭 내며 쏘아 붙였다.

"스케줄대로 해요. 난 페리체 못 가."

결국 오성 부부의 비협조적인 발언에 마음이 상한 박재욱 님이 결정적인 제안을 했다.

"그럼 다수결로 결정합시다."

"다수결 반댑니다. 다수결은 해보나 마나인데 뭐."

성 여사도 민심이 그게 아니라는 걸 잘 아는 모양이었다. 그래서 무조건 스케줄대로만 하겠다고 계속 우겼다.

"스케줄, 스케줄 하는데, 이 중에 누가 아파서 스케줄대로 못 할 때도 무조건 스케줄대로 할 겁니까? 아닌 말로 성 여사가 갑자기 고산병이 와서 지금 당장 하산을 하지 않으면 생명이 위독한 경우라도 무조건 스케줄만 움직이며 줄기차게 올라갈 겁니까?"

"놔두고 가야지. 고산병 걸린 사람은 내려보내야지 뭐."

그녀의 말은 '나는 고산병 걸릴 일 없고, 걸려도 니들이나 걸릴 거니까⋯.' 라는 뜻이었다. 시간이 지날수록 감정만 격해지는 회의. 아무래도 오늘은 결론이 나기가 어려울 것 같아 보였는데, 회의는 얘기치 않게 불쑥 중단되었다. 그것은 대세에 밀린 오성 부부가 일방적으로 식당에서 퇴장해 버렸기 때문이었다. 내일 아침이 되면 어떻게든 결론이 나겠지만, 서로가 서로를 배려하는 여행이 되었으면 하는 마음이 간절해지는 저녁이었다.

디보체의 밤은 속도감 있게 기온이 내려갔다. 하루 동안 오르막을 오르느라 체력을 소진한 탓인지 모두들 피곤해 보였다. 우려했던 박진순 님은 의외로 건재했고, 하상진 님도 피곤해 보이기는 했지만 별 문제 없어 보였다. 다만 룸메이트인 박재욱 님이 설사 증상을 조금 보이면서 추위도 살짝 타는 것으로 볼 때, 몸이 완전히 회복된 것은 아닌 듯했다. 그가 밤새 화장실을 들락거리며 산달이 임박한 임산부처럼 라마즈 호흡을 토해내는 일은 없으면 좋으련만⋯.

잠자리에 들려다 문득 밤하늘의 별이 보고파 슬쩍 롯지 밖으로 나가 보았다. 날이 조금 흐리고 아직 밤이 깊지 않아 별이 많지는 않았다. 하지만 새벽이 되어 하늘이 맑아지면 밤하늘이 온통 별천지가 될 것이다.

침대에 누웠다.

얼마쯤 지났을까? 박재욱 님의 거친 호흡소리가 들려온다. 이곳에서도 수면 중에 이따금씩 호흡곤란이 찾아왔다. 그럴 때마다 옆으로 몸을 돌렸다. 그래야 호흡이 편해진다는 것을 몸으로 배웠기 때문이다. 그나마 다행스러운 건 텡보체에서 자지 않고 디보체에서 잠을 잔다는 것이다. 고산병을 예방하기에는 디보체가 훨씬 유리하기 때문이다.

잠결에 문소리가 나고 거친 호흡소리가 들려왔다. 그가 화장실에 다녀온 모양이다. 침낭에 들어가기까지 그의 고통스런 심호흡은 파문이 되어 내 가슴으로 전해져 왔다.

문득 잠에서 깨어 화장실을 들렀다가 마당에 나가 밤하늘을 보았다. 아름다웠다…. 별은 밤하늘에 빼곡하고, 더 없이 커다랗다. 그곳에 마음을 빼앗긴 채 하늘을 한동안 쳐다봤다. 고락셉의 별은 어떤 모습일까?

꼭! 챙겨 봐야 할 것들

1. 남체에서 캉주마로 가는 비탈길에 전망 좋은 초르텐과 아마다블람을 배경으로 사진을 한 장 찍어라. 멋진 사진 한 장은 건질 수 있을 것이다. 그리고 로체, 로체샤르, 캉데가, 다보체를 배경으로 찍으면 모두 다 작품이 된다.
2. 캉주마에서 차 한 잔을 마시며 주변 풍광을 즐겨라. 호젓한 여유로움이 즐거울 것이다.
3. 풍기텡가의 전나무
4. 텡보체에서 아마다블람, 로체, 에베레스트, 눕체를 배경으로 사진 찍기
5. 디보체에서 밤하늘 별 헤아리기

일곱째 날

| 디보체 – 소마레 – 페리체 |

내 토마토!

오늘도 키친보이들의 모닝 티 룸서비스로 잠에서 깨었다. 잠자리에서 따뜻한 모닝 티를 마시고 나자 근엄한 황제라도 된 듯 기분이 좋아졌다. 아침 공기는 어제와는 사뭇 달랐다. 창문에는 성에가 끼어 있고, 창 너머 앞뜰에는 새벽 미명 속에서 요리 팀이 아침을 준비하고 있었다. 하얗게 서리가 내린 잔디 위에서 요리 팀은 얼음이 채 녹지 않은 찬물에 손을 담그며 감자를 깎고 양파를 까고 있었다.

그들은 여전히 맨발에 슬리퍼 차림이었다.

'슬리퍼만 신고 고락셉까지 올라간단 말인가? 동상에 걸리지나 않을까?'

안타까운 일이었다. 당장이라도 양말을 주고 싶지만 불편해서 싫다고 한다. 진짜 불편한 건지, 신경 쓰지 말라는 뜻인지는 알 수 없지만, 어찌하든 분명한 건 그들이 운동화나 등산화를 살 돈이 없다는 것이다. 그래도 그들은 직업에 대단한 자부심을 가지고 있는 것처럼 보였다. 이곳의 최고 인기 직업은 트레커들과 동행하는 요리사이다. 이들 키친보이들도 요리사를 꿈꾸며 열심히 돈도 벌고 일도 배우는 중일 것이다.

아침 식사를 하러 식당에 나타난 일행들의 표정이 무거워 보였다. 모두들 조용하게 식사를 기다리는 모습이었다. 어제 저녁 때 마치 치킨 게임처럼 정면으로 충돌하려는 사나운 분위기와는 전혀 딴판이었다.

식당에는 먼저 와 자리를 지키고 있는 유럽 트레커 둘과 일본인 여성 단독 트레커가 보였다. 그들은 각각의 셸파와 함께 오늘 가야 할 길에 대해서 지도를 펼쳐 놓고 이야기를 나누고 있었다. 문득 그들이 셸파와 일정을 의논하는 진지한 모습이 부러웠다. 옆에서 무심코 그들의 코스 결정을 지켜보는데, 트레커가 목적지를 얘기하면 셸파가 코스와 시간을 정해 주는 순서로 이야기가 진행되었다. 그리고 그 논의의 최종 결정은 셸파가 내렸다. 가능과 불가능의 최종 결정권자. 그런 만큼 그들이 지고 가야 할 책임의 문제도 클 것이다. '로마에 가면 로마의 법을 따르고', '히말라야에 가면 셸파의 말에 따라야 한다.' 그런데 우린 지금 이게 뭔가?

아침 식사는 조촐했다. 오늘 아침 식탁에는 그동안 식탁에서 맛나게 먹었던 밑반찬이 하나도 보이지 않았다. 그동안 박진순 님이 준비해간 산초 장아찌, 소고기 조림, 깻잎 조림, 마늘 장아찌 등으로 식탁이 풍성했었는데, 사사건건 부딪치는 두 사람으로 인해 분위기가 썰렁해진 탓이었다.

식사가 시작되면서부터 문제가 생겼다. 성 여사가 숟가락으로 식탁을 탁! 탁! 치며 말했다.

"입맛이 없어. 난 밥 안 먹을란다. 헤이, 가이드, 토마토 줘! 마이 토마토, 내 토마토! 내 꺼!"

모두들 어이없어 하는 표정들이었다. 숟가락으로 식탁을 치는 것에 놀랐는지 식당 안의 서양 트레커와 일본 여자 트레커가 동그래진 눈으로 성 여사를 빤히 쳐다봤다. 그러자 가뜩이나 스케줄 변경으로 꼬투리를 잡고 늘

어지는 오성 부부의 압박에 잔뜩 마음이 졸아 있던 푸르바가 얼른 토마토를 한 접시 가득 가져다주었다. 그녀는 동네 아이들을 모아 놓고 으스대며 과자를 냠냠거리는 부잣집 딸처럼 눈을 잔뜩 내리깔고는 새치름한 표정으로 보란 듯이 토마토 한 접시를 깨끗하게 먹어치워 버렸다. 모두들 기가 찬다는 표정으로 '토마토 쇼'를 하고 있는 그녀를 토마토 귀신 바라보듯 바라보았다.

그날 아침 그녀를 제외한 모든 사람들은 토마토를 먹지 못했다. 토마토는 식사 후에 전체가 나눠먹는 디저트인데, 혼자 아무런 거리낌도 없이 혼자 쓱싹 먹어 치우는 모습이 너무도 당당했다. 게다가 남들 식사 중에 입도 가리지 않고 기침을 해대고, 난로를 쬔다고 일본인 여자 트레커가 식사를 하는 코앞에 엉덩이를 들이대고 있질 않나, 모두들 어이 없어하는 아침식사 시간이었다. 식탁 사건으로 출발부터 분위기가 썰렁해졌다. 하지만 오늘 숙소 문제는 출발 전에 마무리 지어야만 했다.

하지만 정작 숙소 결정 논의가 시작되자 무거운 침묵만 흐른다. 서로가 이런 곳까지 와서 불편한 말을 하기가 뭣해서 서로 눈치만 보고 있었는데, 말은 않아도 대충 결론은 '굶는 사람이 있어서야 되겠는가. 모두 함께 간다'라는 것으로 정리된 것 같았다.

결국 그렇게 '묵언수행 중'처럼 조용하기만 하던 회의는 별다른 반론 없이 박재욱 님의 중재안으로 마무리 짓게 되었다. '모두 페리체로 가서 숙박을 한다. 단 내일 추쿵(Chhukhung, 4,730m)과 뷰포인트는 각자 선택에 따라 다녀온다.' 결과적으로 추쿵 팀의 이동거리가 딩보체 출발보다 페리체 출발이 왕복 1시간 반 정도 더 걸리는 것 말고는 특별한 문제가 없는 결론이었다.

그날 이후로 오성 부부는 서서히 고립되기 시작했다. 가까이하기에는 너무 까다로운 성격, 남 무시하기, 남은 전혀 생각하지 않는 자기주장이 거듭

되면서 자연스레 그들 부부는 이번 카라반의 더부살이 이방인이 되어 초라한 모습이 되어 갔다. 그리고 시간이 지날수록 그들에 대한 불만이 여기저기서 불거지기 시작했다. 두 사람의 돌출 행동에다 모두들 고산에 오를수록 몸은 지쳐 가고, 그러다 보니 신경이 날카로워져서 불만이 더욱더 심해지는 경향을 보였다.

먼저 부산 팀에게는 부산이 반듯한 사거리도 하나 없는, 경기도 소도시만도 못한 시골이라며 틈만 나면 빈정대며 염장을 질러댔다가 결국 눈 밖에 나기도 했다. 이 선생과 혜안 스님은 페리체 숙박 반대 건도 섭섭했던데다, 특히 이 선생님은 산을 잘 타지 못한다는 비아냥거림에다 지금까지 산을 오르면서 두 사람에게 베푼 선행에 대한 배신감으로 불쾌해지기 시작한 모양이었다.

"이런 말씀 드리면 뭐하겠지만, 올라오다가 롯지나 찻집에 쉬고 있으면 두 분이 옆에 와서 그냥 앉아요. 그리고 자기들끼리 차를 시켜서 마시고는 출발할 때 계산을 안 하고 그냥 가버려요. 그냥 가는 사람보고 왜 계산 안 하느냐고 불러 세우기도 뭣하고, 그래서 매번 찻값을 대신 계산해 줬는데, 아직까지 자기들이 차 한 번 사는 것도 못 봤고, 잘 마셨다는 인사를 한 적도 없고, 좀 이해가 안 되는 분들입니다."

점잖은 성격의 이 선생이 이런 말을 하는 걸 보면 그동안 속이 많이 상했던 모양이다. 이렇게 서로에게 불만이 쌓이다 보면 목적지를 눈앞에 두고 큰 분란이라도 일어나지 않을까 지레 걱정되기도 했다. 그런가 하면 한편으론 두 사람의 속 뒤집는 좌충우돌이 어쩌면 트레킹 기간 동안 고통을 잊게 해주는 '필요악'이 될지도 모른다는 생각이 들기도 했다.

마치 아이들의 썩은 이를 뺄 때 이마를 탁! 치며 이를 빼면 순간적으로 통증을 잊게 되듯…. 호흡곤란이 오고 두통이 올 때 그들을 떠올리면 불쾌감에 잠깐 고통을 잊을 수도 있다는 생각…. 과연 고통이 줄어들까? 아니면 배가될까? 일행들이 필요 이상으로 두 사람을 미워하는 건 아닌지 모르겠다.

오르고픈 아마다블람

　디보체(deboche, 3,710m)를 나서자 아직 아침시간이라 땅이 얼어 있었다. 마을을 벗어나는 길은 아주 평탄한 오솔길이었다. 길가에는 아침 햇살을 받은 야트막한 돌담이 올망졸망 이어져 평화로워 보였고, 길옆에 서 있는 전나무들과 구불구불하게 생긴 랄리구라스들의 모습이 한 폭의 그림처럼 근사해 보였다. 그리고 임자콜라 건너편으로는 급경사면의 계곡 중턱으로 가느다란 길이 보였다. 어디서 넘어오는 길일까? 그 길은 고쿄(Gokyo, 5,360m) 쪽에서 팡보체로 넘어오는 길이었다. 조금 후에 도착할 팡보체(Pangboche, 3930m)에 가면 마을 끝쯤에서 저 길과 만나게 될 것이다.

팡보체 마을 입구 전경.

해가 뜬 지도 꽤나 오래되었지만 임자콜라의 냉기와 고산기후가 함께 어우러져 아직은 추웠다. 잔디 위에 펜션처럼 지어 놓은 집들이 인상적인 밀링고(Millnggo, 3,750m)를 지나 평탄한 길을 따라 걸었다. 계곡을 조금 거슬러 오르자 형형색색의 천 조각들이 유독 빽빽하게 흩날리는 다리가 나왔다. 물론 그 천 조각들은 티베트 불교의 경전을 적어 놓은 것들인데, 흰색은 구름, 파란색은 하늘, 노란색은 대지, 붉은색은 불, 초록색은 태양을 각각 나타내는 것들이었다. 그 다리 밑으로는 임자콜라가 사납게 흘러내리고 있었고, 격류의 역사를 말해 주듯 콜라 양쪽에 처참하게 부서져서 흔적만 남아 있는 나무다리가 보였다. 다리를 건너자 또다시 햇볕이 내리쬐기 시작했다. 이제부터는 또다시 황량한 비탈을 가로질러 가야 한다. 고도를 달리할 때마다 나타나는 풍경은 같은 듯 다른 모습을 가지고 있었는데, 오늘 코스는 중간 중간에 마니스톤이 많은 것이 특징이었다.

왼쪽으로! 왼쪽으로! 마니스톤, 초르텐을 지나가며 팡보체(3,930m)로 다가섰다. 비교적 깨끗한 모습의 팡보체 마을과 돌담을 쌓아 만든 계단식 농경지가 보이고, 그 뒤로는 팡보체를 내려다보는 듯한 표정의 아마다블람이 우뚝 솟아 있었다. 팡보체에도 골목 사이로 찻집과 돌 벤치 위로 깔아 놓은 기념품 좌판이 있었다. 좌판의 기념품을 구경하며 지나가다 마을 한가운데 위치한 롯지에서 차를 마시고 있는 이 선생님과 혜안 스님을 만났다. 그 옆 테이블에 앉아 있는 오성 부부가 이번에도 차를 주문하는 것 같은데, 계산은 글쎄?

소마레(Shomare, 4,010m)를 오르는 코스는 경사가 있긴 하지만 비교적 완만한 편이었다. 상대적이긴 했지만 어제 텡보체를 오르던 오르막에 비하면 살갑기 그지없는 길이었다. 소마레까지는 오른쪽으로 아마다블람이 솟아 있어 풍광이 뛰어났고, 그 사이 협곡으로 임자콜라가 있어 가슴이 탁 트

마니스톤과 아마다블람.

였다. 다만 수목이 제대로 자라지 못하는 곳이라 그늘이 전혀 없다는 것이
고역스러웠다.

시간이 지나고 고도가 높아지자 숨이 차오르기 시작했다. 몸은 아주 정
밀한 고도계처럼 반응했다. 지금까지 올라가 본 높이를 넘어서면 몸은 자

연스레 숨이 차고, 머리가 조금 어찔한 느낌을 전해 준다. 마치 '지금부터는 처음 경험하는 높이야! 조심하라고!' 라고 알려주는 경보장치처럼 말이다. 이것 또한 생존을 위한 몸의 신호일 것이다. 숨이 차면 쉬어야 된다는 가장 손쉬운 생존법만 알아도 에베레스트 트레킹은 훨씬 수월해질 텐데, 한국의 트레커들은 목적지가 정해지면 어떻게든 빨리 도착하려고 아드등거리기 일쑤였다.

박재욱 님은 출발하기 전에 비아그라를 한 알 먹었다는데도 힘에 부쳐 보였다. 지난밤 화장실을 들락거린 통에 체력 소모가 컸던 모양이다. 소마레에 거의 도착할 무렵 임자콜라 건너 절벽 위 분지에 서너 채의 집과 가축이 보였다. 라라카르카(Rala kharka)라는 곳인데, 아마다블람 베이스캠프로 가는 길목이란다. 베이스캠프라는 말에 지금이라도 당장 강 건너 아마다블람을 오르고 싶은 생각이 들었다. 그것은 힘이 남아서가 아니라 그만큼 아마다블람은 사람을 단숨에 빨아들이는 매력을 지녔다.

개울물에 속삭이는 햇발같이

소마레(Shomare, 4,010m)에 도착해서 점심을 먹기 전에 식당 잔디정원에 잠시 앉아 대화를 나누며 휴식을 취했다. 그러는 동안 소마레에서 내가 만난 '티 없이 맑은 세 가지'는 하늘, 공기, 물이었다. 구름 한 점 없는 완전한 하늘, 티끌 하나 없는 깨끗한 공기, 그리고 식당 앞 마을 사이를 흐르는 투명한 실개울. 수정처럼 맑은 개울물에서 동네 아낙들이 빨래를 하고 있었다. 이렇게 맑게 빛나는 개울물에 빨래를 하면 옷감에서 반짝반짝 빛이 나지 않을까 하는 생각이 절로 들었다. 이 실개울에 발을 씻으면 발에도 빛이 날까? 얼굴을 씻으면 얼굴에 빛이 나고, 몸을 씻으면 몸에 빛이 나고, 아저씨가 목욕하면 총각이 되고, 아줌마가 목욕하면 처녀가 되고…. 이렇게 허황된 상상을 하는 병이 또 도졌나 보다. 하지만 그 개울물은 꼭 그렇게 될 것만 같을 정도로 더 없이 맑다는 것만은 부정할 수 없었다. 목욕을 하면 순결한 처녀로 변한다는 아프로디테의 연못물도 이렇게 맑지는 않았을 것이다.

식사 준비를 하는 동안 나는 개울가에 가서 양말을 벗고 개울물에 발을 넣었다. 조금 차갑기는 했지만, 생각만큼은 아니었다. 주변 계곡의 강가에는 얼음이 얼어 있었지만, 양지바른 마을을 관통하는 개울이라 그런 모양이었다. 차갑다는 느낌은 오히려 발을 시원하게 만들었고, 마음마저 상쾌해졌다. 사실 남체를 지나오면서 발을 씻는 것도 여의치 않아졌다. 롯지에 나오는 물은 차갑기도 하지만 귀했다. 그래서 물보다는 물휴지를 사용하는 경우가 많아졌는데, 아침이면 밤새 껴안고 잤던 물통의 미적지근한 물로 양치질을 하고, 남은 물이 충분하면 세수를 하지만, 그렇지 않으면 물휴지로 얼굴을 닦는 것으로 간단히 세면을 마무리해야 했다. 롯지의 얼음장 같은 물에 세수했다간 고산병과 와사풍이 곧바로 올지도 모르기 때문이었다.

흐르는 개울물에 발을 담근 채 나는 얼굴을 슬쩍 씻어 보았다. 그렇게 유유자적 옛 선비들처럼 탁족하고 있을 때, 한 무리의 독일인들이 식당으로 와서는 마당의 잔디밭에 진을 쳤다. 그리고 식사를 주문했다. 이곳에 와서 늘 느끼는 것이지만 동서양, 특히 한국과 서양인과의 식사 습관은 판이했다. 음식이야 그렇다 치더라도 허겁지겁 생존을 위한 식사를 하느라 식사 시간 동안 침묵으로 일관하는 우리에 비해 그들은 오랜 시간 동안 대화를 나누었고, 항상 실내보다는 실외를 선호한다는 것이었다.

이런 식사 문화 때문이었을까. 1970년대 초에 서울 압구정동에 진출하려다 철수한 맥도날드 사의 현장 보고서 일부가 생각났다.

첫째, 한국 사람은 전통적인 유교 국가로 음식은 집안에서 격식에 맞게 식사를 하지 야외에서 음식을 먹지 않는다. 둘째, 한국 사람은 습식(국) 음식문화인데 햄버거는 건식(빵)이어서 먹기 어려워한다. 셋째, 햄버거는 손으로 먹는데, 한국 사람은 손으로 음식을 먹으면 천하게 여긴다.

격세지감을 느끼게 하는 보고서였지만, 지금도 기본적인 생활방식은 크게 바뀌지 않은 것 같다.

투명한 개울물을 보며 깊은 상념에 빠진 나에게 누군가 말을 걸어왔다. 고개를 들어 보니 조금 전에 도착한 독일인 남자였다. 물이 차지 않느냐는 것이었다. 아니라고 하자 미심쩍은 표정으로 슬그머니 손을 물에 담가 보고는 고개를 절레절레 흔들며 차갑다는 표정으로 웃는다. 그리고는 나를 보고 엄지를 치켜세워 주었다.

바람이 전해 주는 행복의 나라 히말라야

점심을 먹고 다시 페리체로 향하려는데, 장갑이 한 짝 보이지 않았다. 배낭을 뒤져도 없고, 주머니와 앉은 자리를 찾아봐도 장갑은 보이지 않았다. 소마레를 오르면서 길 옆 약수터에서 잠깐 쉬었었는데, 아마 그때 잃어버린 모양이었다. 물론 동계용 장갑 한 켤레가 별도로 준비되어 있어 큰 문제는 아니었지만, 나머지 장갑도 잃어버린다면 생각만 해도 아찔한 일이었다. 이곳부터는 기온이 급변하는 경우가 많아 보온에 특히 신경을 써야 한다. 고요하게 바람이 자다가도 고개 하나 돌아서면 냉풍이 사납게 불어오기도 하는 곳이므로 방한복과 장갑이 없으면 난감한 현실과 마주치게 된다.

"나마스떼!"

"나마스떼!"

막 출발하려 할 즈음 마침 지나가는 서양인들과 인사를 나누게 되었다. 그들은 20명이 조금 넘어 보이는 꽤 많은 인원으로서 젊은 남녀가 각각 10명 정도, 나이 들어 보이는 남녀가 5명 정도 되어 보였다.

"고등학생들 같죠?"

박진순 님이 일행을 보더니 갸우뚱한 표정으로 묻는다.

"글쎄요, 워낙 커서, 대학생들 같기도 하네요."

"하이스쿨 스튜던트?"

지나가는 학생에게 물었다.

"예스, 하이스쿨."

뙤약볕에 얼굴이 발갛게 익은 학생들은 지친 듯 작은 목소리로 대답했다. 그래도 표정만큼은 밝아 보였다. 덩치는 이미 성인의 몸이었지만 아직 얼굴에는 뽀송뽀송한 느낌이 남아 있는 젊은 남녀들…. 그들은 영국 고등학생들이었다. 이 학생들은 어떻게 단체로 이곳까지 트레킹을 왔을까? 입시만을 위해 존재하는 우리네 아이들과는 전혀 다른 느낌이었다.

그들은 우선 커리큘럼 중에 이런 트레킹 수업을 선택할 수 있다고 한다. 이곳의 일정은 22일인데, 매일 아침 토론 주제를 받고 나면 하루 종일 걸으며 보고 느끼고 생각했던 자신의 생각을 바탕으로 저녁식사 후 의견을 나누며 토론한다는 것이었다. 말하자면 '행복이란?', '자연과 인간의 공존', '빈부와 행복' 등 이곳과 연관이 있는 주제들을 다룬다는 것이다. 과연 이 학생들이 22일 동안 히말라야를 몸으로 직접 느끼면서 토론을 거치고 나면 어떤 아이로 변해 있을까? 그들의 정신적인 성숙도를 상상해 보면 나도 몰래 전율이 느껴진다.

사실 나는 히말라야에 들어온 지난 며칠 동안 '만약에 내가 20대에 이곳에 왔었다면 내 인생이 어떻게 변했을까?' 하는 데 대한 깊은 회한을 가졌었다. 그리고 만약 내가 20대에 이곳을 왔었다면 아마도 내 인생의 행복도가 지금보다는 적어도 20% 정도는 더 높아졌을 거라는 확신을 갖게 되었다. 처음 집을 떠나올 때만 하더라도 머릿속엔 온통 '에베레스트'로 가득했었다. 그런데 히말라야를 걷던 어느 순간부터인가 머릿속을 빼곡하게 채우고 있던 '에베레스트' 한 쪽 귀퉁이에 '행복'이라는 단어가 움트기 시작했다. 그리고 그 작은 행복은 하루가 다르게 점점 커져 갔고, 어쩌면 내가 집

페리체 패스 가기 전의 소형 수력발전 시설. 흐르는 물에 마니차를 돌리기도 하고 전기를 얻기도 한다.

으로 돌아갈 때는 에베레스트 대신 마음 가득 행복을 안고 갈지도 모른다는 생각이 들기 시작했다.

이곳에 와서 내가 생각한 교육의 목적은 '행복'이 되어야 한다는 것이다. 행복하기 위해서 교육이 필요한 것이지, 우열을 가리기 위해서 교육이 필요한 것은 아니다. 그런데 우리들 주변에는 오직 인간과 인간을 변별하기 위한 교육만 가득하지 않은가?

'인간은 경쟁에서 이기기 위해 사는 것이 아니라, 살기 위해 경쟁하는 것이고, 궁극적으로는 행복하기 위해 사는 것이다.'

이렇게 말한다면 그것은 단순히 내 생각에 불과할 것일까? 단지 그것이

페리체 패스 가기 전의 완만한 언덕에 쌓아 놓은 마니스톤과 찢어진 룽다. 그 뒤의 로체와 에베레스트, 그리고 눕체가 보인다.

내 생각에 불과하더라도 나는 한 걸음 한 걸음 '행복'을 화두삼아 히말라야를 오를 것이다. '바람이 전해 주는 행복의 땅 히말라야'와 호흡하며….

문득 집에 있는 아이가 생각났다. 요즘 교육이란 시험만을 위해 존재하는 게 아닌가 하는 안타까움 때문이었다. 경쟁보다는 행복을 배우는 교육이 되었으면 얼마나 좋을까? 하지만 나 역시도 행복을 보는 눈보다는 경쟁을 보는 것에 더 익숙해져 있는 것이 현실이다. 그래서 아이들에게는 좀더 다른 환경이 만들어졌으면 하는 바람이 간절해진다.

'끝없는 경쟁', 그것은 행복의 가장 확실한 '적'이다.

페리체 패스의 살풍(殺風)

"점심 먹고 비아그라 한 알을 더 먹었더니 컨디션이 아주 좋습니다. 헛헛."

박재욱 님이 오전과는 다르게 컨디션이 눈에 띄게 좋아졌다. 몸도 가벼워 보이고, 걷는 속도도 예사롭지 않았다. 고도가 높아지자 이제는 나무가 거의 보이지 않았다. 돌길 사이에 나 있는 발목 높이의 향나무 말고는 키 작은 관목조차도 보이지 않는 걸로 봐서 수목의 생존 한계선에 거의 도달한 모양이다. 길옆의 아마다블람을 보자 수목 한계선이 확연하게 드러나 보였다. 일정한 높이에 마치 울타리라도 쳐놓은 듯 나무가 자라는 아랫부분과 이끼 같은 식물만 겨우 보이는 윗부분이 민둥산처럼 구분되어 있었다.

페리체 패스(4,270m)를 오르기 시작하자 숨쉬기가 벅찼다. 가슴에는 압박감이 묵직하게 눌러 오고, 몸은 자꾸만 땅으로 가라앉았다. 앞에 보이는 언덕을 넘으면 그 너머에 페리체가 있을 것 같은데, 도대체 속도가 나질 않았다. 햇빛은 여전히 강렬한 기세였고 오르막을 더욱더 힘들게 만들었다. 그러나 이곳 역시 발목 높이 정도의 풀과 땅바닥에 딱 달라붙어서 자라는 향나무만 있을 뿐 햇빛을 피할 그늘은 없었다.

발을 쉬엄쉬엄 옮기며 올라가다가 가슴이 답답해지면 쉬고, 숨길이 돌아오면 다시 오르기를 반복했다. 오늘은 우리들 중에 유일하게 박재욱 님만 펄펄 나는 것 같아 보였다. 언덕 위에 거의 다 올라선 박재욱 님이 커다란 바위 옆에서 휴식을 취하는 모습이 멀찌감치 보였다. 부러웠다. 나도 점심 먹고 비아그라 한 알 털어 넣을 걸 그랬나 보다.

"저 친구가 아주 잘 가네."

하상진 님이 부러운 듯 말을 건넸다.

"천천히 가시죠, 뭐. 일찍 간다고 상 주는 것도 아니고, 밥을 빨리 주는 것도 아닌데요. 잘못하면 고산병 옵니다. 비스따리 비스따리, 헛헛."

"진짜 잘 가시네요. 우린 언제 저기 올라가누?"

박진순 님이 힘에 부치는 양 부러운 표정으로 그를 올려다봤다.

야크의 발걸음이 그렇듯 사람의 한 발 한 발도 무섭긴 무서운 모양이다. 멀게만 느껴졌던 페리체 패스를 생각보다 금방 올라선 느낌이었다. 높게만 보였던 페리체 패스를 오르자 로부제콜라 넘어 평원 깊숙한 곳에 마을이 보였다. 한눈에 그곳이 페리체라는 걸 알 수 있는 건 마을의 위치와 모습 때문이었다. 평평한 평원에 자리 잡은 페리체는 포근한 느낌을 주었다.

페리체를 마주하자 오늘의 힘든 구간은 끝났다는 생각이 들면서 긴장이 풀렸다. 언덕 위의 이끼 같은 풀밭에 앉아 잠시 숨을 돌리는데, 마침 불어 오는 바람이 몸을 시원하게 식혀 주었다. 그런데 시원한 청량감도 잠깐, 시원하던 바람은 잠깐 차이로 몸을 싸늘하게 식혀 버리기 시작했다. 페리체 평원의 찬바람은 예사롭지 않았다. 아무래도 바람이 심상찮아 얼른 배낭에서 방한복을 꺼내 입었다.

찬바람이 심해지자 우리는 서둘러 페리체로 향했다. 그곳으로 가기 위해 로부제콜라가 흐르는 협곡을 건너가야 했다. 협곡의 다리를 건너기 위해 계곡 아래로 내려가는 순간, 날카로운 칼바람이 불기 시작한다. 얼음장같이 매서운 칼바람이 잠깐 사이에 체온을 싸늘하게 식혀 버렸다. 눈결 얼음이 얼어 있는 다리를 건너 페리체 마을을 향했지만, 모두들 갑작스런 추위에 당황한 듯 보였다. 허겁지겁 계곡을 벗어나려 안간힘을 다하기는 했지만, 이미 체력이 떨어진 상태라 속도가 나질 않았다. 추위에 쫓겨 서둘러 계곡을 올라온 탓에 모두들 거친 숨을 몰아쉬었다. 모두들 계곡 위 풀밭에 힘없이 주저앉아 숨을 몰아쉬며 몸을 추슬렀다. 앞서가던 프랑스 트레커들도 체력이 고갈된 듯 아예 차디찬 바닥에 드러누워 숨을 헐떡헐떡 몰아쉬고 있었다.

아이큐 체감의 법칙

페리체 롯지에 도착하자 모두들 체온 유지에 문제가 있어서인지 약속이나 한 듯 식당 한가운데 있는 큼직한 무쇠난로 옆에 빙 둘러섰다. 그리고는 난로에 손을 쪼이고 엉덩이를 들이대면서 얼었던 몸을 녹였다. 화로의 열기가 몸으로 조금씩 스며드는 느낌이 들자 긴장이 풀리면서 컨디션이 회복되는 것 같았다. 정말이지 로부제콜라의 냉기는 섬뜩했었다.

그런데 어째 느낌이 이상했다. 혹시 하는 마음에 난로 연통에 손을 대보았다. 아뿔싸! 연통에는 싸늘한 냉기만 가득할 뿐이었다. 아직 시간이 일러 난로에는 불이 없었다. 그런데도 플라시보 효과였는지, 아니면 추위에 떨고 희박해진 산소 탓으로 감각이 이상해진 것인지, 모두들 차디찬 빈 난로가 마치 한참 달아오른 난로인 양 난로에 옹기종기 붙어 서서 따뜻한 열기(?)에 만족스런 표정을 지어대고 있었던 것이다. 그것도 혹시 뜨거운 난로에 데기라도 할까 봐 조금씩 떨어져서는…. 그 모습을 본 롯지 여주인이 딱해 보였는지 야크 똥 한 통을 들고 와서 난로에 불을 피워 주었다. 그리고는 지지리 궁상을 떨고 있는 우리들을 보고 재미있다는 듯 하얀 이를 드러내며 커다랗게 웃어댔다.

모두들 지치고 추위에 떤 기색이 역력했다. 그 중에서도 박재욱 님의 상태가 가장 안 좋아 보였다. 그는 두터운 우모복을 입고도 춥다고 오들오들 떨고 있었다. 페리체 패스를 올라오면서 비아그라 덕분으로 본의 아니게 오버페이스를 한 데다, 로부제콜라를 건너오면서 냉풍을 된통 맞은 모양이었다. 어쩔 수 없이 옷을 잔뜩 껴입고 식당 난로 가에 앉아서 땀을 내는데, 상태가 오히려 점점 심해지는 것 같았다. 안 되겠다 싶어 식당의 장의자를 침대삼아 아예 침낭과 이불을 덥고 몸을 회복시키기 시작했다. 그런데 시간이 지나도 쉽게 회복될 기미는 보이지 않고, 고산병을 동반한 몸살은 그의 기억마저 깜빡깜빡하게 만들고 있었다. 그의 심각한 상태에 모두들 긴장하지 않을 수 없었다.

오늘밤이 우리 모두에게 무척 힘든 밤이 될 것 같았다. 외형적으로 그가 고산 증세를 보이긴 했지만, 다른 이들도 저마다 컨디션이 떨어진 상태로 조금씩은 고산 증상을 안고 있었기 때문이다. 그것은 식사량을 보면 확연하게 드러났다. 어제까지만 해도 왕성한 식탐을 보이던 일행들이 페리체에 도착하자 식사량이 줄고 밥상 앞에서 깨작거리는 모습을 보이기 시작한 것이다.

시간은 이미 저녁 8시 가까이 되었다. 이 식당을 비롯하여 대부분의 식당은 저녁 8시까지만 사용이 가능해서 8시 이후에는 난로에 불을 때지 않는 것이 통례였다. 롯지 침실에는 원래 난방이 없기 때문에 오늘밤 몸을 데워야 하는 그가 걱정이었다. 그나마 다행스러운 것은 오성 부부가 주장하던 딩보체로 가지 않고 고산병 전문병원이 있는 페리체로 온 덕에 급하면 롯지 바로 앞의 병원으로 가면 되었다. 그것은 큰 위안이었다. 결국 우리는 여주인에게 시간당 30달러를 주기로 하고 10시까지 난로에 불을 피우도록 조치를 취했다. 그러자 홀에서 잠을 자야 하는 스텝들이 우리 때문에 8시에 취침을 하지 못하고 10시 이후에 취침해야 하는 상황이 되고 말았다. 미안한 마음에 과자를 사서 나눠주고는 양해를 구했다. 고산 증세에 대해서 잘 아는 그들이라 흔쾌히 양해를 해주었고 그의 증상에 따뜻한 관심을 보여주었다.

그리고 이른바 '박재욱 살리기 프로젝트'로 난방기금 마련 고스톱 대회가 열렸다. 즉 난방비 2시간에 60달러, 스텝들 과자 값, 참가 선수들에게 지급된 '싼미구엘' 맥주 한 캔씩 하여 총 '96달러 만들기 에베레스트 원정 고스톱 대회'가 열린 것이다. 참가 선수단은 친구라서 참가한 하상진 님, 룸메이트라서 참가한 나와 서울 대표 오 선생, 경기 대표 윤 선생으로 구성

된 '4,270m 고산 고스톱'이 시작되었는데…. 문제는 고산 지대에서 치는 고스톱이라 머리가 띵! 하고 판단력이 급격히 저하되어 점수 계산이 잘 안 되었다. 예상치 못한 인지능력 저하로 고를 해야 할지, 스톱을 해야 할지, 또는 협상(쇼당,しょうだん)을 붙여야 할지, 도대체가 판단이 서질 않아 우왕좌왕하기 일쑤였다. '스톱!'을 외치고 나면 2점밖에 나질 않아 다시 치는가 하면 흔들고, 폭탄, 피박, 광박, 멍박…. 이런 고차원(?)적인 계산은 아예 잊어버리기 일쑤였다. 그래도 서울, 경기에서 온 두 사람의 실력이 출중했다. 고산 유경험자라던 오 선생과 잠수사 자격증이 있다는 윤 선생은 그래도 산소가 희박한 가운데서도 머리를 굴려 가며 잘도 쳤다.

"나도 좀 하자."

어느 샌가 몸이 조금 회복되었는지 박재욱 님이 침낭 속에서 얼굴을 내밀고는 한 판 하겠다고 나섰다. 물론 한 판 할 정도는 아니었지만 이 정도나마 회복된 것은 우리에게는 무척 반가운 일이었다. 고스톱을 치면서 나는 이런 생각이 들었다. 즉 산은 고도가 200m 높아질 때마다 기온이 1도씩 낮아진다. 그런데 낮아지는 건 기온만이 아니라 인간의 지능도 함께 낮아진다는 것이다. 고스톱 시험 결과 기온과 똑같이 고도 200m당 아이큐도 1씩 떨어진다는 것, 그리하여 페리체가 4,270m이니까 지능이 21 정도는 낮아진 것으로 잠정 결론지었다. 이른바 'IQ 체감의 법칙'.

결국 10시가 되어 숙소로 돌아왔는데, 불도 없는 숙소에서의 하룻밤이 문제였다. 우선 따뜻한 물을 물통에 채워 박재욱 님의 침낭에 넣어 주었다. 그나마 이곳에서 새벽까지 체온을 보존할 수 있는 유일한 방법이라고는 뜨거운 물통뿐이었다. 그는 자리에 눕자마자 기침을 해대며 끙끙 앓기 시작했다. 게다가 고산병 증상인 설사 때문에 밤새 숙소와 화장실을 오가는 고난도 '야간 트레킹'을 해야 했다. 그나마 센스 있는 가이드 부리가 화장실에서 가장 가까운 방을 배정해 줘서 이동 거리가 짧아진 것이 큰 다행이었다. 그의 잦은 기침이 조금 걱정되었다. 단순히 감기 증상일 수도 있지만, 가벼운 폐수종을 갖고 있는지도 모르기 때문이었다.

"어쨌거나 잘 회복하셔야 합니다. 아침에 거뜬하게 회복하면 '600만 불의 사나이'가 되시는 거고, 상태가 안 좋아서 헬기 타고 내려가면 단 돈 '6백만 원의 사나이'가 되는 겁니다."

"알았어. 우짜든지 회복해야지, 오천 달러나 주고 헬기 타고 갈 수야 없지."

말은 그렇게 자신 있게 했지만 침대에서 끙끙 앓는 소리는 여전했다.

"혹시 필요한 게 있으면 부담 갖지 말고 깨우세요."

그 날 잠들기 전까지 내가 할 수 있는 것은 그가 화장실에 다녀온 뒤 침낭에 몸을 집어넣는 것을 도와주는 것과 내가 가지고 있던 감기 몸살약과 설사약을 나눠 주는 것뿐이었다. 내일 아침 생기 충만해진 모습을 볼 수 있으면 좋으련만.

꼭! 챙겨 봐야 할 것들

1. 밀링고 다리를 지나 아마다블람의 풍광 즐기기
2. 팡보체 마을 지나 개울에 만들어 놓은 물레방앗간 같은 수력 마니차 보기
3. 소마레 마을의 투명한 개울에 손이라도 담가 보기
4. 팡보체나 소마레 마을 뒤로 나타나는 로체 눕체 에베레스트 풍광 보기
5. 팡보체를 지나며 두드코시 협곡 풍광 즐기기
6. 페리체 패스에서 페리체 마을 풍경과 뒤쪽의 눕체 능선 바라보기
7. 페리체의 밤하늘

여덟째 날

| 페리체 – 뷰포인트 – 페리체 |

화이트 야크

페리체의 아침 공기는 지금까지와는 사뭇 달라졌다. 우선 머리가 묵직한 느낌인 데다 방안의 침낭 속에서도 손이 시릴 정도로 몹시 추웠다. 밤새 화장실을 들락거리던 그는 초죽음이 되어 새벽녘에야 겨우 숙면에 들어갔다. 옆에서 자는 나 역시도 내심 걱정스러웠지만, 숙면을 취하는 것을 보니 조금 회복된 것 같았다.

그가 깰세라 나는 조용히 밖으로 나가 보았다. 새벽의 어슴푸레한 어둠 속에서 오늘도 요리 팀은 아침을 짓고 있었다. 어제보다도 더 차가워진 기온 속에서 살얼음을 깨가며 찬물에 맨손을 넣어 쌀과 식재료를 씻고 있었다. 이럴 줄 미리 알았더라면 한국에서 빨간 고무장갑이라도 준비해 가서 선물로 나눠 주면 좋아했을 텐데, 하는 생각이 들었다. 그리고 마당 아래의 야크 우리에선 등이 하얀 야크들이 자리에 웅크리고 있었다.

그런데 해가 뜨자 야크가 변신을 시작했다. '화이트 야크'가 서서히 털 색깔이 변하더니 '블랙 야크'가 되는 것이었다. 놀라운 일이었다. 나는 아

페리체 마을 풍향계는 너무 높아 사진에 다 찍히지도 않았다. 그 옆으로는 서양 트레커들의 텐트가
보인다.

페리체의 야크. 커다란 돌담 안에서 맨바닥에 웅크리고 잠을 잔다.

직까지 야크가 카멜레온이 보호색을 바꾸듯 순식간에 몸 색깔을 바꾼다는 소리를 들어본 적이 없었다. 야크의 변신, 그 주범은 하얀 서리였다. 야크는 야외에서 잠을 자기 때문에 새벽이면 서리가 내려 하얀색의 화이트 야크가 되었다가, 해가 뜨면 서리가 녹아 제 색을 찾아 가기를 반복한다. 시간이 지나자 야크 등 위로 뽀얀 김이 모락모락 피어오르기 시작했다. 그리고 기다란 털끝에 매달린 얼음 덩어리도 녹기 시작했다.

마을에는 커다란 '도이치 브레드 레스토랑'이 있었고, 맞은편에는 태양열 집열판이 빼곡하게 세워진 '페리체 고산병 전문병원'이 있었다. 그리고 마당이 널따란 여러 채의 롯지들이 보였다. 이곳에서 무엇보다 눈에 띄는 것은 병원 옆 공터에 높이 세워 놓은 풍향계였다. 50m는 됨 직한 높이의 풍향 풍속계는 아주 천천히 돌아가고 있었다. 원래 페리체 협곡은 바람이 거세기로 유명한 곳인데, 아침이라 그런지 바람이 별로 없었다. 천천히 돌아가는 풍향계는 '비스따리 비스따리'라는 이곳의 생존 법칙을 다시 한 번 일깨워 주는 것 같았다. '이 고산병 전문병원에 오지 않으려면 천천히 걸어라'!라고 말이다.

아침식사 분위기는 까칠했다. 오늘은 이번 트레킹에서 처음으로 서로 다른 길을 가야 하는 것도 그렇거니와 어제의 힘겨운 트레킹으로 인한 컨디션 난조, 그리고 페리체로 오게 된 동기 등이 복합적으로 작용한 것 같았다. 특히 어제 저녁부터 닭백숙을 안 먹겠다고 빈정거리던 성 여사는 오늘 아침에도 돼지고기 두르치기를 거절하고 감자와 닭죽만 조금 먹었다. 그리고 그녀의 기침도 훨씬 잦아졌다. 아무래도 나서기 좋아하는 성격 때문에 어제 산행에서 다소 무리하게 속도를 낸 탓에 몹시 지친 것 같았다. 하지만 자존심 때문에 그 사실을 애써 감추려는 듯 침묵으로 일관했다.

우리는 아침 식사를 마치고 길을 떠날 차비를 차렸다. 오늘은 고산 적응을 위한 날로서, 고산병에서 회복 중인 박재욱 님은 롯지에서 휴식을 취하고 다른 사람들은 각자 희망하는 곳까지 왕복하기로 했다. 우선 추쿵(Chhukhung, 4,730m)을 왕복하는 사람은 오 선생, 성 여사, 윤 선생이었다. 추쿵은 아마다브람의 뒷모습과 로체 빙하를 볼 수 있는 곳이고, 최근 설산 트레킹으로 인기 상승 중인 임자체(Imja tse, 6,189m 또는 Island peak)를 등반하기 위한 마을이 있는 곳이다. 그리고 나머지 하상진 님, 박진순 님, 이 선생, 혜안 스님, 그리고 나는 페리체의 뒷산인 포칼데(Pokalde, 5,806m) 중턱의 뷰포인트로 올라가기로 했다.

첫 이별

모두들 얼굴이 조금씩 부어 있었다. 4,000m를 넘어서자 기압이 낮아져 얼굴이 점점 빵빵해지는 것이 느껴졌다. 그런데 유독 얼굴은 그대로인데 입술만 앞으로 삐죽 튀어나온 사람이 있었다. 성 여사였다. 입술의 돌출 정도와 말수는 반비례하는 모양이다. 아침부터 성 여사의 말수가 새벽 기온만큼이나 뚝! 떨어졌다. 아무래도 그녀의 몸 상태가 정상이 아닌 듯싶었다.

'추쿵 팀'이 꾸물거리는 동안 '포칼데 팀'이 먼저 출발했다. 롯지 뒤로 돌아 뒤쪽 언덕을 오르기 시작했는데, 눈에 빤히 보이는 150m도 채 안 될 것 같아 보이는 높이인데도 오르기가 쉽지 않았다. 길은 경사가 심해 지그재그로 나 있었고, 여러 갈래의 길이 서로 교차하며 생긴 모양이 마치 물고기 비늘 문양처럼 새겨져 있었다. 그 중 비교적 선이 굵은 길은 사람과 야크가 함께 이용하는 길이었고, 가늘게 나 있는 길은 야크가 풀을 뜯으러 다니는 길이었다. 고산이라서 풀이라고 해봐야 이끼같이 짤막한 풀들이 전부였지만, 야크에게는 그것마저도 맛있는 식사 거리가 되는 모양이다.

길을 따라 몇 미터씩 오르다 쉬다 하기를 반복했다. 어제와는 또 다른 고산의 압박감이 가슴을 짓눌렀다. 고도를 50m쯤 높였을까. 아래를 내려다 보니 추쿵 조가 막 롯지를 출발하는 모습이 보였다. 우리가 그랬던 것처럼 그들이 움직일 때마다 바싹 메마른 흙길에서 뽀얀 먼지가 일어났다. 풀썩이는 흙길에 코를 박고 오르다 주변을 살펴봤다. 자연의 광활함과 오지의 황량함, 그리고 증발선 위로는 만년설의 강렬함이 다큐멘터리의 한 장면처럼 나타나기 시작했다.

우리는 40분이 걸려 겨우 언덕 위로 올라섰다. 언덕 위 돌무더기에서는 먼저 온 셀파 겔루가 마침 그곳에 함께 있던 셀파 족 아가씨들과 무언가 떠들며 까르르 웃곤 하는 모습이 보였다. 자기들끼리는 잘 아는 듯했다.

"겔루, 걸프랜드?"

"노노노노노."

겔루는 여자 친구냐는 말에 기겁을 했다. 처녀들은 쑥스러운지 도빌라를 이마 띠(tumpline)로 지고는 축지법이라도 쓰듯 휑하니 사라졌다. 뒤따라 올라오는 일행을 기다리며 나는 돌무더기에 걸터앉아 잠깐 숨을 돌렸다.

먼저 눈에 띄는 것은 역시 아마다블람이었다. 그리고 캉데가, 탐세르쿠, 더 멀리는 콩테가 보이고, 구름이 남체 바잘 아래에 머물러 있는 모습도 보였다. 그리고 등 뒤쪽으로는 눕체와 로체가 바싹 다가와 높다랗게 치솟아 있었다.

"처사님, 웬 바코드가 산에 있지요?"

"바코드라뇨?"

스님이 가리키는 곳은 눕체와 로체의 암벽 정상부였는데, 신기하게도 그의 말마따나 바코드 문양이 찍혀 있었다. 물론 그것은 단층 활동에 의해 단층이 겉으로 드러난 문양이었는데 이곳에서도 선명하게 보이는 걸로 봐서 두께나 규모가 대단해 보였다. 저 바코드에는 히말라야의 어떤 사건이 암호로 찍혀 있을까? 그리고 그 위로 구름 한 점 없는 파란 하늘에서 문득 '티끌' 하나를 발견했다. 그 티끌은 손톱 모양의 초승달이었다. 한낮의 파란 하늘에서 달을 볼 수 있다는 것이 신기했다. 왔던 길을 되돌아보니 페리체 평원이 보였다. 지금까지 지나왔던 그 어느 곳보다도 넓고 평평한 평원, 산은 오를수록 평지가 사라지고 경사가 심해지는 것이 일반적이지만, 이곳 페리체는 예외였다. 페리체 평원은 대략 폭 500m에 길이가 3,500m 정도 되었다. 주변의 칼날같이 깎아지른 산을 방벽삼아 그 사이에서 여유를 부리며 넉살 좋게 앉아 있는 모습이 인상적이었다.

"선생님, 저 초르텐은 기도하면 효과가 좋은 곳으로 유명한 곳입니다."

부리가 언덕 뒤 야트막한 능선에 있는 초르텐을 가리키며 안내해 주었다. 다시 야트막한 언덕을 올랐다. 바람이 일기 시작했다. 능선에 있는 돌탑으로 다가가자 언덕 아래로 딩보체(Dingboche, 4,410m)가 보였다. 딩보체 또한 평평한 분지에 자리 잡고 있었고, 그 뒤로 추쿵으로 가는 척박한 자갈 계곡을 지나 멀리 추쿵 마을이 보였다.

"자, 잘들 다녀오세요. 나중에 봅시다."

"그럽시다."

그렇게 인사를 나누고 추쿵 팀과 포칼데 팀은 헤어졌다. 잠깐 돌탑을 둘러보고 있는데, 딩보체에서 서양 트레커들이 줄줄이 올라왔다. 그 중에는 어제 본 영국 고등학생들도 있었다.

"나마스떼!"

"하이!"

그 중에는 어제 본 기억이 났는지 반갑게 웃으며 인사하는 학생들도 있었고, 몹시 지쳤는지 만사 귀찮다는 듯 발끝만 보고 걷는 학생들도 있었다.

환자 수송 헬기

그때였다. 아래쪽 계곡에서 헬기 한 대가 올라오는 것이 보였다. 헬기는 딩보체를 한 바퀴 선회하더니 아래쪽 공터에 착륙했다. 공터에는 흙먼지가 일기 시작하더니, 동시에 사람들이 모여들기 시작했다. 아! 직감적으로 느낌이 왔다. 위급환자가 발생했을 것이다. 아니나 다를까. 등산복 차림의 누군가를 서둘러 실은 헬기는 산 아래로 급히 내려갔다. 짐작컨대 폐수종이나 뇌수종 또는 폐렴 같은 급성질환 환자가 발생했을 터였다. 그동안 헬기가 황급히 이동하는 것을 하루에도 몇 번씩 보기는 했지만, 실제로 환자를 태우고 떠나는 것을 직접 보기는 이번이 처음이었다. 롯지에 남아 있는 박재욱 님이 슬쩍 걱정됐지만, 이미 회복기에 접어든 상태여서 별 일 없을 거라고 생각되었다. 그나마 딩보체로 가지 않고, 고산병 전문 병원이 있는 페리체로 간 덕에 안심이 되었다.

헬기를 타고 하산하는 서양 트레커를 보다 보면 트레킹에도 질적인 차이가 존재한다는 사실이 느껴진다. 외국 트레커와 한국 트레커 사이의 차이점은, 우선 그들은 트레킹 기간부터가 22일간으로 15일 만에 끝내 버리는 우리보다 여유로웠다. 또한 헬기 사용료도 그들은 트레킹 보험으로 처리하지만, 우리나라의 보험사는 외국 산행에 대해 아예 보험을 들어 주질 않는다. 그래서 긴급환자가 발생하면 서양 트레커들은 즉시 부담 없이 헬기를 부른다. 하지만 우리는 한 번 불렀다 하면 5,000달러를 개인이 지불해야만 한다.

다시 뷰포인트를 향해 올라가는데 가슴이 답답해지고 보폭이 점점 짧아졌다. 멀리 아일랜드피크(임자체) 뒤로 마칼루(Makalu, 8,463m)가 보였다. 그곳 역시 8부 능선부터는 눈이 별로 없어 보였다. 다시 고개를 돌려 왼쪽의 로체(Lhotse, 8,516m)를 올려다봤다. 바로 옆에서 직벽으로 솟아 오른 로체의 정상 부근에는 눈보라가 몰아치고 있었다. 그 눈보라가 수백 미터의 기다란 꼬리를 만들며 화염처럼 하늘로 치솟아 오르는 모습이 장관이었다. 그렇게 시달려서일까? 에베레스트도 로체도 마칼루도 8,000미터가 넘는 산들의 봉우리 아래 경사면에는 눈이 많지 않다. 이런 산들을 보다 보면 숭고한 고독이 느껴진다. 지나치게 격이 높아 스스로 고독해지고야 마는 존재들…. 혹독한 자연 앞에서 묵묵히 수행하고 있는 수행자의 기품을 닮은 마칼루, 로체, 에베레스트…. 그래서 상대적으로 미봉은 6,000~7,000m에 존재한다. 정상까지 하얀 눈이 덮여 있어 그 아름다움이 배가되기 때문이다. 아마다블람, 마차푸차레, 마테호른이 그렇듯이 세상의 아름다움과 최고는 서로 다른 것이다. 1등주의에서의 1등은 아름답겠지만, 진정한 아름다움은 1등에만 있는 것이 아니다.

오르막에는 몇 군데의 뷰포인트가 있었다. 마지막 뷰포인트는 낭카창(Nangkar tshang)이라는 바위산의 정상이었는데, 그곳까지는 너무 높아 아무도 오르지 않는 것 같았다. 중간쯤의 뷰포인트에서는 추쿵 팀이 걷고 있을 황량한 자갈길이 선명하게 눈에 들어왔다. 눈짐작으로도 만만찮은 거리였고, 그늘이 전혀 없어 보이는 그 길이 고행의 길로 보였다.

이곳에서의 척도의 개념은 시간이 지날수록 짧아지는 느낌이었다. 빤히 보이는 고개도 올라가 보면 몇 시간 걸리기 일쑤이고, 바로 앞에 있는 것 같은 마을을 가는 데도 한두 시간 걸리기가 예사였다. 한 30분 지났나 하고 시계를 보면 1시간을 훌쩍 넘기고 있는가 하면, 한국을 떠나온 지 3~4일 됐나 싶은데 벌써 7일째였다. 그것은 고도에 따른 인지능력의 변화일 수도 있지만, 잡념이 사라진 무상무념의 세계로의 여행이기 때문이라고 나는 고급스럽게 해석했다. 마지막 뷰포인트로 올라갈 것인가 말 것인가 잠시 망설였지만, 오늘은 이만큼만 오르기로 결정했다. 나머지 일정을 감안할 때 무리하면 안 될 것이란 판단이 섰기 때문이다. 22일 동안 느긋하게 트레킹을 하는 유럽이나 일본 트레커에 비해 15일 만에 트레킹을 끝내야 하는 우리는 사정이 좀 다른 것이 현실이다. 자칫 유럽 트레커들을 따라가다 보면 뱁새가 황새 따라가는 격으로 오버페이스를 할 수도 있기 때문이었다.

뷰포인트에서 만난 영국 고등학생들.

뷰포인트 바위에 비스듬히 누워서 하늘을 올려다보았다. 달은 아직 그대로 하늘에 떠 있었고, 그 파란 하늘로 독수리가 날고 있었다. 한 마리, 두 마리, 그리고 또 한 마리… 산 아래쪽을 보니 멀리 남체에 머물러 있던 구름이 조금씩 계곡을 따라 올라오고 있었다. 남체 계곡 아래에 머물러 있는 구름은 마치 쭈그러진 그릇에 담긴 하얀 솜뭉치처럼 차분하게 담겨 있었는데, 해가 높게 떠오르면서 기온이 올라가자 뜨거워진 기류를 타고 서서히 계곡을 따라 올라왔다.

뷰포인트에서 내려다 본 딩보체.

    남체 옆의 콩테와 주변의 설산은 여전히 아름다웠다. 완만하고 후덕하게 생긴 한국의 육산에 길들여진 나로서는 뾰족하게 날을 세운 봉우리와 칼날 같은 능선으로 가득한 이곳 풍광을 볼 때마다 이곳이 새삼 히말라야라는 걸 가슴 깊이 느끼곤 한다. 4,600m 뷰포인트에서 휴식을 취하면서 박진순 님이 가져온 비스킷을 나누어 먹었다. 몸이 조금 지쳐 있을 때라서 그런지 과자 맛이 감미로웠다. 과자 한 봉지에 중후한 50대 중년들이 애들처럼 행복해 했다. 한국에 돌아가면 과자 한 봉지에 이토록 행복해 하지는 않을 것

페리체 평원을 굽이굽이 흘러내리는 로부제콜라.

이라는 생각을 하면서도, 달콤한 과자 맛에 자존심이 힘없이 무너지는 행복한(?) 순간이었다. "주주베베 주주주주." 고개를 돌려 보니 바로 옆의 바위에 언제 날아왔는지 종다리 두 마리가 까불거리며 지저귀고 있었다. 먹던 과자를 근처에 던져 주니 본 체 만 체 페리체 쪽으로 날아가 버렸다.

모두들 새로운 고도를 몸에 입력시킬 요량으로 호흡을 맞춰 보고, 가벼운 몸동작으로 체력도 가늠해 봤다. 그러나 그것도 잠깐, 강렬한 자외선과 떨어지기 시작하는 체온 때문에 오래 있을 수가 없었다.

'오늘은 무리하지 말자!'

마음속으로 모두들 그렇게 생각하고 있었던 것 같다. 그동안의 산행으로 체력 비축이 필요한 데다 고도를 조금 높여 새로운 고도에 몸을 미리 적응시켜 봤다는 데 의미를 두고 다시 하산하기 시작했다. 내리막은 의외로 미끄러웠다. 밤톨만 한 돌이 밟히고 발이 닿는 곳마다 흙먼지가 폴폴 일어난다. 왔던 길을 되돌아 우리는 다시 페리체 롯지로 돌아갔다.

롯지가 내려다보이는 언덕 위에서 잠깐 쉬면서 주변을 둘러봤다. 산을 오를수록 힘은 들지만 예기치 않은 볼거리가 풍성해지는 것도 사실이었다. 페리체 마을 건너편은 촐라체가 있는 쪽이다. 그쪽의 산 능선은 급경사를 이루며 삭막한 바위산으로 치솟아 있다. 그리고 그 앞을 흘러가는 로부제 콜라가 한가로워 보였다. 순간 아! 하는 탄성이 흘러나왔다. 그 풍경은 분명 어느 책에선가 본 적 있는 히말라야 빙하 사진과 똑같은 풍경이었다. 그 시절 그렇게 빙하가 흘러내렸던 이곳에 빙하 대신 개울물이 흐르고 있다는 것이 씁쓸해졌다. 이것 또한 지구 온난화의 결과일 성싶었다. 그리고 마음속으로 이렇게 말했다.

'그래도 더 늦기 전에 이곳을 오게 된 것이 나에겐 행운이야.'

페리체의 살인적인 자외선

언덕 위에서 잠시 쉬었는데도 햇살에 얼굴이 따끔거렸다. 더 이상 있으면 안 되겠다 싶어 서둘러 내려가려는데, 언덕 아래 롯지의 양지 바른 한쪽 벽에 누군가가 챙 넓은 모자를 쓰고 소파에 앉아 있는 모습이 보였다. 두툼한 옷을 입고 있는 모습을 보아 박재욱 님인 것 같았다. 그 모습에서 희비가 교차했다. 밖에 나와 있을 정도로나마 몸이 회복되었다는 반가움과 아직도 정상적인 몸으로 돌아오지는 못했다는 안타까움.

"박재욱!"

하상진 님이 내리막을 내려가다 멀리서 그를 불렀다. 처음엔 낮잠을 자는 중인지 기척이 없더니 두세 번 거푸 부르자 고개를 들어 우리를 쳐다보았다. 그리고는 손을 들어 어서 오라는 손짓을 했다. 그의 손짓에는 무료함과 무기력함에서 벗어나고파하는 간절함이 묻어났다.

가풀막을 내려가자 먼지가 일기 시작했다. 처음엔 먼지가 이는 것을 피하려고 멈칫거리던 일행들이 셀파인 겔루가 황야의 은행 강도처럼 스카프로 복면을 하고는 말처럼 달려 내려가기 시작하자, 갑자기 서로 약속이나 한 듯 스카프로 복면을 한 뒤 개구쟁이처럼 먼지를 뽀얗게 일으키면서 달려 내려갔다. 호흡곤란을 겪지 않아도 되는 하산길이라 마음껏 달려 보고 싶었던 모양이다. 롯지 뒷문에 도착한 일행들은 먼지를 소복하게 덮어쓴 서로의 몰골을 보고는 즐겁게 깔깔거렸다. 제각기 바지를 털어 보지만 워낙 많은 먼지가 묻어서인지 별 효과가 없었다.

"좀 어떠세요?"

"많이 좋아지긴 했는데 아직은 좀 그렇네. 모두 다 가삐리고 심심해서 나와 있었다 아이가."

"많이 심심했지요? 같이 갔으면 좋았을 텐데. 햇빛이 장난 아닌데 방에 안 계시고?"

"방에서 누워 있으면 위험하다고 잠을 못 자게 해서…."

그의 말처럼 고산병이 오면 가능하면 눕거나 자지 말아야 한다. 때로는 그것이 치명적이 될 수도 있기 때문이다. 그래서 가이드나 셸파는 고산병 환자가 잠을 자려 하면 깨워서 앉아 있게 하거나 움직이도록 계속 독려하곤 한다.

뷰포인트 팀은 모두들 식당에 가서 점심을 먹고 자유 시간을 가졌다. 자유 시간에 뭘 할까? 나는 조금 전 언덕 위에서 보았던 마을 앞 로부제콜라에 가보고 싶어졌다. 그래서 옷을 챙겨 입고 롯지를 나섰다. 그런데 멈칫! 햇볕이 생각보다 너무 강렬했다. 한낮이라 오전의 햇볕과는 비교가 되지 않을 정도였다. 롯지 앞에서 빨래를 하고 있는 겔루와 요리 팀을 만나 잠깐 이야기를 나누는 동안에도 페리체의 자외선은 두툼한 등산복을 사정없이 뚫고 들어왔다. 피부가 따가워졌다. 이런 강렬한 자외선은 아직 본 적이 없어 조금 당혹스러웠다. 나는 본능적으로 슬금슬금 처마 밑 그늘로 몸을 피한 채 주변을 둘러봤다.

'도대체 이곳 페리체의 햇볕은 왜 이렇게 강한 것일까?'

페리체의 무시무시한 자외선은 지형적인 특성에서 비롯되는 것 같았다. 원래 히말라야는 공기가 맑고 햇빛이 강렬한 데다, 밑으로는 페리체보다 낮은 곳에 깔려 있는 구름에 햇빛이 반사되어 올라오고, 옆으로는 주변에 파노라마처럼 펼쳐진 설산에 반사되는 햇빛이 모두 페리체로 모여든다. 그런 까닭에 페리체는 마치 반구형의 태양광 집광기의 중심 같은 곳이 되어버린 것이다. 이곳에 왜 유독 태양열 집열판이 많은지 이제야 이해되었다. 결국 로부제콜라에 가기를 포기하고 식당으로 들어가려는데 어디선가 당구공 부딪치는 소리가 났다. 혹시? 하는 마음에 마당에 있는 돌집 안을 들여다보았다. 놀랍게도 그곳에는 대형 포켓볼 당구대가 있었다. 그것도 조잡하게 만든 제품이 아니라 공인 규격품이었다.

'저 무거운 당구대를 어떻게 이곳 4,300m 페리체까지 운반해 온 것일까?'

하기야 당구대는 분해를 해서 운반하면 되는 물건이라 그나마 나은 편이다. 1907년의 '다르질링 신문'에 난 기사에 보티아 족(셀파 족) 남자가 혼자서 그랜드피아노를 통째로 지고 2,000m 고도까지 50마일이나 되는 거리를 걸어갔다는 전설적인 일화가 있다. 그에 비하면 그리 놀라운 일도 아니었다. 아무튼 당구대가 있는 것도 놀라웠지만, 조명이 침침한 당구장 안에서 부리, 앙카이라, 겔루, 푸르바가 조를 이루어 경기를 하며 능숙하게 공을 맞춰 대는 것이 더욱더 신기했다.

만신창이 추쿵 팀

"딩보체하고 고도가 300미터나 차이 나는데 페리체로 와가지고 말이야. 이게 무슨 개고생이야?"

추쿵을 갔던 팀들이 느지막이 돌아왔다. 그리고 돌아오자마자 오 선생이 그렇게 불만을 토해냈다. 그들의 불만은 예견된 것이었지만, 한편으로는 미안한 마음도 들었다.

"많이 힘드셨죠?"

"페리체에서 딩보체까지 가는 게 너무 힘들어. 올 때도 딩보체에서 페리체 오는 게 제일 힘들고…."

결국 숙박지를 페리체로 했던 것에 대한 불만이었다. 성 여사는 몹시 지쳐 보였는데, 아무래도 체력에 심각한 문제가 생긴 것 같았다. 그녀는 돌아오자 식당에 풀썩 주저앉아서는 허망한 표정으로 멍하니 창밖만 바라보았다. 온몸의 에너지가 모두 빠져나가 말할 힘도 없는지, 아무 말 없이 퀭한 눈빛으로 인형처럼 눈만 깜빡거렸다.

"그나저나 집사람이 체력이 고갈된 것 같은데, 내일 산행이 큰일인데?"

이제야 후회해 본들 이미 체력이 고갈된 것을 어쩌겠는가? 휴식을 취하는 수밖에 도리가 없었다.

"미스터 부리. 난 내일 아무래도 말을 타야 할 것 같다. 마을에 말을 알아봐 줘."

박재욱 님이 회복이 더디자 일행들에게 폐를 끼치지 않을 방법을 고민한 끝에 말을 타고 로부제까지 가기로 했다. 부리는 페리체에 있는 마주를 만나 로부제까지 200달러에 말을 빌리기로 하고 돌아왔다. 그러자 디스카운트의 달인인 그가 그냥 200달러를 다 줄 리 없었다. 150달러까지 낮추라고 부리를 다시 보냈는데, 결국 부리가 세 번 교섭 끝에 160달러로 최종 결정을 내리고 돌아왔다. 그래도 그는 더 깎지 못한 것을 못내 아쉬워했다. 몸도 좋지 않은데도 흥정 의지만큼은 이미 에베레스트 정상급이었다.

"말 한 마리에 1,000달러밖에 안 하는데, 하루 타는 데 200달러 달라면 이건 완전 사기 아닌가?"

그래도 어쩌겠는가? 아닌 말로 1,000달러를 달라 해도 말 안 타고는 못 갈 형편인 걸.

"그 정도면 됐습니다. 너무 깎으면 나중에 돈에 맞춰서 말을 보낼지도 모릅니다. 말하자면 승용마를 보내려다가 조랑말을 보낼지도 모를 일이죠. 그러다가 언덕에서 말이 못 올라가면 우짭니까? 말을 도로 업고 갈 수도 없고, 헛헛."

그래도 타고 갈 말이 구해졌으니, 적어도 박재욱 님 때문에 산행이 지체될 문제는 없어졌다. 박재욱 님의 고민이 사라지자 모두들 마음이 푸근해졌다. 다만 추쿵을 다녀온 오 선생과 성 여사만이 수심 가득한 얼굴이었다. 그동안 다른 멤버들에게 산행 실력이 형편없다며 면박을 주며 무시했었는데, 이제 와서 약한 척 말을 타고 간다고 말할 수도 없고…. 그 날 저녁에는 고산병 때문인지 성 여사는 식사를 거른 채 누룽지만 조금 먹었다. 센스 있는 요리 팀이 고산병에 좋다는 마늘 스프를 만들어 주었지만, 그녀는 입덧하는 임산부마냥 입에도 대지 못했다. 뷰포인트를 다녀온 멤버들의 여유로운 저녁에 비해 추쿵 팀은 식사를 하는 둥 마는 둥 슬그머니 침실로 직행했다. 자신 만만해 하던 그들에게도 이제 산이 무서워지기 시작한 모양이었다.

꼭! 챙겨 봐야 할 것들

1. 추쿵과 로체 빙하
2. 아마다블람의 뒷모습
3. 뷰포인트에서 마칼루 보기
4. 페리체 뒤쪽 언덕에서 페리체 전경 내려다보기
5. 페리체의 독일 빵 레스토랑에서 빵을 사먹어 보자. 4,270m에서 사먹는 빵맛은 어떨까?

아홉째 날

박재욱 님은 말 타고 로부제 가시고

페리체에서 하루 머문 덕에 몸이 훨씬 가벼워지고 머리 또한 개운해졌다. 동틀 녘이 되자 마을에서는 집집마다 향나무를 생나무 가지째 피워 놓았다. 향 내음이 온 마을을 휘감으며 피어오르고, 그 연기가 서서히 퍼져나가 페리체 평원을 자욱하게 만들었다. 모두들 아침 식사를 하고는 출발을 준비했다. 오늘 아침 식사는 이례적으로 단출했다. 모두들 식사량이 현저하게 줄어들었는데, 이것은 몸이 지쳐 가고 있다는 증거였다. 특히 성 여사는 거의 식사를 하지 못했다. 말수도 현격히 줄어들었고, 식사시간 내내 입을 꾹 다문 채 이따금 한숨만 내쉴 뿐이었다.

그렇게 냉랭한 분위기 속에서 박진순 님이 갑자기 큭큭큭 웃어대기 시작했다. 모두들 그녀의 알 수 없는 웃음에 의아한 눈빛으로 서로의 얼굴을 바라다보았다.

"무슨 일이세요?"

"호호호, 윤 선생님 좀 보세요, 호호호."

윤 선생의 얼굴을 보자 모두들 웃음 바이러스에 감염이라도 된 듯이 깔깔깔 소리 내어 웃기 시작했다. 식당 안에 함께 있던 서양 트레커들도 윤선생의 얼굴을 보더니 덩달아 웃기 시작했다. 모두에게 웃음을 준 윤 선생의 얼굴을 찬찬히 뜯어보니 얼굴 절반이 심하게 그을어 있었다. 분장을 한 코미디 배우처럼 콧잔등 위가 분을 바른 듯 하얗고, 아래로는 구두약이라도 바른 것처럼 시커멓게 변해 있었다. 돌이켜 보면 그것은 혼자 방을 쓴 독거남의 비애였다. 우선 이곳의 롯지는 거울이 없어 제 모습을 볼 수가 없다. 때문에 얼굴 상태가 어떻다고 누가 얘기해 주기 전까지는 자기 얼굴 상태를 알 수가 없다. 어제 하루 선크림 바르는 것을 잊고 트레킹을 한 결과 페리체와 추쿵의 강력한 햇볕에 얼굴이 심하게 그을어 버린 것이다. 룸메이트라도 있었으면 저렇게까지 그을리지는 않았을 텐데….

그 날 이후부터 윤 선생은 검게 그을린 부분에만 집중적으로 선크림을 바르고, 그을리지 않은 곳은 햇빛에 노출시켜 얼굴 전체의 색깔의 균형을 맞추기 위해 노력에 노력을 거듭해야 했다. 선크림 사용법에도 없는 선크림 사용을 계속해야 하는 그가 우스우면서도 안쓰러웠다.

롯지 밖에서 말 울음소리가 히히힝~ 시원하게 울려왔다. 박재욱 님의 산악용 자가용이 도착한 모양이다. 마부가 끌고 온 말은 그리 크지 않았다.

"어제 말한 대로 배기량이 딸리는 말이 온 거 아닙니까?"

"그래도 내 체중을 미리 말했으니, 별 문제는 없겠지 뭐."

말에 비해서 청년 마부의 포스가 대단했다. 날렵한 몸매에 긴 머리카락을 빗어 넘기고 선글라스를 낀 모습이 서부 영화에 나오는 액션 배우 같았다. 물론 주연이라기보다는 동네에서 건들건들 폼 좀 잡는다는 총각 정도라고 할까. 혹시나 하는 마음으로 박재욱 님이 82kg의 몸무게도 괜찮겠냐고 물어보았다. 그러자 마부 총각은 무조건 '노 프로블램'이란다. 글쎄, 괜

박재욱 님이 타고 갈 말과 마부. 마부의 포스가 예사롭지 않다.

찮을까? 하기야 문제가 되면 말이 죽어나지 자기가 죽어날 건 아니니까 당연한 대답일지도 모르겠다.

그는 돌계단을 노둣돌 삼아 말 등에 올라탔다. 그런데 말이나 탄 사람이나 크기가 별 차이 없어 보였다. 그는 추위를 이기기 위해 동계용 옷을 여러 벌 겹쳐 입은 탓에 언뜻 150kg 정도는 돼 보이는 거대한 레슬러 같은 모습이었다. 말 탄 그의 모습에서 20세기 초 서양 원정 대원들의 모습이 연상되었다. 말을 타고 베이스캠프로 이동하는 부르주아 서양 원정대와 무거운 짐을 진 채 걸어서 베이스캠프까지 가야 하는 프롤레타리아 쿨리들의 행렬 같다는 생각. 말은 다시 한 번 '히히힝' 시원스레 울음을 울리고는 서서히 출발했다.

페리체 마을을 가로질러 로부제로 향했다. 고산병 병원 앞에는 산행 중 운명을 달리한 사망자의 위령비가 있었다. 금속으로 만든 위령비는 아침 햇빛에 눈부시게 반짝거렸고, 거기엔 한국인의 이름 몇몇도 보였다. 마을을 벗어나자 그때부터 땅은 엠보싱 처리한 표면처럼 올록볼록했다. 땅은 얼어 있었고 땅에는 이끼처럼 자라는 풀과 발목 높이의 향나무만 드문드문 있어 황량했다. 우리는 멀리 페리체 평원 끝자락에 있는 두세 채의 민가를 향해 걸었다. 그곳은 페리체 윗마을이다. 거의 평지 같은 길을 걸어가는데도 보기보다는 거리가 멀었다. 어지간히 걸음을 재촉해도 거리가 쉬이 좁혀지지 않았다. 어제 하루 휴식을 취하고 평지를 걸어서인지 힘들지는 않았다. 4,300m 높이를 걸으며, 호흡도 별 무리 없이 도란도란 얘기를 나누며 오붓하게 걷는다는 것이 신기했다. 그래도 아침이라 뒷머리가 묵직한 것은 어쩔 수 없었다.

윗마을에 도착하자 먼저 온 박재욱 님이 말에서 내려 있었다.

"탈 만합니까?"

"아! 좋~습니다."

그는 무척 만족스런 표정이었다. 오늘 오성 부부는 체력에 문제가 있는지 자꾸만 뒤처졌다. 윗마을을 향해 올라오는 모습이 힘겨워 보였다. 오성 부부의 도착이 늦어지자 차가운 기온 때문에 오래 쉴 수가 없어 체온이 더 떨어지기 전에 본격적으로 오르막을 오르기로 했다. 그들이 뒤늦게 페리체 윗마을에 도착할 즈음, 그동안 쉬고 있던 일행들은 마치 릴레이 경기에서 바통 터치를 하듯 곧장 마을을 떠났다. 순간 그들에게 '자, 이제 후미까지 다 왔으니 모두 출발합시다!' 라는 악마의 속삭임이 귓가에 울렸을지도 모를 일이다. 힘겹게 도착했더니 모두 떠나가 버리고…. 하지만 얄미운 생각이 들어도 어쩔 수 없는 일이다. 호흡과 체온을 유지해 가면서 나름대로의 페이스에 맞춰 산을 오를 수밖에 없는 것이 현실이었다.

오르막이 시작되자 길은 자갈과 흙뿐인 황무지로 변했다. 지형으로 볼 때 빙퇴석 지대로 막 들어선 것 같았다. 걸음을 옮길 때마다 밤톨만 한 자같이 밟히고 먼지가 풀썩거렸다. 어제의 포칼데 뷰포인트 고소 적응도 서서히 약발이 떨어지기 시작했다. 지그재그로 길을 오르다가 딩보체에서 언덕을 넘어오는 길과 만났다. 그 길에는 딩보체에서 두사(Dusa, 4,503m)를 거쳐 넘어온 유럽 트레커들이 걸어오고 있었다.

"나마스떼!"

"나마스떼!"

인사를 나누고 길가에 앉아 잠깐 숨을 돌렸다. 이제 큰 동작을 하지 않아도 숨이 차오르고 압박감이 한층 심해졌다. 호흡은 마치 구멍 뚫린 축구공에 바람을 집어넣듯 공기가 어디론가 자꾸 빠져나가는 느낌이었다. 심호흡을 하며 주변을 둘러보았다. 너무 고요해진 탓일까. 순간 멍하니 개맹이가 빠진 느낌이었다. 주변에는 황무지 같은 땅과 구름 한 점 없는 파란 하늘, 그리고 길바닥에 퍼질러 앉아 숨을 가쁘게 몰아쉬며 산소를 갈망하는 트레커들만이 남아 있을 뿐이었다. 언덕 아래 멀찍이에서 오성 부부가 고전하는 모습이 눈에 들어왔다. 오 선생은 그런 대로 속도를 내는 것 같은데, 성 여사는 아예 풀썩 주저앉은 듯 보였다. 아무리 기다려도 그들이 올라오지 않았기에 우리는 다시 두클라로 발걸음을 옮겼다.

돌무더기 길을 조금 오르다 보니 왼쪽 건너편에 두클라(Dughla, 4,620m)가 보였다. 그곳은 점심 식사를 할 곳이다. 단 세 채뿐인 두클라가 반가운 것은 황무지에서 만난 오아시스 같은 존재감과 주변의 근사한 풍광 때문이었다. 하지만 바로 앞의 두클라까지는 돌무더기와 그 사이를 흘러내리는 콜라를 지나가야 했다. 별 것 같지 않아 보이던 돌무더기를 지나기가 여간 불편하지 않았다. 빤질빤질한 돌 표면에 작은 모래가 묻어 있어 잘못 밟으면 미끄러지기 십상이었다. 돌무더기에 이어 나무로 얼기설기 만들어 놓은 다리를 통해 개울을 건너가는데 얼음 사이로 흘러내리는 우윳빛 물살이 생각보다 무척 거칠었다.

두클라 식당에서 우리는 점심을 기다렸다. 오늘은 점심을 야외에서 먹기로 했다. 우리도 어느새 유럽 트레커들처럼 야외 점심에 적응되어 가고 있기도 했지만, 두클라의 빼어난 풍광을 포기하고 어둑한 실내에서 먹는다는 것은 바보 같은 짓이라고 생각되었기 때문이다. 모두들 널빤지로 만든 기다란 야외 식탁에 앉아 점심을 기다렸다. 두클라에서 휴식을 취하자 비로소 히말라야의 높고 깊은 산속에 들어온 느낌이 들었다. 주변은 설산과 암봉이 파노라마처럼 둘러쳐져 있었고, 나는 그 장엄함에 살짝 현기증을 느끼고 있었다. 고산이라 쉽지 않은 호흡, 이미 숙명이 되어 버린 따가운 햇볕. 그래도 그곳이 편안해지는 까닭은 무엇일까?

문득 그곳에는 길이가 200m도 넘어 보이는 타르초와 절벽 쪽의 룽다가 보였다. 때마침 거세진 바람에 룽다가 푸르륵 휘날리며 울기 시작했다. 룽다가 세차게 울수록 깃발에 씌어진 경문은 바람에 멀리까지 날아갈 것이다. 그것은 글을 읽지 못하는 쿰부 사람들에게 경전이 전해지는 방법이다. 이곳 사람들은 문맹률이 높아 직접 경전을 읽을 수 없는 경우가 대부분이다. 그래서 발달한 것이 타르초, 룽다, 마니차, 마니스톤과 같은 중간 매개물들이다.

두클라에서 한참을 기다려도 오성 부부는 오지 않았다. 뒤늦게 셀파 앙카이라가 올라와서, 그들 부부는 도저히 두클라까지 올 수가 없어 말을 타고 오기로 하고 도로 페리체로 하산했다고 했다. 그러더니 앙카이라와 겔루는 급히 딩보체로 말을 구하러 떠났다. 그들 부부가 힘들어 하는 것은 안타까운 일이지만, 아침에 미리 말을 타기로 결정했으면 죄 없는 셀파들이 그 먼 거리를 부리나케 오르내리지 않아도 됐을 텐데….

잠깐 점심을 기다리는 동안 롯지 뒤 언덕을 올라가 봤다. 우선 왔던 길엔 여전히 빙퇴석 돌무더기와 그 사이를 흘러내리는 개울이 보였다. 지금은 막 여름을 지난 계절이라 한낮의 개울은 얼었다 녹았다 반복하고 있었다.

그리고 오른쪽에는 전망 좋은 전망대가 있고, 그 옆쪽에는 하늘빛을 닮은 촐라 호수(Chola Tsho, 4,590m)와 촐라 빙하(Chola Glacier)가 있다. 그리고 아위피크(Awi peak, 5,245m)의 경사면으로 촐라를 지나오는 비탈길이 실처럼 산허리를 따라 끊어질 듯 이어질 듯 위태롭게 이어져 있었다. 멀리서 그 비탈길을 따라 실을 타는 개미처럼 꼬물꼬물 움직이는 사람과 야크가 점점이 눈에 들어왔다.

오성 부부가 너무 늦어져서 우리는 먼저 점심을 먹기 시작했다. 내리쬐는 햇빛 아래서의 점심 식사는 특별한 느낌을 주었다. 물기를 머금은 밥과 반찬이 햇빛에 반사되어 보석처럼 반짝거렸다. 그래서인지 식사를 하는 동안 밥에 햇빛을 말아먹는 묘한 느낌이었고, 한편으론 자외선으로 음식을 완전 살균시켜 가며 먹는 느낌도 들었다. 이런 면에서 어쩌면 세상에서 가장 완전한 건강식품으로 점심을 때우는지도 모르겠다. 물론 유익한 균만 죽지 않는다면 말이다. 그렇게 '두클라 식 햇빛 비빔밥'을 먹는 동안에도 그들 부부는 나타나지 않았다.

혜안 스님의 소원

식사를 마친 뒤 오성 부부도 기다릴 겸 잠시 휴식을 취하는데, 갑자기 어디를 갔다 오는지 박재욱 님이 불쑥 나타났다. 그것도 숨을 거칠게 몰아쉬며 무척 지친 모습이었다.

"아이고, 죽겠다. 하~아 하~아. 아이고, 숨차라. 우찌 그리 힘드노? 하~악 하~악."

"어디 갔다 옵니까?"

"화장실 갔다 오는데 죽는 줄 알았다. 우찌 그리 머노? 올라온다고, 하~아 하~악, 죽는 줄 알았다."

그때 유머 감각이 뛰어난 윤 선생이 한 마디 거들었다.

두클라 식당 전경. 오른쪽의 자그마한 곳이 화장실. 박재욱 님이 바로 옆 식당에서 저 화장실을 다녀오느라 죽을 고생을….

짐을 진 채 두클라패스를 오르려고 대기 중인 좁키오들.

"그렇게 힘드실 것 같았으면 화장실에 가실 때 말을 타고 다녀오시지 그랬습니까?"

모두들 '말 타고 화장실 다녀오시라'는 말에 유쾌하게 웃었다. 그를 숨막혀 죽을 지경으로 만든 화장실이 궁금해졌다. 그래서 길옆 언덕 아래 화장실을 내려다보았다. 화장실은 널빤지로 얼기설기 벽을 치고 양철로 지붕을 덮어 만든 것이었는데, 화장실 위치를 보니 풋, 하고 웃음이 나왔다. 화장실은 야외 식탁이 있는 곳에서 20m 정도 떨어져 있었고, 이곳과의 표고 차는 5m 정도에 불과했기 때문이다.

"저기가 그렇게 멀고 한참 아래에 있습디까?"

"말도 마라. 한 번 갔다 와봐라. 죽는다, 죽어. 아이고, 말시키지 마라. 숨차서 죽것다, 하~아."

하기야 이틀 동안 고산병과 배탈로 고생하고 오늘도 말을 타고 올 정도로 컨디션이 악화된 상태였으니 그럴 법도 했다. 점심을 먹고 올라가야 할 두클라패스를 올려다보니, 보면 볼수록 자꾸만 까마득해지는 느낌이었다.

"처사님, 저 말 한 번만 타보면 안 되겠습니까?"

혜안 스님이었다. 남에게 부탁하는 걸 전혀 하지 않던 스님이 뜬금없이 말을 한 번 태워 달란다.

"제가요. 태어나서 아직 한 번도 말을 타본 적이 없걸랑요. 잠깐만! 딱 한 번만!"

그는 스님답지 않게 애교스러운 미소를 날리며 박재욱 님에게 애원했다. 순간 그의 얼굴에 난감함이 가득 찼다.

"스님, 대단히 죄송한데요. 지금은 제가 죽을 지경이라서, 지금은 도저히 안 되겠구요. 나중에 로부제에 도착하면 그때 한 번 태워 드릴게요."

"감사합니다, 처사님. 로부제 가면 꼭 태워 주셔야 합니다."

말을 탈 수 있다는 기대감으로 스님의 얼굴은 아이처럼 해맑아졌다. 그 사이에 말 많고 탈 많던 이들이 말을 타고 나타났다. 우리를 보자 부끄러운 마음이 들었던지 얼른 말에서 내려 야외 식탁에 앉아 점심을 먹었다.

두클라패스(4,830m)를 오르는 것은 페리체 패스(4,270m) 오르막에 비해 압박감이 더했다. 고도가 높아졌으니 숨쉬기가 벅찬 것은 지극히 당연했다. 두클라패스를 오르는 것은 사람은 물론 말에게도 힘든 과정이었다. 박재욱 님이 타고 가던 말이 오르막을 조금 오르자 숨을 거칠게 몰아쉬고는 '히히 히힝' 말울음을 토해냈다. 그리고는 멈춰 서서 숨을 고르느라 '푸르륵 푸르륵' 거렸다. 말의 배가 심하게 요동치는 것으로 봐서 말도 숨쉬기가 여간 힘들지 않은 것 같았다. 그렇게 제자리에 서서 숨을 고르던 말이 갑자기 신경질적으로 등에 타고 있는 그를 홱! 돌아보았다. 순간 그가 움찔하더니 말의 눈빛을 피해 재빨리 얼굴을 반대로 돌렸다. 손으로 얼굴을 가리는 것까지 잊지 않고서…. 그러자 말은 다시 반대편으로 얼굴을 홱! 돌려서 등에 탄 묵직한 그의 신원을 파악하려 했다. 그는 또다시 반대편으로 얼굴을 돌려 눈길을 피했다. 그 모습은 마치 그와 말이 펼치는 마상 쇼 같았다.

'이 무거운 화상 얼굴이라도 좀 보자'라고 하는 말과, '말과 눈빛이 마주치면 미안해서 더 이상 타고 갈 수가 없을 것 같아'라고 하는 그의 숨바꼭질이 말과 말 등 사이에서 첨예하게 대립하고 있었다.

셀파의 무덤

두클라패스를 올라서자 바람에 찢기고 바랜 룽다와 타르초가 보였다. 돌무더기로 이루어진 허리 높이의 돌담이 성벽처럼 이어져 있었다. 그리고 돌담 안쪽으로 아늑한 평지가 보였다. 셀파의 무덤이었다. 셀파의 무덤은 평평한 땅과 그 분지 가장자리를 감싸고 있는 둔덕으로 돌무덤이 이어져 있었다. 특히 아위피크(awi peak, 5,245m) 쪽 야트막한 언덕 위로 셀파들의 무덤이 줄지어 서 있는 모습은 시골의 양봉가들이 만들어 놓은 전통 벌통 같은 모양이었다.

 이곳은 셀파들의 장례를 치르는 곳이다. 이곳에서는 산행 중에 죽은 셀파나 원정 대원들을 화장하고 무덤을 만든다고 하는데, 산소가 부족하고 장작도 구할 수 없는 이런 곳에서 화장을 제대로 할 수 있을까 하는 의문이 들었다. 이곳에도 한국인의 돌무덤이 몇 기 보였다. 그 돌무덤의 주인은 쿰부히말을 원정하다 운명을 달리한 분들이었다. 이곳의 트레커들은 망자와 공존이라도 하듯 무덤 주변 자리에 앉거나 누워서 휴식을 취하고 있었다. 언덕을 숨 가쁘게 올라온 탓에 모두들 지쳐서 무덤에는 관심조차 없어 보였다. 죽을 듯이 가슴을 짓누르는 호흡곤란으로 이미 생과 사의 중간쯤에 도달한 초월적인 존재가 되어 버린 것일까?

셀파의 무덤. 언덕 쪽에 한국인의 무덤도 몇 기 보인다.

잠시 숨을 돌리자 경치가 눈에 들어왔다. 설산으로 이어지는 경이로운 풍광이었다. 아래쪽으로는 아마다블람(Ama Dablam, 6,856m)이 새치름한 아가씨 같은 자태를 자랑하고 있었다. 오른쪽으로는 뾰족이 삼형제처럼 다보체피크(taboche peak, 6,367m), 촐라체(cholatse, 6,335m), 아라캄체(arakamtse, 6,423m)가 봉우리에 하얀 눈을 덮어쓴 채 날카롭게 줄지어 서 있었다.

바람이 일기 시작하자 몸이 싸늘하게 식어 가는 느낌이다. 학습 효과일까. 보온을 위해 얼른 몸을 움직였다.

셀파의 무덤에 붙여 놓은 묘비명.

두클라 셀파의 무덤 지대를 지나 오르막을 조금 오르자 평탄한 길이 나왔다. 길가에 커다란 바위가 보였는데, 바위에는 타르초의 깃발이 걸려 있었다. 마침 바위 옆에서 사진을 찍는 유럽 트레커가 있어 무슨 일인가 싶어 우리도 그리로 가보았다.

아! 이곳에서 이런 것과 만날 줄이야. 그곳 바위에는 영문과 한글로 등산 도중에 죽은 동료를 위로하는 글이 적힌 동판이 박혀 있었다. 글을 읽어 내려가다 끝에서 '그랜드슬래머 박영석'이라는 글과 마주쳤다. 한글이 박혀 있는 추모 판을 보자 나도 모르게 마음이 짠해졌다.

잠깐의 평지가 끝나자 짧고 가파른 오르막이 시작되었다. 돌 더미와 흙으로 이루어진 황무지를 굽이굽이 돌아 나가자 양쪽 언덕 사이에 널찍한 계곡이 나왔다. 계곡은 분지로서 바닥이 엠보싱처럼 올록볼록 굴곡져 있었다. 바로 이곳부터가 쿰부 빙하 지대였다. 빙하 지역을 지루하게 오르다 보

커다란 바위에 부착된 추모 판. 한국의 산악인 박영석 씨가 만든 것이다.

니 해가 벌써부터 서산에 뉘엿뉘엿 걸리기 시작했다. 주변은 빙퇴석 지대로 온통 바싹 마른 돌무더기뿐인 황무지였다. 몸은 지쳐 가고, 호흡은 고통스러워지고, 목도 마르기 시작했다. 잠깐 길가 돌 위에 앉아 목을 축였다. 쉬고 있어도 호흡은 거칠었고, 가슴은 답답하게 조여 왔다. 체온이 식어 가는 느낌이 들어 다시 몸을 천천히 움직였다. 멀리 거친 돌무더기 언덕이 보였다. 직감적으로 저곳을 지나가야 로부제에 도착한다는 것을 느꼈다.

로부제 롯지(Lobuche, 4,910m)에 도착하자 날이 어둑어둑해졌다. 히말라야는 오후 3~4시만 되면 계곡 깊은 곳으로부터 이미 어둠이 시작된다. '오후 3시 이후에는 가능하면 산행을 하지 마라!' 라는 경고문이 새삼 가슴에 와닿는 것도 그 때문이었다.

로부제 오르는 길. 멀리 아래쪽에 촐라체가 보인다.

마구간 같은 로부제 롯지의 밤

"말은 어디 있습니까?"

어둑어둑할 무렵 뒤늦게 롯지에 도착한 스님이 박재욱 님이 타고 온 말이 보이지 않자 주변을 두리번거리며 물었다.

"조금 전에 마부가 말을 데리고 하산하던데요."

"아~ 안 되는데. 꼭 한 번 타보고 싶었는데."

스님의 얼굴에 실망하는 눈빛이 선연했다. 조금 장난기 섞인 말투였지만, 꼬~옥 한 번 타보고 싶다는 말이 헛말은 아닌 것 같았다.

로부제에서는 방이 귀했다. 그나마 우리는 아침 일찍 급파한 셀파들이 먼저 방을 예약한 덕분에 겨우 방을 잡을 수 있어서 다행이었다. 그런데 시설은 정말 말이 안 되는 곳으로서 하룻밤 서리와 바람을 겨우 막을 정도로

부실하기 이를 데 없는 시설이었다. 그곳은 정부 소유의 건물로 현 주인이 5년간 임대하여 영업 중인 롯지였다. 별빛보다 더 어두운 실내조명, 바스락거리며 돌이 밟히는 울퉁불퉁한 복도, 돌로 괴어 놓은 다리 없는 침대. 나는 이 침대를 보고 '고인돌 침대'라고 불렀다. 그리고 좁아서 짐을 놓기도 어려운 방 안 공간, 끊임없이 흘러들어오는 메스꺼운 기름 냄새, 그나마 찬바람이 숭숭 들어오는 방을 피해 부리의 배려로 한 번 옮긴 안락한 방은 다름 아닌 화장실을 개조해서 만든 방이었다.

한 마디로 전체적인 분위기가 너무 어둡고 비좁아 마치 도적 소굴 같았다. 특히 수많은 방들이 미로처럼 이어져서, 화장실이나 식당을 다녀오다 보면 제 방 찾아가기가 여간 어려운 것이 아니었다. 랜턴이 없으면 실내에서 화장실 다녀오는 것도 쉽지 않았다.

우리는 전기가 부족해 사람 얼굴도 알아보기 어려운 어두컴컴한 식당에서 저녁 식사를 기다리다가 한국인 남매를 만났다. 60대인 남매는 단출하게 가이드와 포터를 데리고 쿰부 히말의 이곳저곳을 다니고 있는데, 어제 칼라파트라를 등정하고 내려오는 길이란다.

"근데요 칼라파트라를 올라가는데 이 가이드가 먼저 고산병이 와가지고, 하는 수 없이 가이드 없이 우리 둘만 등정하고 내려왔어요. 내 원 참."

남매는 어이가 없다는 듯이 옆 자리의 현지 가이드를 보고 허허 웃으며 말했다. 순간 옆자리의 가이드는 부끄럽다는 표정으로 씨~익 웃는다. 한국 말로 해도 눈치로 무슨 말을 하고 있는지 잘 알고 있다는 것이다. 고산병은 현지인들도 곧잘 걸린다고 한다. 현지 셀파들도 주거지가 3,500m 이하에 있기 때문에 5,000m 이상으로 오르면 당연히 고산병이 올 수 있다. 그래서 티베트에서는 야크를 방목하기 위해 여름에는 5,000m 이상의 평원으로 올라가지만, 잠은 4,800m 이하로 내려와서 잔다고 한다. 그러니까 그 누구도 고산병으로부터 자유로울 수 없다는 것이다.

당장 자신 만만해 하던 성 여사와 오 선생의 경우만 해도 고산 증세로 말을 타고 오지 않았는가? 처음의 기세등등하던 자신감은 온데간데없고, 비 맞은 생쥐마냥 초라해진 그들의 모습에서 고산 증상이 더 심각해지지나 않을지 한편으로는 걱정스러웠다. 그리고 나중에 안 사실이지만 약이라고는 소주밖엔 안 가져온 그들도 고산병의 무서움을 알았는지 이미 페리체에 도착하면서부터 이 선생님에게 다이나막스를 얻어먹고 있는 중이었다.

저녁 식사를 준비하는 데 평소보다 시간이 오래 걸렸다. 로부제의 고도에서는 비등점이 83° 정도밖에 되지 않아 밥 짓는 시간이 길어진 것이다. 이렇게 고도가 높아질수록 비등점이 점점 낮아져 조리하는 시간이 길어지고 밥은 설익을 가능성이 점점 커진다.

오늘은 밥이 어떨까? 조명이 너무 어두워 각자 헤드 랜턴을 켜고 식사를 시작했다. 특히 한국식은 젓가락을 사용해야 하는 정교한 식사 문화인데, 식당 조명으로는 도대체가 캄캄해서 뭐가 뭔지 알 수 없었다. 처음엔 반찬을 집는다는 것이 허공을 집기도 하고, 제대로 집질 못해 흘리기도 했었는데…. 곧 '어둠 속의 만찬'에 적응이 되어 갔다.

밥은 살짝 설익은 듯했지만 별 문제는 없었다. 다만 고산 트레킹에 지친 탓으로 밥맛이 없었다. '먹어야 산다! 숟가락을 놓을 땐 한 숟가락 더! 빵을 먹을 땐 마지막 한 조각 더!'라는 히말라야의 생존법을 떠올리면서 한 그릇 다 꾸역꾸역 목구멍으로 밀어 넣었다. 식당에는 어림잡아 40명 정도의 트레커들이 북적였다. 방안이 춥기도 했거니와 고산병 예방 차원에서 모두들 방에 들어가지 않고 식당의 화로 옆에 앉아서 헤드 랜턴으로 책을 읽거나 대화를 나누었다. 무쇠 화로의 야크 똥이 다 탈 때까지….

방으로 돌아오자 밤새 화장실 갈 일이 꿈만 같았다. 화장실은 단 두 칸뿐이었다. 단 두 칸이란 롯지 안의 수많은 사람에 비해 턱없이 적은 수거니와, 차가운 바람이 숭숭 들어오고 바닥은 얼고 질퍽거려 지저분하기 이를 데 없는 곳이다. 오늘 밤은 화장실에 가지 않고 곧바로 아침을 맞이했으면 정말 좋겠다는 생각이 간절했다. 새벽까지 방광이 잘 견뎌 주길 빌면서 잠을 청했다.

고소 때문에 침낭에 들어가는 것이 무척 힘들어졌다. 벽면은 얇은 베니어합판 한 장으로 칸을 질러 놓은 탓에 옆방과 복도의 소리가 실시간으로 필터링 없이 생중계되고 있었다. 그래서 잠이 들 때까지 이 방 저 방에서 들려오는 다국적 언어를 동시 청취해야만 했다.

히말라야의 롯지는 대부분 방과 방 사이가 얇은 나무 벽으로 되어 있긴 하지만 이 롯지는 특히 심한 편이었다. 외벽 또한 허술해서 히말라야의 차디찬 계곡 바람은 얇은 베니어판 외벽을 통해 방안으로 냉기를 밀어 넣기에 주저함이 없었다.

오늘도 한밤중에 어김없이 잠에서 깨어났다. 고산병 예방을 위해 충분히 마셔둔 물 때문에 새벽까지 참을 수가 없었기 때문이다. 새벽 3시인데도 화장실은 이미 다른 사람이 차지하고 있었다. 문득 별이 보고 싶어졌다. 두툼한 우모복을 입고 베니어판으로 만든 얇고 가벼운 문을 열고 밖으로 나갔다. 문이 너무 가볍고 헐거워서 풋, 웃음이 나왔다. 밖은 불빛이라고는 전혀 존재하지 않는 '완전한 어둠'이었다. 완전한 어둠 속에서 나는 하늘을 올려다보았다. 하늘엔 수많은 별들이 반짝이고 있었다. 어릴 적 강원도 설악산 기슭에서 보았던 그 찬란했던 별들보다도 훨씬 크고 선연한 별들이었다. 너무 많은 별 때문에 별자리를 찾을 수가 없었다. 오늘밤에는 은하수만이 내가 찾을 수 있는 별자리의 전부인 것 같았다. 북두칠성, 카시오페이아, 큰곰자리…. 그동안 내가 알고 살아 왔던 수많은 별자리가 도대체 어느 별과 버무려져 찬란한 보석 비빔밥이 되어 있는지 구분이 되질 않았다. 그래도 북두칠성은 한 번 찾아보고 싶은 오기가 생겼다. 한참을 두리번거리다 찾아낸 북두칠성. 그곳에서의 북두칠성은 작달막하게 찌그러진 국자 모양이었다.

…. 한 순간 별이 두렵게 느껴졌다. 밤하늘에 떠 있기엔 지나치게 커다란 로부제 밤하늘의 별들이 제 무게를 이기지 못하고 당장이라도 머리 위로 우박처럼 후드득 쏟아져 내릴 것만 같았다. 오늘밤 나는 세상에서 가장 아름답고도 가장 두려운 별들로 가득한 로부제의 밤하늘을 보았다. 이런 광경을 다시는 볼 수 없을 것 같은 생각에 영하의 추위 속에서도 내 몸을 육중한 천체 망원경처럼 단단히 지구에 붙박은 채 그렇게 한없이 밤하늘에 빠져들었다. 세상에는 어둠이 짙어질수록 더욱 더 찬란해지는 것이 있다. 이렇게 완전한 어둠 속에서의 별들은 다시는 또 만나지 못할지도 모른다. '완전한 어둠'이란 문명 세계에서는 이미 존재하지 않기 때문이다.

꼭! 챙겨 봐야 할 것들

1. 두클라에서 사방 둘러보기. 천하의 절경이로고! 아래쪽은 아마다블람과 주변의 산, 왼쪽은 촐라체를 위시한 산군
2. 셀파의 무덤에서 주변 조망하기
3. 밤하늘의 별 보는 걸 잊지 마라. 새벽이면 더욱 좋다.

열째 날

호흡 곤란의 하루

호흡 곤란으로 뒤척이던 밤이 지나갔다. 오늘은 키친보이들이 깨우지 않았다면 늦잠을 잘 뻔했다. 침실은 추위 때문인지 창문이 없었다. 빛이라고는 지붕 한 쪽에 비스듬히 빗겨 나 있는 A4 용지 크기만 한 흐릿한 플라스틱 슬레이트 창으로 들어오는 것이 전부여서 아침이 열리는 것을 제대로 감지하지 못했다. 오늘밤은 이곳 로부제(4,930m)보다도 더 높은 고락셉(Gorakshep, 5,170m)에서 잠을 자야 한다. 이제는 잠을 자다가도 순간순간 느끼게 되는 호흡 곤란이 두려웠다. 어제 식당에서 만난 노 남매의 말이 생각났다.

"그나마 로부제는 잠자기가 편하잖아요. 고락셉은 호흡도 곤란하고, 고산병 때문에 일부러 로부제까지 내려와서 자는 사람들이 많아요. 가능하면 고락셉에서 자지 마세요. 잠을 자다가도 고산병 오는 사람이 많다고 합디다."

결국 고락셉은 낮과 밤의 어려움을 모두 이겨내야 하는, 이번 트레킹의 최대 난코스인 셈이다. '죽은 까마귀' 라는 뜻의 고락셉. 까마귀가 죽을 정도로 혹독한 곳일까?

해가 뜨자 기온이 조금씩 올라가기 시작했다. 하지만 밖은 여전히 추웠다. 발걸음을 옮길 때마다 언 땅에서 얼음 밟히는 소리가 났다. 주변의 산들은 온통 하얀 눈 세상이었고, 오르막길은 양지바른 곳으로 나 있어 눈이 쌓여 있지 않았다. 롯지 조금 옆으로는 왼쪽의 로부제 동봉(east lobuche, 6,119m)과 오른쪽의 포칼데(pokalde, 5,535m)와 콩마체(kongma tse5820m) 등의 원정대 베이스캠프 텐트가 여러 동 보였다.

우리는 그 베이스캠프를 지나 쿰부 빙하의 완만한 빙퇴석 지대를 따라 걸어 올랐다. 이제는 완만한 길에서도 숨이 차기 시작했다. 몸은 나도 모르게 자꾸만 나를 멈추어 세웠다. 그것은 체력 보충과 고산병을 대비해 서두르면 안 된다는 생존 반응이었다.

쿰부 빙하는 언뜻 평평한 평지처럼 보였지만, 자세히 보면 특이한 무늬와 굴곡이 있었다. 그것은 빙하가 지나가며 바닥에 만들어 놓은 작품이었다. 잠깐 동안이었지만 빙퇴석 지대의 돌무더기에서 벗어나 빙하가 지나간 바닥의 굴곡진 땅을 밟고 지나갔다. 약간의 쿠션과 함께 단단한 느낌이 발목으로 전해져 왔다. 얼마나 걸었을까? 주변의 분위기가 완전히 달라졌다. 그나마 지금까지는 그래도 생명체가 살고 있는 세계를 지나온 것 같았었는데, 이곳은 인간의 영역을 완전히 벗어난, 생명체가 존재하지 않는 초자연의 세계 같아 보였다. 눕체의 하얀 눈과 그 위에 간결하게 머물러 있는 하얀 구름 한 점. 파란 하늘과 파란 빛을 머금은 눈과 빙하. 그리고 화성같이 생명체라고는 구경할 수가 없는 빙퇴석 지대.

고락셉을 넘어가는 빙퇴석 지대의 돌무더기 언덕에 다다르자, 내 몸이 자꾸만 쉬라고 발목을 잡아챈다. 앞서 가던 야크들도 거친 숨을 몰아쉬고 거품 섞인 침을 질질 흘려가며 힘겹게 고개를 올라가는 모습이 보였다. 이

고락셉 롯지로 넘어가는 길. 황량하기 그지없는 돌무더기의 연속이다. 아래로 보이는 곳이 고락셉 롯지 촌이고 푸모리 봉(하얀 설산) 쪽으로 나 있는 길이 칼라파트라 봉으로 가는 길이다.

제부터는 호흡이 조금만 가빠도 모조건 쉬엄쉬엄 쉬어갈 수밖에 없다. 숨이 턱밑에 차오르는 것이 아니라 가슴속으로부터 차오르기 시작했기 때문이다. 고산이라 평지보다 현격하게 줄어든 산소에 고산병에 걸리지 않으려면 다소 시간이 지연되더라도 충분히 쉬고 천천히 걸어야만 했다. 고지를 목전에 두고 욕심 때문에 고산병이라도 덜컥 걸린다면 이런 낭패가 어디 있겠는가?

5,000m를 넘어서자 이상하리만치 숨이 급격히 가빠졌다. 물론 5,000m라는 심리적인 높이도 작용했겠지만, 자리에 앉아 쉬고 있어도 머리가 묵직하고 숨을 크게 쉬어도 가슴은 시원해지지가 않았다. 머리도 멍해지며 감각이 둔해졌고, 기억도 쉽게 되지 않는 상태가 변해 갔다.

화성 같은 황무지 고락셉

고락셉(Gorak Shep, 5,170m)에 도착하면 마지막 판단을 해야 한다. 에베레스트 베이스캠프(EBC, 5,364m)와 칼라파트라 봉(Kala Pattthar, 5,550m)을 놓고 고민을 해야 하는데, 아무래도 두 곳을 다 가는 것은 무리일 성싶었다. 고락셉 넘어가는 돌무더기를 힘겹게 올라서자 호흡 곤란과 두통, 강렬한 자외선과 추위가 한꺼번에 몰려와 몸을 괴롭혔다. 싸늘하게 얼어 있는 돌무더기에 걸터앉아 마지막 롯지인 고락셉 롯지 촌을 내려다보았다.

롯지 옆에는 커다란 모래 마당이 있었다. 축구장 2개는 거뜬히 만들 수 있을 만큼 엄청나게 큰 모래 마당은 고산병 문제만 해결된다면 경비행기 비행장으로 써도 전혀 손색없을 것 같아 보였다. 이런 높고 외진 곳에 저렇게 커다란 평지가 있다는 것이 놀라웠다. 분위기 상으로는 외계인이 지구를 오갈 때 쓰는 히말라야 비밀 우주 비행장이라면 딱 맞을 것 같았다.

"안녕하세요?"

고글을 쓴 남녀 한 쌍이 마주 오며 한국말로 인사를 해왔다.

"안녕하세요."

"예, 안녕하세요? 한국분이세요?"

"예, 저희는 부부입니다. 저희는 오늘 아침 칼라파트라를 올라갔다 하산하는 중입니다."

그들은 60대 부부로 고글 때문인지 아주 젊어 보였는데, 3달 계획으로 히말라야 트레킹 그랜드슬램을 모두 돌고 귀국할 계획이란다. 새벽에 칼라파트라에 올라갔다가 추워서 죽을 고생하고 내려왔다며, 날씨만 좋다면 낮에 다녀오길 권장하고는 하산했다.

우리는 고락셉 롯지에 도착해서 여장을 풀었다. 그리고는 점심 식사 후에 있을 오후 산행을 준비했다. 거의 트레킹의 정점에 다다른 탓에 모두들 지쳐 보였다. 그래서 당초 에베레스트 베이스캠프를 다녀온 뒤 내일 새벽에 칼라파트라 봉에 올라가기로 한 계획을 일부 수정하기로 했다. 코스 상황으로 볼 때 베이스캠프에는 시즌이 아니라서 등반대가 전혀 없는 상태인 데다 에베레스트도 제대로 볼 수가 없다. 체력적으로 문제가 없으면 다녀오는 게 좋겠지만, 무리해서까지 갈 필요는 없는 상황이었다. 어차피 칼라파트라 봉에 오르다 보면 발 아래로 베이스캠프 전경도 볼 수 있고 에베레스트의 참모습도 볼 수 있다. 그래서 논의 끝에 우리는 새롭게 조 편성을 했다.

1조는 당초 계획대로 움직이는 것.

2조는 베이스캠프를 취소하고 칼라파트라 봉을 오늘 오후에 오르는 것.

3조는 고산병 환자로 고락셉에서 무한정 휴식 취하기.

결국 1조는 체력적으로는 무리였지만 각자 나름대로의 약속 때문에 강행군을 선택한 분들로 구성되었다. 산악회원들에게 베이스캠프에서 산행 기를 들고 찍은 사진을 보여주기로 약속했다는 센텀시티 산악회 하상진 회장님과 박진순 님. 친구들에게 에베레스트 베이스캠프에서 찍은 인증사진을 꼭 보여주기로 약속했다는 이 선생님. 그리고 나름대로 컨디션이 제일 좋은 윤 선생이 합류하여 베이스캠프로 출발했다.

그리고 2조는 칼라파트라를 선택한 박재욱 님, 에베레스트를 바라보며 가족의 소원을 빌어주기로 약속한 나, '생존을 위한 현실적 선택'을 한 오 선생님, '묵언의 노력파' 혜안 스님이었다.

마지막 3조는 성 여사로 페리체에서부터 누적된 고산 증상으로 모든 등정을 포기한 채 롯지에서 하산 때까지 대기키로 했다. 목적지를 눈앞에 두고 생존을 위한 체력 회복에만 전념해야 하는 성 여사를 보면 안쓰러운 생각이 들었다. 어렵사리 이곳까지 올라와서 마지막 '화룡점정'의 순간을 넘기지 못하고 하산해야하는 '비운의 여인…'. 이것 또한 거부할 수 없는 '히말라야의 법칙'이었다.

각자 자기가 갈 코스에 따라 준비물을 챙겼다. 우선 무게를 줄여야 했기 때문에 배낭에서 무거운 것은 모두 빼고 방한용 옷 한 벌과 마실 물만을 딸랑 챙겨서 출발했다.

"베이스캠프 팀 파이팅!"

"칼라파트라 팀 파이팅!"

출발에 앞서 서로 상대 팀에게 결연한 의지를 담은 파이팅을 외쳐 주었다.

"사실 내가 지금 베이스캠프 갈 몸이 아닌데, 이러다가 죽는 거 아닌가 몰라요. 친구하고 한 약속 땜에 가기는 가는데…."

이 선생님이 파리하고 초췌해진 모습으로 고개를 갸웃거리며 자신 없어 했다. 그리고 몇 발자국 뚜벅뚜벅 걸음을 옮겨서는 창문 앞에 잠깐 섰다. 그러자 창밖의 햇빛이 이 선생님의 희끗희끗해진 구레나룻을 투명하게 비추었다.

"이 선생님, 그곳에 서 계시니까 마지막 일전을 앞둔 노장의 숭고함이 느껴집니다."

"제가 그렇게 폼이 납니까? 헛헛."

스텝 바이 스텝

병색이 완연한 성 여사와 만약을 대비해 부리만 롯지에 남겨 두고 모두 목적지를 향해 떠났다. 나는 마지막 진검 승부를 위해 비아그라와 나이아 막스를 한 알씩 삼켰다. 그리고는 비장한 마음으로 칼라파트라 봉(5,550m)에 가기 위해 넓은 모래 지대를 지나갔다. 강렬한 햇빛이 모래와 눈에 반사되어 눈을 괴롭혔다. 풀썩거리며 먼지가 일기 시작하더니 이따금 불어오는 모래바람이 회오리를 일으키며 시야를 가리기도 했다.

칼라파트라 봉은 고도 상으로는 설선(雪線) 위에 있었지만 양지바른 곳이어서 눈은 쌓여 있지 않았다. 처음 오르막은 흙길로 오르는 코스였다. 길 옆에는 이끼 같은 식물이 카펫처럼 흙을 덮고 있었고, 중간 허리부터는 불에 그슬린 듯 까만 돌무더기만 가득했다. 5,550m를 올라가는 길은 걸음을 옮기는 것조차 만만찮았다. 천천히 몇 발을 걷다가는 어김없이 멈춰 서서 숨을 헐떡거려야만 했다. 점점 가슴이 터질 것 같은 압박감이 시시각각 커져 갔다. 고도가 올라갈수록 만감이 교차했다. 이 여정의 정점에 곧 도달한다는 기대감과 호흡 곤란으로 어느 한 순간 숨이 딱 멈출지도 모른다는 두려움이 함께 밀려왔다. 숨 가쁘게 산을 오르다 뜬금없이 '천국' (天國)이라는 단어를 떠올렸다. 천국과 가까워지기가 이렇게도 힘든 것일까? 천국은 역시 인간이 범접할 수 없는 신의 영역인 모양이다.

숨은 점점 가빠지고 속도는 점점 줄어들었다. 고개를 들어 올려다보니 모두들 동작이 슬로우 모션이다. 이제부터는 시간을 잊기로 했다. 몇 시간이 걸리든 상관없이 정상에 오르기만 하면 된다고 생각했다. 빨리 오르고 늦게 오르고는 아무런 문제가 되지 않는다. 제각기 남은 체력과 호흡에 맞춰 나름대로 속도를 조절하면 된다. 그동안 컨디션 난조를 보였던 박재욱 님이 의외로 적응력이 좋아 보였다. 말 등에서 가진 하루 동안의 마상 생활 (?)이 그를 완전히 되살려 놓은 것 같았다. 숨이 깔딱깔딱 차오르고 가슴이 주체할 수 없을 만큼 답답해질 때면 모든 걸 포기하고 곧장 내려가고 싶은 마음이 솟구쳐 오르기도 했지만 그것은 너무 굴욕적이었다. 이곳까지 애써 올라온 나 자신에 대한 배신이라고 생각하며 참고 또 참았다.

나는 압박감의 고통을 잊기 위해 발걸음을 하나, 둘…, 헤아리기 시작했다. 우선 20발자국을 옮기고 휴식을 취하기로 마음먹었다. 그런데 막상 20보를 걷다 보면 걸음이 더해질수록 보폭이 점점 좁아졌다. 그렇지 않으면 숨이 막혀 죽을 수도 있다는 것을 내 몸은 잘 알고 있기 때문이었다. 그렇게 어렵사리 20보를 겨우 움직이면 어김없이 가슴이 뭉그러질 듯이 조여 온다. 그럴 때는 가슴을 펴고 서 있는 것조차 미칠 듯이 괴로웠다. 그래서 골다공증으로 허리가 굽은 할머니처럼 스틱에 몸을 지지한 채 허리를 숙여 숨을 몰아쉬었다. 그것도 아주 큰 심호흡으로 길게 들이쉬고 짧게 내뱉기를 반복하면서….

곧 20보 전진은 15보 전진으로 줄었다. 그리고 15보는 10보로 다시 줄었다. 고산 정복을 할 때 200m를 전진하는 2시간 걸렸다느니 3시간 걸렸다느니 하는 말이 가슴에 사무치게 와닿았다. 그런데…. 뭔가 이상했다. 호흡 곤란으로 발 앞만 보고 힘겹게 칼라파트라를 올라 곧 정상에 도달할 것 같았는데…. 오 마이 갓! 이런 일이…. 정상이라고 생각했던 칼라파트라 봉 뒤로 또다시 산봉우리 하나가 까마득히 솟아 있는 것이 아닌가? 우리가 처음 생각했던 봉우리는 중턱에 불과했고, 그 뒤에 징글맞기 그지없는 진짜 칼라파트라 봉이 떡 하니 버티고 서 있는 것이었다.

'아! 저걸 어떻게 또 오른담?'

모두들 낙담한 몸짓을 보였다. 동작이 느려지고 흐느적거린다. 물론 동작이 느려지는 것은 생존을 위한 몸의 반응이다. 경쟁하듯 오르면 그곳은 곧 죽음의 땅이 된다는 것을 몸은 잘 알고 있다. 그러나 선택은 단 두 가지뿐이었다. '올라가거나, 내려가거나.' 고산 증상이 오기 시작하는지 손가락에 찌릿찌릿한 자극이 왔다. 물을 먹으라는 신호다. 잠시 쉬면서 물을 마셨다. 마치 연료통에 연료를 가득 채워 넣듯이 물을 마셨다. 그리고 힘겹게 한 쪽 옆으로 몸을 움직여 오줌을 누었다. 오줌과 함께 몸속의 이산화탄소가 쑥쑥 빠져나가길 기대하면서….

모두들 마음을 다잡고 안간힘을 쓰며 정상을 향해 올라갔다. 고통은 시간이 지날수록 더했다. 한참을 걷다가 올려다보면 아직도 정상은 까마득하다. 그만큼 속도가 느려졌다는 것이다. 중턱을 넘어서자 이번에는 바람과 추위가 몸을 괴롭히기 시작했다. 그나마 오후에 올라와서 추위가 이 정도인데, 내일 새벽에 오른다는 것은 생각만 해도 찌릿! 전율이 온다. 문득 칼라파트라 뒤쪽에 붙어 있는 푸모리(Pumori, 7,165m, 푸모리는 칼라파트라의 모봉이다)의 하얀 설경이 눈에 들어왔다.

'그래, 칼라파트라는 푸모리보다 훨씬 낮은 산이야. 저곳을 오르는 것에 비하면 칼라파트라는 아무것도 아니지. 아무것도 아니다. 아무것도….'

그 직설적인 주문이 좋은 자극제가 되었는지 조금 느낌이 가벼워졌다. 이제는 애써 무리할 필요가 없었다. 무리를 하려고 해도 몸이 따라 주질 않기 때문이다. 이제부터는 머리로 걷는 것이 아니라 몸이 알아서 걷는 것이다. 그렇게 내 몸은 이미 완벽하게 생존 메커니즘으로 적응이 되어 있었다. 비스따리 비스따리. 동작이 느려 체온이 오르지 않아서인지, 한참을 힘겹게 올라왔지만 힘만 잔뜩 들 뿐 손이 시렸다. 보통 이 정도의 오르막을 오르면 체온이 올라 손에 땀이 날 법한데, 도대체가 체온은 오르지 않고 춥기만 했다. 고개를 들어 칼라파트라 정상을 보면 그곳에 세워 놓은 타르초가 바람에 심하게 요동치고 있다. 그 나부끼는 깃발은 나를 보고 어서 오라고 하는 손짓 같아 보였다.

칼라파트라 봉에서 본 에베레스트(초모룽마) 모습 뒤 쪽에 보이는 검은 바위산이다.

아, 에베레스트! 그리고 초모룽마

…, !!!

드디어 칼라파트라 정상에 섰다. 바람에 룽다가 울고, 타르초가 울고, 내 마음도 울컥! 감격에 겨웠다. 숨을 할딱이며 차디찬 바위에 쓰러지듯 힘없 이 퍼질러 앉았다. 여전히 손이 아려 왔고 몸이 시렸다. 그러나 그 차디찬 공간에서도 드디어 정복했다는 성취감만큼은 뜨거웠다. 호흡으로 조여 오 던 가슴이 이번엔 감격으로 벅차올랐다. 분명 눈앞에 거대한 암봉 에베레 스트(Everest, 8,848m)가 위용스럽게 떡 하니 버티고 있었다.

이것을 보려고 우린 여러 날을 애쓰며 올라왔다. 에베레스트! 그리고…, 초모룽마. 세상에서 가장 높은 산. 함부로 인간의 접근을 허락하지 않는

에베레스트(초모룽마)의 일출 모습.

산. 그동안 수많은 셸파 족과 유럽 원정대가 도전했지만, 결국 1953년 셸파 텐징 노르가이와 힐러리에 이르러서야 처음 등산과 하산을 성공한 산. 1924년 영국의 등산가 멜러리가 정상 정복을 했다지만, 얼어 죽은 채 1999년 75년 만에 정상 부근에서 미라로 발견된, 그에게는 '비운의 산'. 바다가 융기하여 생긴 산. 지금도 8,848m가 성에 차지 않아 뾰족한 봉우리를 매년 피노키오의 코처럼 몇 센티씩 계속 키우고 있다는 산.

  ….

  그동안 사진으로만 보아 온 바로 그 산이 내 눈앞에 있는 것이다. 그토록 갈구했던 에베레스트가 바로 눈앞에 있다는 현실에 머리가 온통 하얘졌다. 구름 한 점 없는 파란 하늘에 하얀 눈을 덮어쓴 고깔같이 생긴 빙식 암봉 에베레스트. 산정에는 쉴 새 없이 불어오는 칼바람에 하얀 블리자드가 고요하게 일고 있었다.

그런데 이상하게도 감격에 겨워 하염없이 에베레스트를 지켜보는 동안에 그동안 머릿속에 각인되었던 에베레스트의 의미는 점점 작아지고, 대신 그 자리에 초모롱마(세계의 어머니, 에베레스트의 티베트 식 이름)가 채워지기 시작했다. 그것은 적어도 이런 위대한 산이 단순한 계기로 인하여 한 개인의 이름으로 불린다는 것은 모욕적이라는 생각이 들었기 때문이었다. 이 산은 에베레스트이기 이전부터 초모롱마였고 지금도 여전히 초모롱마다. 다만 당시 서양인의 관점에서 초모롱마를 15호봉이라 불렀을 뿐이고, 이를 측량했던 영국의 측량 관리인 '조지 에베레스트' 의 이름을 따서 에베레스트라고 부르게 된 것이다. 문득 '명자 아끼꼬 쏘냐' 라는 영화가 생각났다. 명자라는 여인이 거부할 수 없는 시대적 운명으로 아끼꼬, 쏘냐로 살아가는 이야기. 초모롱마 또한 사마타가, 15호봉, 에베레스트로 존재하고 있었던 것이 현실이었다.

….

그렇게 한참을 멍하니 바라본 후에야 주변 풍광이 눈에 들어왔다. 파란 하늘과 하얀 눈과 파란 빙하…. 동화 속에서나 나올 법한 원색적인 강렬함을 가진 파노라마다. 우선 원추형 바위 산정을 가진 초모롱마(Everwst, 8,848m)로부터 왼쪽으로 로체(Lhotse, 8,393m), 눕체(Nuptse, 7,861m), 콩마체(Kongma tse, 5,820m), 포칼데(Pokalde, 5,806m), 아마다블람(Ama dablam, 6,856m), 다보체피크(Daboche peak, 6,367m), 촐라체(Cholatse, 6,335m), 로부제(Lobuche, 6,145m), 창그리(Changri, 6,027m), 춤부(Chumbu, 6,859m), 푸모리(Pumo ri, 7,165m), 링텐(Lingtren, 6,749m), 쿰부제(Khumbutse, 6,665m), 로라(Lhola, 6,026m)가 보이고, 그 능선은 다시 초모롱마로 이어져 있다.

"박 선생, 사진!"

박재욱 님이 추위와 바람에 대해 온몸을 방한 복장으로 친친 감은 채 사진을 찍자고 했다. 그제야 정신을 차리고 초모룽마를 배경으로, 그리고 푸모리 봉을 배경으로 사진을 찍었다. 문득 한국을 떠나올 때 가족들이 써놓은 저마다의 소원문이 생각났다. 그 소원들을 초모룽마가 마주 보이는 곳에서 빌어 주기로 했던 것이다. 차가운 바람 속에서 장갑을 벗고 안주머니 깊숙이 넣어둔 가족의 소원문을 꺼내 초모룽마에 펼쳐 보였다. 그리고 손이 시려 더 이상 들고 있을 수가 없을 때까지 마음속으로 소원이 이루어지길 빌고 또 빌었다.

추위와 바람 때문에 정상 부근에 오래 머무를 수가 없었다. 또한 저마다의 체력에 따라 올라오는 시간이 30분 정도 차이 난 탓에 모두 함께 기념촬영을 할 수 없었다. 따라서 우리는 올라온 순서대로 급히 사진을 찍고 하산해야 했다. 금방이라도 넘어갈 듯 숨을 헐떡거리며 안간힘 다해 올라오고 있는 혜안 스님에게는 미안한 마음이 들긴 했지만, 그래도 이곳의 생존법은 정상에 오래 머무르지 않고, 가능하면 빠른 시간 내에 사진을 찍고, 그 장엄한 풍광을 눈과 가슴에 담고 하산하는 것이다. 그렇게 이 산행의 정점인 칼라파트라 정상에서 나는 초모룽마와의 만남을 짧고도 강렬하게 마음속에 담았다.

하산을 시작했다. 아래쪽에서는 혜안 스님이 정상을 향해 열심히 올라오고 있었다. 텐징 노르가이는 8,848m의 초모룽마 정상에서 생사의 순간에조차 힐러리가 올라올 때까지 20분이나 기다렸다고 한다. 그런데 나는 고작 칼라파트라 봉에서 10분을 못 버티고 내려가는가? 룽다와 타르초의 울음이 잦아질 때쯤이 되어서야 날씨가 조금 포근해졌다.

칼라파트라 봉은 정상에서 허리춤까지 온통 검은 돌로 쌓여 있는 돌무더

1 칼라파트라에서 내려다본 아래쪽 풍경. 푸모리 원정대 베이스캠프가 보인다. 2 칼라파트라에서 내려다본 에베레스트 베이스캠프. 빙하 지역에 캠프가 있다. 3 칼라파트라 봉 정상. 좁은 정상 바위에 트레커들이 다닥다닥 붙어 있다. 뒷산은 푸모리 봉. 4 주변의 설산 전경.

기 산이다. 그 돌무더기의 모습은 수만 마리의 검은 거북이들이 산 정상을 향해 기어오르는 모습 같아 보였다. '검은 바위'라는 뜻의 칼라파트라에도 거북의 전설 같은 것이 있을지도 모를 일이다.

바람이 잦아들자 잠깐 바위에 걸터앉아 숨을 돌리며 주변의 풍광을 여유롭게 관조했다. 초모롱마의 위용은 아직 그대로 그곳에 머물러 있었다. 그 아래 베이스캠프 위로 작은 봉이 솟아 있는데, 마치 한쪽 무릎을 세우고 앉아 있는 여인네의 자태처럼 보였다. 그리고 그 아래로는 눈사태가 반복적으로 일어나며 만들어낸 쿰부 빙하가 보였다.

그렇게 빙하와 코니스(cornice, 벼랑 끝에 처마처럼 눈이 얼어붙은 것)가 있는 곳이 쿰부 빙하의 시발점이자 에베레스트 베이스캠프였다. 아직은 원정 시즌이 아니라서 캠프에는 텐트 한 동도 없는, 그저 울퉁불퉁한 하얀 빙원일 뿐이었다. 그리고 쿰부 빙하는 로부제 쪽으로 향하고 있었는데, 엿장수가 끌과 가위로 엿판을 촘촘하게 잘라 놓은 듯 켜켜이 붙어서 흘러가는 모양을 하고 있었다. 발밑으로는 드라이드 호수(Dride kake, 5,297m)가 보였다. 그 호수 주변 눈밭에는 울긋불긋한 텐트가 여러 동 보였다. 이곳이 바로 푸모리 베이스캠프다.

칼라파트라의 시간은 일상의 시간에 비해 훨씬 더 빨리 가는 걸까? 정상에서 잠시 머물고 내려온 것 같은데 벌써 해가 뉘엇뉘엇 첨봉 끝에 걸리기 시작했다. 휴식을 취하는 동안 몸이 차가워져서 서둘러 하산했다. 하산하면서 마음이 느긋해져서인지 생각보다 길이 멀게 느껴졌다.

고산병, 눕지 마라, 자지 마라

롯지에 도착하자 베이스캠프로 갔던 사람들이 예상 외로 먼저 와 있었다. 당초 계획으로는 칼라파트라 팀이 먼저 오는 것이 정상인데 어찌된 일일까? 베이스캠프 조는 모두 넋이 나간 듯 멍한 표정으로 몹시 지쳐 보였다. 모두들 입술이 부르트고 물먹은 솜처럼 몸이 축 처져 있었다. 특히 이 선생님은 롯지 식당 장의자에 혼절한 듯 누워서 물 밖으로 나온 물고기처럼 거친 숨을 할딱할딱 몰아쉬며 곤히 잠들어 있었다.

"어떻게 벌써 오셨어요?"

"말도 마세요. 해지기 전에 다녀와야 한다고 푸르바가 어찌나 깝치던지."

"푸르바 너무 심하게 달린 거 아냐?"

"안 달렸어요, 선생님. 그냥 빨리 걸었어요. 해지면 큰일 납니다."

푸르바가 '안 달렸다'고 강변하는 말에 모두들 웃었다. 그래도 웃을 힘이 있으니 이만 하면 오늘 일정은 성공적이라고 판단되었다. 그들의 말을 들어 보면, 칼라파트라만큼의 고소는 없었지만, 길이 빙퇴석 지대라 너덜과 얼음 때문에 걷기가 무척 힘들었단다. 그리고 코니스와 세락(serac, 빙하에서 떨어져 표면에 놓인 커다란 얼음 덩어리)들이 쉴 새 없이 무너져 내렸기 때문에 위험하기도 한 데다, 기온이 변하면 위험이 증가하기 때문에 신속하게 다녀왔다는 것이다. 베이스캠프는 사실 맨땅이 아니고 얼음 위의 흙과 돌무더기였다. 절대 안전지대라고 생각했던 베이스캠프가 그렇게 위험이 상존하는 곳이라는 것이 뜻밖이었다.

"아이, 왜 자꾸 깨워! 귀찮아 죽겠네, 그냥!"

성 여사였다. 잠에서 깨어난 그녀는 부스스하고 퉁퉁 부은 얼굴로 식당에 나타나서는 짜증을 부렸다. 짜증을 내거나 버럭 화를 내는 것도 고산병 증상 중에 하나다. 그녀는 아직 고산 증상에서 벗어나지 못한 모양이었다.

"사모님, 슬리핑 댄저러스."

부리가 웃으면서 성 여사에게 잠자면 위험하다고 말했다. 그렇다. 고산병이 오면 눕거나 잠자는 것은 아주 위험한 행동이다. 실제로 그러다 죽은 사람을 본 적 있다는 부리로서는 성 여사가 잠을 잘 때마다 혹시? 하는 생각에 1시간에 1번씩 노크를 해서 생사 여부를 확인했었던 것이다. 그런 배려를 알 턱이 없는 성 여사는 피곤한데 잠을 잘 만하면 자꾸 깨운다고 왕짜증이 난 것이다.

혜안 스님이 마지막으로 롯지에 도착하자 모두들 방으로 돌아가서 휴식을 취하며 저녁 식사를 가다렸다. 칼라파트라를 정복하고, 초모룽마를 바로 앞에서 보았다는 성취감에 정신적으로는 하늘을 날 것 같은데, 긴장이 풀려서인지 몸이 점점 침대 깊숙이 꺼져 들어가는 느낌이었다. 저녁을 먹으러 식당에 모인 사람들은 거의 막바지에 다다른 체력으로 식욕이 뚝 떨어진 초췌한 모습이었다. 밥을 남기는 사람이 대부분이고, 숫제 한 술도 뜨지 못한 사람도 있었다. 특히 오늘 베이스캠프까지 무리하게 다녀온 하상진 님, 박진순 님, 이 선생님의 체력이 걱정스러웠다. 이제 남은 비아그라, 다이나막스, 우황 청심환 등 모든 의약품은 내일 새벽 마지막으로 칼라파트라를 공략해야 하는 분들에게 지원해 주어야 할 것 같았다.

에베레스트 베이스캠프에 도착한 일행들이 몹시 지쳐 보인다.

오늘도 부리는 일행들의 식사를 유심히 살폈다. 그가 식사하는 모습을 살피는 것은 고산 증상이 있는지 가늠하기 위해서였다. 물론 팍딩에서부터 줄곧 식사를 통해 체력을 가늠해 왔지만, 고도가 올라갈수록 그의 눈빛은 예리해졌다. 그렇게 그는 식사나 표정을 통해서 그동안의 산행을 노련하게 조절해 온 것이다.

오늘도 부리가 결정을 내렸다. 윤 선생은 등산, 성 여사는 등산 중지 및 위급하면 즉시 하산, 하상진 님, 박진순 님, 이 선생님은 산행 중지 권고, 단 군이 가겠다면 산행 도중에 가이드의 의견에 무조건 따르기로 약속하는 것이 조건이었다. 왜냐하면 칼라파트라 봉에 오르게 되면 고산으로 판단력이 저하되고, 위급한 상황이 와도 인지하지 못한 채 군이 오르겠다고 고집을 피우면 대단히 위험한 상황이 올 수도 있기 때문이다.

오늘밤은 머리가 지끈지끈하고 숨이 탁탁 막혀 오는, 생애에 있어서 가장 갑갑한 밤이 될 것 같다. 잠을 자다가 고산병이 걸리기도 한다는 고락셉의 밤. 걱정스레 잠을 청해 보는데, 피곤해진 몸 때문인지 금방 잠이 들었다.

꼭! 챙겨 봐야 할 것들

1. 에베레스트 베이스캠프
2. 칼라파트라에서 에베레스트(초모룽마) 마주보기
3. 칼라파트라에서 보는 주변의 설경과 빙하
4. 칼라파트라 정상에서 내려다보이는 칼라파트라의 검은 돌무더기
5. 고락셉의 밤하늘. 평생 잊지 못할 별의 향연을 볼 것이다.

열하루째 날

| 고락셉 – 로부제 – 페리체 |

무모한 도전

고락셉에서의 아침은 아주 느지막이 시작되었다. 새벽 등정을 하지 않아도 되었기 때문에 오전 8시가 다 되어서야 침대에서 일어났다. 늦은 기상이긴 했지만 밤새 잠을 설쳤는지 멍하고 얼굴과 손이 퉁퉁 부은 느낌이었다. 이른 새벽에 달랑 죽 한 그릇으로 요기를 하고 칼라파트라를 공략하러 올라간 공격 조는 아직 돌아오지 않았다. 시간이 지나자 기다리는 마음이 초조해지기 시작했다. 어제 저녁 때의 하상진 님과 박진순 님, 그리고 이 선생님의 컨디션이 최악이었기에 더욱더 마음이 착잡해졌다. 우선 남아 있는 사람끼리 아침을 먹었다. 그래도 먹어야 산다는 진리를 떠올리면서…. 밥은 입안에서 맴돌기만 할 뿐 잘 씹히지도 목으로 넘어가지도 않았다. 역겨운 석유 냄새 때문에 도대체 식욕이 생기질 않았다. 뱃속에서는 편히 받아 주지 않지만, 이제는 식욕이 없어도 억지로 뱃속 깊이 밀어 넣는 것도 꽤 익숙해졌다.

아침을 꾸역꾸역 밀어 넣고는 롯지를 빠져나와 칼라파트라 조를 기다렸다. 밝은 강렬한 햇볕이 내리쬐고 있었지만 여전히 추웠다. 나는 롯지 옆의 빙하 지대로 걸어갔다. 롯지에서 불과 30m 남짓한 거리에 빙하가 있었다. 빙하는 눈에 보이는 것만 20m 가량으로, 그 밑의 두께는 눈으로 가늠할 수 없을 만큼 두꺼웠고, 그 속살은 옅은 파란색을 띠고 있었다. 파란 빙하의 속을 들여다보자 자꾸만 내 몸이 그 속으로 빨려들 것만 같은 오묘한 마력이 느껴졌다. 빙하는 지구 온난화로 점점 줄어든다고 한다. 이곳의 빙하도 예외일 수 없고, 누군가는 10년 후면 빙하가 녹아내려 그동안 실종되었던 산악인의 시체를 찾을 수도 있다는 희망(?)적인 이야기를 하기도 한다.

다시 롯지로 돌아와 엄마를 기다리는 섬 집 아이처럼 멍하니 칼라파트라를 바라보면서 이른 새벽부터 산행을 시작한 그들을 기다렸다. 롯지 한 쪽에서는 루크라부터 함께한 좁키오들이 목에 달린 커다란 워낭을 뎅그렁거리며 건초를 씹고 있었다. 크고 날카로운 뿔과 해맑은 눈빛을 지닌 이 녀석들을 볼 때마다 나는 무상 무욕의 존재 같다는 생각을 하곤 한다. 워낭소리를 무심히 듣다 보니 산사의 풍경소리와 흡사하다는 생각이 들었다. 좁키오의 워낭과 산사의 풍경소리, 그리고 무상 무욕의 세계….

유럽인들의 햇볕 사랑은 이곳에서도 여전했다. 지나치게 강렬하여 건강에 좋을 리 없는 고락셉의 햇볕이었지만, 그들은 추위로 몸을 잔뜩 움츠리면서도 영하의 옥외를 선호했다. 나는 그들 앞을 바장이며 칼라파트라 쪽의 하얀 모래밭을 하염없이 바라보았다.

한참이 지나서야 멀리 칼라파트라 중턱쯤에서 하산하고 있는 하상진 님과 박진순 님의 모습이 보였다. 물론 거리가 멀어 확실한 것은 아니었지만, 그동안 쌓아 온 유대감이 시력을 에스키모들처럼 3.0 정도로 높여 버린 모양이었다. 3.0의 심미안으로 바라본 하상진 님과 박진순 님은 바지런한 개미들의 움직임 같아 보였다. 열심히는 움직이지만 진도가 더딘 모습…. 그렇게 한동안 아등바등 산을 내려오더니 하얀 모래사장을 힘겹게 지나왔다.

이미 지칠 대로 지쳐 있는 그들의 모습은 마치 모래바람이 불어오는 죽음의 타클라마칸 사막을 횡단하고 막 오아시스로 들어서는 탈진 직전의 카라반 같았다. 터번 대신 빵모자에 선글라스를 끼고 스카프로 입을 가린 모습이 영락없는 오지 탐험가의 포스였다.

"어서 오세요. 괜찮으십니까?"

"하이고, 죽겠습니다."

그도 그럴 것이, 이미 지난 베이스캠프 때부터 탈진되다 시피한 몸 상태였는데도 새벽부터 다시 칼라파트라 봉을 오른다는 것은 상당한 위험을 감수한 무리한 산행임에 틀림없었다. 새벽 원정 팀은 휴식을 취한 후 늦은 아침을 먹었다. 모두들 표정이 멍해 보였다. 고산이라 산소 부족으로 두뇌 회전이 영 시원찮아 보였다.

예티 레스토랑 간판이 보인다. 오른쪽 바로 옆이 빙하 지대이고, 구름 낀 쪽이 에베레스트다.

벽면에 붙여 놓은 원정팀의 기념 깃발 앞에서 게슴츠레한 눈빛으로 기념 촬영을 하고 있다.

그 와중에서도 눈에 띄는 것이 있었다. 고락솁 롯지 식당 벽에는 그동안 이곳을 다녀간 트레커나 원정대들이 자기 나라 국기에다 이름이나 기원문을 적은 것들이 전시되어 있었다. 그 모습은 아무리 봐도 매력적이었다. 그리고 슬며시 욕심이 생겼다. 특히, 어쩌면 세상에서 제일 높은 곳의 롯지일지도 모르는 고락솁에다 우리 이름이 적힌 산악회 리본이라도 걸어 두고 갔으면 좋겠다는 생각이 들었다. 누군가의 비난처럼 나도 흔적을 남기기 좋아하는 한국인일지 모르겠지만, 그에 앞서 이것은 히말라야 롯지 문화 중에 하나였다.

롯지 주인장에게 압정과 매직펜을 빌려 리본에다 우리 네 사람의 이름을 적어서 벽에 부착했다. 그리고 롯지 주인장에게 기념 촬영을 부탁했다.

굿바이 초모룽마

멍한 상태에서도 하산을 서둘렀다. 오늘부터는 속도전이다. 지난 이틀 동안 올라온 거리를 하루 만에 내려가야 한다. 정상을 오르고 하산을 시작하려니 이제야 무릎이 괜찮을지 걱정됐다. 그런데 적응이란 무서운 것일까? 그동안 계속된 산행으로 몸이 이미 적응을 마친 상태였다. 한국에선 장시간 산행하고 하산할 때쯤이면 늘 무릎에 신호가 왔었는데, 이미 열흘 이상을 다닌 내 무릎은 강력 진통제를 맞은 듯 아무런 통증이 없었다.

로부제로 내려가려면 우선 황량한 빙퇴석 지대의 돌무더기 오르막을 올라가야 했었다. 칼라파트라를 올라간 이후로 내 몸은 고산병으로부터 완전 해방되었다. 하산 길에 어쩌다 만나는 오르막은 문제되지 않았다. 고락셉을 떠나면서도 자꾸 뒷모습을 돌아보게 되었다. '또다시 올 수 있을까?' 하는 마음 때문이었다. 보고 또 봐도 여전히 뒤가 궁금했다. 하늘은 여전히

고락셉에서 로부제로 내려가는 길 뒤편 초모룽마 쪽 구름 모양이 경이롭다.

진한 에메랄드빛이었고, 에베레스트의 검은 산정은 눕체에 가려지며 점점 작아졌다.

고락셉이 내려다보이는 언덕에 서서 작별을 고하듯 다시 한 번 주변을 돌아보았다. 주변 풍광은 올라올 때보다 더 환상적이었다. 오를 때는 오로지 목적지에 대한 집착에다 고산병과 체력 싸움을 하느라 그렇게 편안한 마음으로 풍광을 즐기지 못했었다.

황무지를 걸어 내려가는 몸은 홀가분하기 그지없었다. 우선 머리가 개운한 것이 좋았고, 흥얼거리며 콧노래를 부르며 내려갈 수 있는 여유가 있어서 좋았으며, 일행들의 표정이 밝아서 좋았다. 몸은 가속도가 붙은 듯 금방 로부제에 도착했다. 경사가 살짝 드리워진 내리막에서 그저 발만 조금 움직였을 뿐인데….

유령의 집 같던 그제 밤의 로부제 롯지가 멀쩡한 외관을 으스대며 점잖

한 무리의 트레커가 오르내리며 만나고 있다. 뒷산은 푸모리 봉.

게 있다. 겉은 멀쩡한데 속은 어찌 그리 형편없을까? 롯지 안을 보면 금방이라도 귀신이 나올 것 같은데, 귀신이 없는 걸 보면 귀신도 고산병에는 맥을 못 추어 여기까지 올라오지 못하는가 보다. 귀신의 출현 한계선 로부제…

한국병

그래도 로부제 앞을 지나는 개울물은 더없이 맑았다. 청정수의 표본처럼 투명하게 빛나는 그 개울물에서 동네 여인들이 빨래를 하고 있었다. 동서 로부제 봉에서 흘러내린 빙하와 에베레스트에서 흘러내리는 쿰부 빙하가 합쳐진 개울물은 서로가 투명하기를 겨루기라도 하는 듯했다. 마치 깨끗한 개울물에 더 깨끗한 개울물이 합쳐진 것처럼… 로부제 패스를 지나 다시 두클라로 향했다. 두클라로 가기에 앞서 다시 만난 박영석 대장의 추모 글이 새겨진 바위 앞에서 천천히 글을 읽어 보았다.

박영석 대장이 만든 추모 판.

셀파의 무덤에 다다랐을 때 바람이 거세졌다. 그곳에는 오르려는 자와 내려가려는 자가 뒤섞여 휴식을 취하고 있었다. 그러나 그들이 오르려는 것인지 아니면 내려가려는 것인지가 확연히 구분되었다. 느긋하게 풍광을 즐기는 자는 내려가려는 자들이고, 차디찬 바닥에 퍼질러 앉거나 아예 누워 있는 자들은 이제 막 두클라패스를 올라온 자들이다. 서양 아가씨들은 그 추운 날씨 속에서도 반팔 티를 입은 채 바닥에 퍼질러 앉거나 누워 있었다.

셀파의 무덤을 넘어 로부제로 오르는 포터들.

추위보다도 더 큰 고통은 고산병과 호흡 곤란일지도 모른다. 우리도 며칠 전 이곳을 오를 때는 그랬다. 호흡 곤란과 고산 증상만 없다면, 히말라야를 오르는 일은 행복의 나라로 가는 순탄하고도 아름다운 길이었을 것이다. 하지만 이 길은 고통과 희열이 반복되는 트레킹 코스였다. 고통과 희열이 있어 더 의미 있고 행복한 트레킹이라고 이미 정복한 자만의 여유를 부려 본다.

셀파의 무덤은 전망이 좋은 곳이다. 산을 사랑하다 이곳에 묻힌 자라면 비록 유명을 달리했어도 영원히 쿰부 히말라야의 아름다움과 함께할 것이다. 아마다블람, 캉데가, 탐세르쿠…, 그리고 셀파의 무덤 오른쪽에 우뚝 솟아 있는 봉우리 세 개를 바라보았다. 도보체피크, 촐라체, 아라캄체…. 모두들 아름답고, 아름다운 만큼 위험하기도 한 곳, 그래서 더욱더 매력적인 산들이다. 아름답고 매혹적인 것일수록 더 큰 위험을 지니고 있다는 것을 이곳의 산들이 말해 주고 있다. 저 산들도 정복하고 돌아온 자와 죽은 자의 역사를 지니고 있을 것이다.

처음 트레킹을 떠나올 때만 하더라도 머릿속에 온통 에베레스트뿐이었다. 그리고 8,000미터가 넘지 않는 산은 외국에서 원정하러 오지 않는 줄로만 알고 있었다. 그러나 내 생각은 허무한 착각에 불과했다. 산을 오르면서, 주변에 있는 수많은 산들 대부분이 원정대들이 등정을 하는 산들이라는 것을 알게 되었을 때 8,000m 이상 14좌만을 생각했던 나 자신이 부끄러워졌다. 이곳 루크라에서 에베레스트 베이스캠프 사이의 산만 해도 이스트 서미트(6,356m), 탐세르쿠(6,608m), 콩테(6,189m), 아마다블람(6,856m), 다보체 피크(6,367m), 촐라체(6,335m), 임자체(6,189m), 추쿵(5,833m), 캉마체(6,820m), 포칼데(5,806m), 로부제(6,119m), 눕체, 푸모리 등이 있는 것이다.

셀파의 무덤에서 눈결! 떠오르는 단어가 있었다. '한국병'이라는 무서운

중증 난치병이 내 몸속에 있다는 걸 깨달았다. 한국에서는 병이 아닌데 한국만 떠나면 병이 되고 마는 한국병. 그것은 어릴 때부터 몸에 배어 버린 '1등주의'였다. '2등은 곧 죽음이다'라는 군사 문화가 만들어 낸 한국인의 난치병. 올림픽에서 은메달을 목에 걸고도 낙담하고, 학교에서든 반에서든 1등을 하지 않으면 무의미한 존재로 치부해 버리는 곳. 꼴찌를 하더라도 1등을 하면 뭔가 반전이 숨어 있을 것 같은 예감을 주지만, 꼴찌에서 2등을 하면 정말 가능성이 없는 것처럼 보이는 나라….

셀파의 무덤에서 내려다본 풍광.

나 역시 세계에서 제일 높은 초모룽마나 가장 아름답다는 아마다블람에 대해서는 관심이 많았었다. 하지만 나름대로의 신비로움과 아름다움을 간 직하고 있는 수많은 산에 대해서는 1등이 아니라는 이유만으로 별 관심을 두지 않았던 것이다. 또한 한국의 1등주의가 빚어낸 비극의 흔적이 히말라 야의 곳곳에 남아 있었다. 히말라야의 조난 및 실종 사망자의 비율이 가장 높은 나라 중의 하나가 한국이라는 말이 있다. 산을 오르되 가장 빨리, 가 장 험한 루트로, 가장 위험한 방법으로 원정을 마쳐야 직성이 풀리는 민족 성일까? 일부에선 마이너 산악인의 경우 스스로 스폰서를 얻기 위한 다소 무리한 개별 원정을 시도한다는 것과 메이저 산악인의 경우에는 개인의 목 적과 원정의 결과로 홍보 효과를 얻어야 하는 스폰서의 입장이 묘하게 작 용하면서 사고율을 높인다고들 한다.

이제야 비로소 내가 간직한 1등주의의 허무함이 몸으로 스며들었다. 인 생의 목적이 오로지 1등이라면 그는 훨씬 불행해질 것이다. 끊임없는 스트 레스와 긴장과 주위의 비난을 안고 살아야 할 것이다. 행복이 전제되지 않 은 인생의 목표는 곧 허무다. 룽다에 걸린, 바람에 흩날리는 경문 깃발이 '바보야, 바보야, 세상에서 1등으로 바보야!' 하며 나를 보고 파르르르 몸 서리치는 것처럼 보이는 것은 너무 자학적인 생각일까?

히말라야 날짐승

두클라로 내려가는 길은 바위 위에 모래가 묻어 있어 조금 미끄러웠다. 아래쪽에는 지난번 점심을 먹었던 식당과 공포의 대상이었던 그때 그 화장 실이 아담하게 자리 잡고 있는 모습이 보였다. 두클라에서 잠시 쉬며 점심 을 먹었다. 두클라의 경쾌한 풍광은 오를 때나 내려갈 때나 변함없었다. 롯 지 마당에서 점심을 먹고 잠깐 쉬고 있을 때 난데없이 나타난 서양 청년이 '횟산삐리리'를 부르며 마당을 가로질러 휑하니 지나갔다. 마치 뮤지컬 배우가 노래를 부르며 경쾌한 스텝으로 무대를 가로지르듯이 활기차게 등장한 청년에 모두들 박수를 치며 즐거워했다.

박수에 답례라도 하듯 청년은 마당 끝에 멈추더니, 이번에는 '문워크'로 백스텝을 밟으며 마당 중앙으로 왔다. 그리고는 한 쪽 무릎을 꿇고 중세 유럽식 인사를 하고는 강력한 자력에 빨려나가듯 코믹한 동작으로 돌담 너머로 사라졌다. 그렇게 세계 최고 높이에서의 공연일지도 모르는 청년의 공연은 단 10초 만에 끝났다. '최고(最高) 최단(最短) 공연'. 그러나 그가 주고 간 짜릿한 기억은 꽤나 오래도록 남아 있을 것이다.

잠깐 쉬는 동안에 까마귀 떼와 독수리 몇 마리가 두클라 주변을 맴돌았다. 이곳은 티베트처럼 조장(鳥葬)을 하지 않는데도 웬 독수리와 까마귀가 이리도 많을까? '죽은 까마귀'라는 뜻인 고락셉에서는 까마귀를 볼 수 없었는데, 두클라 근처에만 오면 까마귀가 많이 보였다. 그런데 이곳 까마귀는 부리가 노란 것이 특징이었다. 남체 아래쪽에는 검거나 붉은 부리를 가진 까마귀들이 대부분이었는데, 고산으로 오를수록 부리가 노란 히말라야 까마귀가 많아지는 것이었다. 그리고 이곳의 까마귀는 손바닥에 모이를 올려놓으면 자연스레 손에 앉아 모이를 먹고 간다고 한다. 그게 사실인지 까마귀는 사람 바로 옆에서도 개의치 않고 먹이를 먹어 댔다. 그리고 음식을 손에 들면 맡겨 놓았던 물건 찾아가듯 날름 먹어 버렸다.

포카라(Pokhara, 네팔에서 세 번째로 큰 도시로 다울라기리, 안나푸르나, 마나슬루 등의 조망이 가능하고 페와 호수가 있다)에는 '패러 호킹'이라 하여 독수리와 함께 패러글라이딩을 하는 레포츠가 있다. 이는 활공하면서 독수리를 팔에 앉혀 먹이를 주는 레포츠이다. 그곳의 독수리나 이곳의 야생 까마귀나 모두 인간과 적으로 만나는 것이 아니라 공존을 위한 파트너로 만나고 있는 것이다.

두클라 돌무더기를 지나자 멀리 페리체가 보였다. 그리고 그 페리체 아

래쪽에 위치한 아마다블람 중턱에서는 주변의 습기를 모으듯 흐릿해지는
가 싶더니 금세 구름이 만들어지고 있었다. 오늘은 구름이 많고 이동이 잦
은 날인 모양이다. 남체 쪽에서 올라온 구름은 페리체와 딩보체가 만나는
계곡에 다다르자 힘없이 흩어지며 사그라졌다.

그런가 하면 바로 내 옆에서도 구름이 만들어지고 있었다. 마치 담배를
뽀끔뽀끔 피울 때 생기는 연기처럼 둥그런 모양의 구름들이 점점 진해지면
서 느린 바람을 타고 페리체 아래쪽으로 움직이다가는 이내 사그라졌다.
마치 어린아이가 불어 대는 비눗방울이 바람을 타고 날다 얼마 견디지 못
하고 터져 버리듯, 페리체 평원의 구름은 짧은 일생으로 마무리되었다. 페
리체 평원이 만들어낸 '구름 쇼'를 보다가 문득 그 하잘 것 없어 보이는 구
름의 일생이나 내 일생이 별반 다를 것도 없다는 생각이 들어 숙연해졌다.

기다란 평원을 지나 페리체 아랫마을로 들어갔다. 마을에 들어서자 고향
집처럼 안락한 기운이 들었다. 롯지에 들어서자 여주인이 반갑게 맞아 준
다. 구면이라 그런지 환한 웃음으로 반갑게 맞는 아주머니는 아직 해가 지
지 않은 이른 시간임에도 난로에 야크 똥을 한 통 가득 부어서는 불을 피워
주었다. 며칠 전 불도 없는 난로에 붙어 서서 몸을 녹여 대던 생똥맞은 기
억 때문에 주인아주머니가 미리 불을 피워 주는 것 같았다.

"고향집에 온 기분인데요."

박진순 님이 환한 웃음을 지으며 말을 건넸다.

"그렇죠. 고향집이라~. 이젠 이곳 사람 다 되었다는 말이겠지요. 헛헛."

이 롯지는 이상하게도 올라올 때부터 무척 포근한 느낌을 주던 곳이었
다. 올라올 때 2박을 했고, 오늘 1박을 하면, 이곳에서만 3박을 하게 되는
것이다.

티베트를 닮은 고산 마을

인간의 적응력은 정말 대단한 것 같았다. 이미 5,550m의 고산에 대해 적응을 마쳤기 때문에 4,270m의 페리체에서는 현지인처럼 자유롭게 활동하는 것이 가능해졌다. 그리고 생각이나 행동도 점점 이곳 사람들과 비슷하게 닮아 토속화되어 가고 있었다. 그렇게 토속화되어 가는 가장 두드러진 특징은 음식과 '문명인의 상징'인 불을 다루는 기술이었다. 화로에 불이 시원찮으면 직접 작은 뚜껑을 열어 구멍 안을 들여다보고 야크 똥을 넣기도 하고, 그래도 여의치 않을 때는 주인에게 기름을 조금 달라고 해서 불을 일으키기도 했다.

여유로움은 얼마 있지 않아 무료함으로 바뀌었다. 무료함을 달랠 겸 식당 안의 모습을 찬찬히 살펴보았다. 첫 날은 몹시 지친 데다 고산병 환자까지 발생한 까닭에 정신없이 몰랐는데, 홀 안 한 쪽 벽면을 가득 채운 커다란 초대형 사진이 있었다. 어디서 본 듯한 산악 도시의 풍경 사진은 주인에게 물어 보니 티베트의 '라싸' 전경이란다.

그랬다. 이곳 셀파 족들의 셀파는 '동쪽에서 온 사람'을 뜻한다. 그들은 그 옛날 티베트에서 살다가 징기스칸에게 쫓겨오거나 생활고로 이곳으로 넘어온 사람들이었다. 그래서 사는 곳은 네팔이지만 티베트의 정서를 그대로 간직하고 있다. 몇 년 전 중국의 고위 관리가 이곳으로 트레킹을 왔다가 집집마다 달라이 라마 사진이나 라싸 사진 또는 티베트의 그림 조각들이 있는 것을 보고는 '티베트의 배후 지원 세력'으로 상부에 보고하여 외교적인 문제가 제기되기도 했었다고 한다.

창문 위로는 빙 둘러 가며 사진이 걸려 있었다. 그 가운데 어느 설봉 정상에서 찍은 등정 사진이 눈에 들어왔다. 방한복을 입은 탓에 포즈가 '만세 부르는 개구리' 같은 모습의 그 남자는 이 롯지의 남자 주인이고, 그 산은 아마다블람 정상이란다. 아마다블람 등정에 대한 그의 자부심이 대단했다.

그 외의 수많은 크고 작은 산행 사진과 가족 사진을 붙여 놓은 모습에서 우리네 시골집 툇마루에 걸어 놓은 가족 사진 같은 정겨움이 느껴진다.

페리체가 분지라고는 하지만 협곡 속의 분지인지라 5시가 되자 해가 촐라체 쪽으로 뉘엿뉘엿 넘어가기 시작했다. 모두들 산악 생활에 적응했는지 해가 지자 식사 시간을 기다리는 유치원생들처럼 똘빵똘빵해진 눈망울을 굴리며 식당에 모여들어 배식을 기다렸다. 그동안 때가 되면 식사 시간을 알리기에 분주했던 키친보이들이 척척 알아서 움직이는 우리들이 재미있다는 표정으로 웃어댔다.

그리고 저녁을 먹자 새 나라의 어른이(?)처럼 알아서 잠자리에 들어갔다. 박재욱 님은 악몽 같았던 이 롯지에서의 밤을 완전히 잊은 듯 콧노래를 흥얼거리며 즐거운 마음으로 밤을 맞이했다. 저렇게 즐거워하는 걸 보니 문득 이런 생각이 들었다.

"올라갈 때는 은밀히 숨어들어서 한 순간 고통으로 다가오는 '고산병'을 조심하고, 내려갈 때는 실성한 사람처럼 실없이 실실거리는 '저산병'을 조심하라."

뇌에 산소가 풍부해지면 즐거운 마음이 생기는 걸까? 굳이 콧노래를 부르지 않아도 마음이 즐거워지는 건 내 의지와 관계없는 일이었다. 자리에 누워서 한동안 생각에 잠겼다. 사람의 마음이라는 것은 참으로 이상한 것 같다. 처음 한국을 떠나올 때만 해도 내 머릿속은 오직 에베레스트뿐이었는데, 산을 오르기 시작하며 자연과 이곳 사람, 그리고 숨 탄 것(동물)을 만나면서 행복이라는 것이 움트고 자라기 시작했다. 그리고 에베레스트를 보는 순간! 그동안 나를 사로잡았던 에베레스트는 그물 속에 머물렀던 바람처럼 머릿속에서 숭숭 빠져나가 버리고, 그 빈자리가 '초모룽마'와 '행복'이라는 것으로 채워져 버렸다. '초모룽마'와 '행복'. 모두가 본질에 대한 문제인가?

에베레스트라는 서구적 화장술 안에 가려진 생얼 초모룽마. 그리고 수많은 주장과 목적을 위해 변질되고 훼손당한 삶의 본질인 행복….

시간이 지날수록 나 자신이 쿰부 히말라야의 행복감에 압도당하는 느낌이 든다. 호흡 곤란으로 인한 질식감에 두려워하던 고락셉의 밤에서 벗어나, 오늘은 어쩌면 행복감으로 질식할지도 모를 페리체의 밤을 보내고 있다. 그리고 이렇게 중얼거렸다. "행복이 뭐냐고 묻고 싶다면, 쿰부 히말라야로 가라!…"

꼭! 챙겨 봐야 할 것들

1. 시야에서 멀어지는 에베레스트를 내려오면서 뒤를 돌아보라. 똑같은 산인데도 앞에서 볼 때와 뒤돌아볼 때의 모습은 같은 듯 다르다
2. 셀파의 무덤에서 사방 조망하기. 내려가는 길에 느긋하게 즐겨라. 셀파의 무덤만큼 풍광이 뛰어난 곳도 드물다.
3. 페리체 평원과 그 뒤로 보이는 아마다블람, 그리고 주변 산군 조망. 아무리 봐도 질리지 않는 풍광이다.

열이틀째 날

| 페리체 – 소마레 – 팡보체 – 디보체
– 텡보체 – 풍기텡가 – 캉주마 |

굿모닝 페리체

페리제의 새벽은 상쾌했다. 4,270m에서 이렇게 쾌적한 새벽을 만날 수
있다는 것이 신기했다. 날씨도 실내 온도가 영상 2도로 부쩍 올랐고, 바깥
날씨는 동틀 무렵치고는 그리 낮지 않은 영하 3~4도 정도였다. 5,140m의
고락셉에서의 하룻밤이 우리를 이렇게 여유롭게 만들어 놓은 것이다. 아침
식탁으로 모여드는 멤버들의 표정도 밝아 보였다. 고락셉에서 잔뜩 부어올
랐던 얼굴의 부기도 많이 가라앉은 상태였다.

"잘 주무셨습니까?"

"예! 잘 잤습니다."

모두들 대답이 시원시원해졌을 뿐만 아니라, 심지어 3일 전 추쿵을 다녀
온 이후로 탈진과 고산병으로 고생했던 성 여사도 컨디션이 돌아왔는지 표
정이 엄청 너그러워졌다. 확연하게 달라진 그녀를 보자 나도 모르게 윤종
신의 '환생'이라는 노래가 흥얼거려졌다.

'다시 태어난 것 같아요~. 내 모습이 달라졌어요~. 오….'

"무슨 노래예요?"

"아, 즐거울 때 부르는 노래요. 하하."

박진순 님의 물음에 대충 얼버무리고 나는 앞뜰로 나갔다. 이제 막 해가 뜨려는지 다보체 피크와 아마다블람의 하얀 눈빛이 점점 붉어지고 있었다. 그리고 날이 밝아지자 앞집 돌 울타리 안의 야크들이 하얀 서리를 덮어쓰고 웅크리고 있었다. 나는 롯지를 나선 김에 동네를 한 바퀴 돌아보기로 마음먹었다. 동네 한 바퀴라고는 하지만 만만치 않았다. 집은 모두 해봐야 열 채 남짓. 그러나 어떤 집은 담장 둘레만 100m를 넘었고(사람과 야크가 함께 살기 때문에 앞마당이나 뒤뜰이 엄청 큼), 드문드문 떨어져 있는 집도 있어 제대로 도는 데 시간이 만만찮게 걸렸다. 또 길이 얼어 있는 곳이 많아 불편하기도 했다. 그러나 무엇보다도 좋았던 것은 집집마다 대문이나 담장에 얹어 놓은 향로에서 피어나는 향내였다. 차가운 아침 공기에 실려 오는 향나무 타는 냄새는 맡을수록 마음이 상쾌해졌다.

아침 식사를 마치고 우리는 페리체를 떠났다. 며칠간의 인연이 깊어졌는지 주인아주머니와 아저씨가 집 앞 계단까지 따라 나와 손을 흔들어 배웅해 주었다. 여지껏 한 번도 롯지 주인으로부터 배웅 받은 적이 없었는데, 그들의 밝고 행복해 보이는 배웅에 내 마음까지 행복해졌다.

오늘 로부제 콜라 넘어 페리체 패스까지의 첫 길을 안내하는 사람은 쿨리(짐꾼, 비숙련 노동자, 보조) 격인 '밍마'(화요일)라는 소년이었다. 처음에는 언뜻 키나 표정으로 볼 때 초등학교 5~6학년 정도로 보였는데 실제로는 17살이었다. 우리나라로 보면 고등학교 1학년 정도 되는 소년인 셈이다. 밍마는 처음부터 계속 트레킹을 함께 해온 아이로서 곱슬머리에 초롱초롱한 눈빛과 밀리터리룩 바지를 입은 것이 눈에 띄는 소년이었다.

롯지를 빠져나와 첫 번째 넘어서야 할 곳은 며칠 전 오르막에서 박재욱 님을 강력한 냉기 한 방으로 눕혀 버린 통한의 로부체 콜라였다. 오늘도 여전히 냉기가 무섭게 몸을 파고들었다. 낮은 기온 탓으로 콜라 가장자리는 물론 물살이 거친 곳말고는 모두 얼음으로 덮여 있었다. 경험을 살려 미리 방비한 덕에 문제없이 콜라를 건너갔지만, 그래도 혹시 모르는 일이었으므로 가능하면 빨리 이 계곡을 벗어나려고 했다.

이미 고산에 적응을 해서인지 200m쯤 되는 언덕길을 단숨에 올라섰다. 너무 빨리 올랐을까? 언덕을 올라 뒤를 돌아보니 일행들이 아직 계곡 중간쯤 오르고 있었다. 언덕 위에서 일행을 기다리는 동안 밍마는 무슨 말을 하려는 듯 몇 번 쭈뼛거렸다. 그러더니 마침내 말을 걸어왔다.

"선생님 투 거허리."

밍마는 내 손목을 가리키며 말을 건넸다. 아마 '거허리' 가 시계라는 뜻인 모양이었다. 그래서 나는 시계가 두 개인 이유를 설명했다.

"라이트 와치 코리안 타임, 레프트 왓치 네팔 타임."

그리자 나의 친절한(?) 설명에도 불구하고 밍마의 표정이 어두워졌다. 그리고 가이드와 일행이 언덕을 올라서자 밍마는 기름 버너와 기름통을 담은 도빌라를 머리띠로 메고는 아랫마을 쪽으로 횡하니 사라졌다.

'쟤가 왜 저럴까?'

잠시 생각해 보니 아차! 싶었다. 밍마는 내가 시계가 두 개인 것을 보고 그 중에 한 개를 갖고 싶었던 것이다. 그 아이는 "선생님 시계(가) 두 개(니까 나 하나 주시면 안 되나요)?"라고 물은 것인데, 나는 눈치 없게도 오른쪽 시계는 한국 시간을 보고 왼쪽 시계는 네팔 시간을 보는 것이라고 했으니….

행복한 문맹

페리체 패스를 미끄러지듯 내려갔다. 점심을 먹었던 소마레 마을을 지나 비스듬한 내리막으로 내려가자 멀리 팡보체 마을의 집들이 보이기 시작했다. 팡보체 입구 갈림길에서 잠시 휴식을 취했다. 갈림길에서 곧장 마을로 들어가면 텡보체로 가는 길이고, 오른쪽으로 둔덕을 넘어가면 고교로 가는 길이었다. 이곳은 아무 데서나 휴식을 취하면 그곳이 바로 절경이 된다. 하늘을 차고 오르듯 날렵한 자태의 아마다블람과 오랜 세월 임자콜라의 빙하와 얼음물이 빚어낸 협곡의 아득한 깊이가 아름다움을 더해 주고 있었다. 잠깐 쉬었다가 우리는 다시 디보체로 향했다. 여전히 나무숲은 없고 야트막한 나무와 풀들만이 있을 뿐, 시간이 지날수록 햇볕이 따가워졌다.

올라올 때 기억처럼 길에는 역시 많은 마니스톤과 초르텐이 있다. 왼쪽으로 돌면 복을 받을 것이고 오른쪽으로 돌면 복을 까먹을 것이라는 말에 내리막에서도 열심히 왼쪽으로 돌아 내려갔다. 길을 걷다가 이런 성스러운 상징물들을 볼 때마다 나는 행복이라는 단어를 떠올렸다. 세계 최빈국 중

팡보체 외곽의 좁은 낭떠러지를 지나가는 좁키오들. 더러는 까마득한 높이의 낭떠러지를 지나기도 한다.

에 하나이며 문맹률이 80%가 넘는 나라(이곳 산중은 90%가 넘는다고도 한다), 그러나 행복도는 무척 높은 나라. 이것을 어떻게 해석해야 할까? 이곳 사람들의 눈빛은 언제나 그렇듯 맑고 순박하다. 행복은 화려함보다는 순박함 속에 스며들기 좋아하는 것일까? 어렴풋이 욕심과 행복은 풍선 누르기와 같은 제로섬 게임이라는 생각이 들었다. 욕심이 크면 클수록 행복은 작아진다. 그래서 욕심에서 벗어날 때 비로소 행복이 보이는 모양이다.

말없이 밝게 웃으며 내 옆을 스쳐 지나가는 셀파 족 사람들에게 불행이 뭐냐고 물어볼까? 그럼 뭐라고 답할까? '그런 상품 취급 안 합니다'라고 얘기하지는 않을까?

완만한 경사면을 따라 한참을 내려가자 디보체를 건너가는 나무다리가 나왔다. 나무다리에는 여전히 수많은 경전 깃발이 계곡에서 불어오는 바람에 휘날렸다.

"인너하세요! 조은 하루 되세요."

다리를 건너려던 차에 홀로 산을 오르던 '혼다'라는 일본 청년이 한국말로 인사를 해왔다. 청년은 대학생으로 한국에서 공부한 적이 있다고 자신을 소개했다. 그리고는 한국과의 친근감을 표하고 싶었던지 입고 있던 자켓이 한국 제품이라며 보여주었다.

"코오로우 옷 조스니다. 품지루가 조아요."

"혼다 상 사이코."

혼다는 '사이코'(최고)라는 나의 칭찬에 일본식으로 몸을 숙여 감사를 표했다. 한국어가 유창한 혼다는 벌써 세 번째 쿰부 히말을 트레킹하는 거란다. 한국에서의 생활 경험 때문인지 그에게서 편안한 동질감이 느껴졌다.

디보체에 도착하자 길가에 무릎 높이의 돌담이 길게 이어진 곳이 있어 우리는 그곳에 나란히 앉았다. 그리고 박재욱 님이 카트만두를 떠나면서 가방 속에 넣어 두었던 초등학생 조막만 한 네팔 배를 꺼내 조금씩 나누어 먹었다. 배낭 속에서 열흘을 곰삭은 네팔 배의 사각거리는 감촉과 단맛에 모두들 감탄했다.

텡보체 곰파까지는 오르막이었다. 자작나무와 랄라구라스 숲이 그늘을 만들고 있어서 처음에는 추운 느낌이었는데, 오르막을 오를수록 체온이 올라왔다. 오르막이라도 이미 몸이 등산 체질로 변해 있었고, 고산병 부담이 없어서인지 모두들 활기차게 올라섰다.

텡보체 언덕은 다시 봐도 경치가 대단했다. 게다가 한낮인 관계로 공기도 제법 따뜻한 느낌이 들어서 언덕을 올라서자 무턱대고 풀밭에 앉아 일행을 기다렸다. 때마침 먼저 올라온 가이드 부리에게 사진을 부탁했다. 그 빼어난 경치를 배경으로 폼을 제대로 잡아 가며 사진을 찍었다. 집에 걸어 놓을 만한 사진을 찍을 심산으로 액자용 사진을 몇 컷 찍어 봤다. 배경은 아마다블람과 로체 눕체 그리고 에베레스트를 살짝 나오게 하고 그 앞에서 근엄한 자세를 잡아 가면서….

잠깐 휴식을 취하는데 옆에서 시끌시끌한 소리가 들려왔다. 스페인어를 쓰는 건장한 젊은이들이 풀밭 위에 앉아서 떠들며 즐거워하고 있었다. 스페인어는 언제 들어도 기름칠이 잘된 구슬 굴러가는 소리 같았다. 스페인 청년일까? 중남미 청년들일까? 팔뚝에 체 게바라의 타투를 새긴 친구가 있는 걸로 봐서 중남미 청년일 성싶었다. 어디서 왔냐고 물으니 칠레에서 왔단다. 말도 튼 김에 칠레 청년에게 단체 사진 한 컷을 부탁했다. 하상진 님, 박진순 님, 박재욱 님, 그리고 나와 함께 사원 입구에 일주문처럼 세워진 화려한 문 앞에서 자세를 잡았다. 그런데 문제는 그 앞에 늘어지게 누워서 잠자는 검정개 한 마리였다. 슬며시 다가가 슬슬 옆으로 밀어내 보아도 미동도 하지 않았다. 하는 수 없이 개까지 포함하여 단체사진을 찍었다.

네팔은 힌두교의 영향이 커서 소 팔자가 상팔자인 줄로 알았는데, 이곳 쿰부 히말라야에서는 정작 소는 별로 볼 수가 없고, 개 팔자가 상팔자인 것 같았다. 그리고 힌두교가 아닌 티베트 불교도가 많은 곳이라서 소의 존재 감은 힌두교에 비해 현저히 떨어지는 것이 현실이었다.

사원 입구 옆으로는 승려들이 공부하는 집이 있었다. 집 앞 작은 화단에는 해바라기가 시들어 말라 가고 있고, 퇴색된 나무 창문 안쪽에는 동그란 안경을 쓰고 빨간 승복을 입은 승려가 경전을 읽고 있었다. 시들어 말라 버린 해바라기와 창문으로 들어간 햇빛이 비스듬하게 승려의 책을 비추고 있는 모습. 그 모습이 너무 서정적이어서 사진을 찍으려 하자 손사래를 친다. 은은한 미소로 양해를 구하는 그와 목례를 하고 갈 길을 재촉했다.

다시 언덕 위의 거대한 타르초를 지나 풍기텡가로 하산하기 시작했다. 마침 언덕을 올라오고 있는 외국인 트레커들과 마주쳤다. 그들의 표정은 잔뜩 일그러진 채 호흡과 햇빛에 잔뜩 찌든 모습이었다. 스물쯤 되었을까? 나이 어린 백인 여자 트레커는 금방이라도 울음을 터뜨릴 것같이 잔뜩 감정이 부풀어올라 있어 보였다. 주근깨가 가득한 얼굴이 발그레하게 익어 있고, 이마에는 고난의 흔적인 잔주름이 조밀하게 잡혀 있었다.

"나마스떼!"

"나마스떼!"

잔뜩 일그러진 얼굴에 곧 쓰러질 것처럼 지쳐 보이던 서양 아가씨는 애써 웃으면서 대답을 했다. 그녀를 향해 대단하다는 표정으로 엄지를 치켜 세워 주었다. 그러자 금방 생기가 도는 듯 활짝 웃었다. 별것 아닌 엄지손가락 하나가 인간의 능력을 한 단계 높여 주는 신통함을 가졌나 보다. 지난번 이 오르막을 오르다 길바닥에 퍼질러진 야크가 생각났다. 야크도 쉽지 않은 이 길을 사람이 오른다는 것은 당연히 어려운 일이다.

한참을 내려오자 풍기텡가가 내려다보였다. 그리고 내리막을 거의 다 내려왔을 때 낯익은 숲 풍경이 눈에 들어왔다. 눈앞에 나타난 숲은 오래도록 두고두고 보아 온 수첩 속 사진처럼 기억이 또렷했다. 이상한 일이었다. 분명 이전에 본 적이 없을 이 숲이 왜 내 눈에 선연한 걸까? 전생에 내가 이곳에 산 적이라도 있었던 걸까? 아무리 생각해도 이해할 수 없는 일이 지금 내 눈앞에 펼쳐져 있었다. '어디서 보았을까?' 느낌이 너무 강렬하여 가슴이 뛰었다.

곰곰이 생각해 보니 이것은 고산 증상 중에 하나일지도 모를 일이었다. 급격하게 고도를 높이면 그날 밤은 잠을 설친다. 밤새 잠을 자다 깨기를 반복하는데, 그런 만큼 생생한 꿈도 많이 꾸는 것이다. 만약 지난번 텡보체를 오르면서 나도 모르게 한 번쯤 이 풍경을 뒤돌아보았다면 해석이 가능하다. 그랬다면 그날 밤 디보체에서 잠을 자며 밤새 그 광경을 수없이 꿈꾸고 또 꾸었는지도 모르는 일이다.

풍기텡가에 도착하자 그곳 식당에서 점심을 먹기로 했다. 노천 식탁에 앉아 등 뒤로 흐르는 계곡의 물소리를 들으며 눈을 감았다. 힘차게 흘러가는 물소리가 머리와 가슴을 시원하게 훑고 지나가는 느낌이었다. 아! 청량감.

오늘 점심은 좀 특별했다. 먼저 소금 간을 한 삶은 감자가 나왔다. 티베트 전통 촌부 복장을 한 주인아주머니가 가져다 준 따끈따끈한 감자라서 그런지 맛이 제대로 살아 있었다. 오랜 만의 주전부리로 삶은 감자가 나오자 모두들 열심히 먹었다. 산행 중에 먹는 감자는 밥만 먹이던 아이에게 오랜 만에 과자 한 봉지를 주었을 때의 그런 특별함과 같은 것이다. 이곳의 감자는 역사적으로 현지 주민들의 생명줄 같은 것이라고 한다. 이곳에 200~300여 년 전 감자가 들어오면서 주민 수가 늘기 시작했다고 한다. 그 전까지는 옥수수에 의존했던 탓에 영양 상태가 좋지 않으나, 고칼로리 식품인 감자가 들어온 후 그런 고민을 깨끗하게 해결한 것이다. 감자와 함께 우리는 맛있는 네팔 전통 칼국수 뚝파(thukpa) 한 그릇을 뚝딱 해치웠다.

풍기텡가의 식당. 하산길이라 느긋하게 점심을 즐긴다.

캉주마의 절경

점심 식사를 한 후에는 다시 캉주마까지 올라가야 했다. 그래도 캉주마까지는 전나무 숲길이어서 자외선과의 싸움은 하지 않아도 되었다. 오히려 오후가 되면 구름이 계곡 아래에서 위로 올라오곤 하는데, 이때의 짙은 구름이 더 신경 쓰였다. 낭떠러지 사이로 난 험로를 지날 때 짙은 구름이 지나가면 자칫 시야를 가려 위험해질 수 있기 때문이었다.

점심식사 후에도 몸이 가벼웠다. 빠른 속도로 오르막을 올라 캉주마 옆 사나사 갈림길 근처까지 올라갔다. 사나사 조금 못 미친 전나무 숲을 지나가다 서양 트레커가 바싹 긴장한 모습으로 숲속을 주시하고 있는 모습을 발견했다.

'무슨 일일까?'

지나가던 트레커들이 그의 등 뒤로 하나 둘 모여들기 시작하더니 서로 약속이나 한 듯 카메라를 숲속으로 들이댔다가 내려놓기를 반복했다. 유심히 숲속을 보니 무엇인가 움직이는 모습이 보였다. '아! 저게 단페 (danphe, 네팔의 국조인 히말라야 공작새. 인도공작에 비해 꼬리가 짧고 4,000m 정도의 고산에서 산다)구나⋯.' 단페는 숲 사이를 한가로이 걸으며 먹이를 주워 먹는데, 그 앞의 잔가지나 전나무 때문에 사진 찍기가 여간 성가시지 않았다. 단페는 사람에 대해 별로 신경을 쓰지 않는 것 같았다. 이곳 짐승들이 대부분 그렇듯 사람에 놀라지도 않고 유유히 걸음을 옮기며 사진 모델이라도 된 듯 이따금 화려한 꼬리를 쭉 펼쳐서 포토타임을 주기도 했다. 아쉬운 건 잔가지와 전나무 숲속의 어둠 때문에 사진이 제대로 찍히지 않는다는 것이었다. 나는 사진을 찍는 대신 단페의 모습을 눈에다 진하게 담았다. 숲속으로 유유히 사라져 버린 단페를 보면서 내가 떠올린 것은 니잉제(nyingje, 세르파 어로 '모든 생명체에 사랑을 품으라'의 뜻)와 '공존'이었다. 인간과 동물과 식물이 서로에게 위해를 가하지 않는 공존. 진정한 공존은 불가능할까? 야생동물이 인간을 두려워하지 않고, 인간의 손을 타지 않은 숲이 풍성해지는 이곳 쿰부 히말 식의 인간과 자연의 공존은 문명세계에서 불가능한 것일까?

캉주마를 조금 못 미쳐 돌계단이 있는 낭떠러지에 거의 다다랐을 때였다. 아니나 다를까. 우려한 대로 계곡 아래에 머물러 있던 구름이 올라와서는 순식간에 캉주마로 가는 길을 온통 덮어 버렸다. 그런데 오히려 구름이 몰려와 깎아지른 암벽과 낭떠러지를 모두 감춰 버리자, 벼랑 위의 좁은 돌계단만이 남아 미지의 세계로 들어가는 선계의 계단처럼 신비로운 모습을 연출하고 있었다. 그 순간 짙은 구름에 대한 우려는 사라지고 그 풍광에 온통 정신을 빼앗겨서 한참 동안 그렇게 구름 속의 세계에 머물러 있었다.

캉주마 롯지는 풍광 면에서는 단연 최고였다. 이런 멋진 풍광을 한눈에

좁키오를 몰고 쿰중으로 올라가는 아주머니.

볼 수 있는 롯지에서 하룻밤을 잔다는 것은 분명 행운이었다. 그것도 롯지에서 가장 전망이 좋은 방을 배정 받는 행운까지 얻었다. 반면에 오성 부부의 방은 화장실 옆 골방으로 정해졌다. 전망도 없고 방이 좁다고 투덜대기 시작했지만, 모두들 투덜거림과 빈정거림에 잘 단련된 사람들처럼 들은 척도 하지 않았다. 이제 아예 신경을 꺼버린 모양이었다.

　나는 창문을 열고 창틀에 턱을 괸 채 앞 쪽에 펼쳐진 아마다블람과 주변 풍광을 즐겼다. 그동안에는 줄곧 가장 낮은 곳에서 가장 높은 곳의 산들을 목 아프게 쳐다봤지만, 캉주마가 전망대처럼 높다랗게 자리한 덕분에 계곡과 아마다블람과 탐세르쿠 등 주변의 설산을 여유롭게 감상했다. 그런데 곧 도착한다던 룸메이트 박재욱 님이 오질 않았다. 우리는 롯지 1층의 추르피(야크 치즈) 가게와 기념품 좌판 물건 구경을 하며 그를 기다렸다.

　"에이 씨! 이게 머꼬?"

박재욱 님이었다. 그런데 놀랍게도 그는 반대편에서 나타났다.

"하마터면 남체까지 갈 뻔했다 아이가."

잠깐 여장을 푼다고 롯지에 들락날락하는 통에 그가 롯지 앞을 지나가는 것을 아무도 보지 못했던 모양이다. 그래도 용케도 롯지로 되돌아온 것을 보면 공간 감각이 거의 현지인이나 다를 바 없었다.

롯지에서의 바깥 풍광은 변화무쌍했다. 햇볕이 내리쬐는가 싶다가도 다시 구름에 휩싸이고, 그러다가 다시 저녁이 되면 잠깐 저녁놀을 보여주기도 했다. 롯지의 위치와 풍광에 매료되고 체력적으로 여유가 있어서인지 모두들 저녁 식사를 양껏 먹었다. 식당에서 함께 식사하던 서양 트레커들은 주저리주저리 이야기를 나누며 식사를 끝내고는 포커를 쳤다.

그런데 재미있는 것은 그들과 우리의 문화 차이다. 그들은 주절주절 대화를 나누는 식사에 비해 카드놀이는 포커페이스로 조용히 침묵했고, 그들에 비해 우리는 조용히 식사를 하는 대신 고스톱은 주절주절 혼잣말과 대화를 섞어가며 실시간 생중계해대며 친다.

꼭! 챙겨 봐야 할 것들

1. 로부제 콜라가 흐르는 황량한 협곡
2. 임자 콜라를 따라 내려가는 길에서의 임자 콜라 풍광과 아마다블람
3. 텡보체에서 뒤쪽으로 펼쳐진 풍광 즐기기
4. 캉주마에서 주변 풍광 즐기기

열사흘째 날

| 캉주마 - 남체 - 조르살레 - 몬주 - 팍딩 |

쇼핑하러 남체 갑니다

조잘대는 새 울음소리에 잠에서 깨어났다. 새 울음소리에는 닭 울음소리와는 달리 사람의 마음을 움직이는 힘이 있는 것 같다. 닭 울음이 자명종처럼 강압적인 느낌이라면, 새 울음은 귓가에서 부드럽게 아침을 열어 주는 아가씨의 속삭임 같은 느낌이다. 캉주마의 아침은 기대만큼이나 상쾌했다. 창문을 통해 건너편의 아마다블람이 미명 속에 우뚝 서 있는 모습이 보였다. 상쾌한 공기 때문인지 아침부터 유쾌한 기분이었다.

오늘 일정은 남체에 들렀다가 '꿈의 궁전'인 팍딩 롯지까지 가는 것이다. 남체에 들르는 것은 귀국할 때 가져갈 선물을 사기 위한 것이었다. 그러나 무엇보다 큰 기대는 샤워를 할 수 있고 개별 화장실까지 방에 딸려 있는 팍딩에서 하룻밤 묵을 수 있다는 것이다. 아침을 먹고 캉주마를 나섰다. 남체에서 선물을 사야 했기에 선물 꾸러미를 운반하기 위해 튼실한 좁키오 한 마리를 데리고 출발했다. 시장 보러 좁키오를 데리고 간다는 사실에 기분이 묘해졌다. 짐 실을 소를 몰고 장에 가는 옛 어른들의 기분이 이런 기분이었을까? 자동차를 몰고 시장을 가는 우리들에게는 아주 색다른 경험인 셈이었다.

오늘도 실처럼 가느다란 벼랑길을 따라 남체를 향했다. 히말라야의 산길은 늘 시야가 트여 있다. 극히 일부분의 숲길을 제외하고는 대부분 높이가 수백 미터가 넘는 협곡의 경사면으로 길이 나 있기 때문에 늘 시원한 풍광을 즐길 수 있다.

남체와 캉주마 사이의 초르텐. 전망이 좋은 곳엔 항상 초르텐이 있기 마련이다.

느긋하게 남체를 향하는데, 갑자기 등 뒤에서 네팔 군인들이 총을 메고 나타났다.

'웬일일까?'

선두에 넉넉한 군복 차림의 군인이 아카보 소총을 어깨에 메고 지나갔고, 그 뒤로 총 없이 군복만 입은 군인들이 줄지어 지나갔다. 현지 군인이라 그런지 좁은 산길을 타는 솜씨가 날렵했다. 아마 풍기텡가에 있던 군인들이 본부대가 있는 남체로 점호를 취하거나 식량 같은 보급품을 가지러 가는 것 같았다. 그렇게 열서너 명의 비무장 군인이 횅하니 지나가더니 마지막으로 소총을 멘 군인이 지나갔다. 아마도 그들의 이동 규칙에 선두와 마지막은 항상 소총을 휴대하도록 되어 있는 모양이었다. 좁은 산길에서는 트레커들의 사이사이를 민첩하게 빠져나가는 날렵한 몸동작을 보이는 그들이었지만, 아무래도 그들에게서 구르키 용병의 강인한 포스는 보이지 않았다.

산길을 굽이굽이 돌 때마다 반가움과 함께 고통스러웠던 기억들이 인생의 훈장처럼 느껴졌다. 그리고 그 길을 오르고 있는 트레커들의 힘겨워하는 모습에서 오로지 인생의 최고점을 향해 치열하게 살아가야만 하는 인간의 숙명이 엿보였다. 남체에 거의 도착할 무렵 남체로 내려가던 군인들이 짐을 하나씩 짊어지고 다시 올라왔다. 역시 군인들은 보급품을 가지러 갔던 것이다. 그들이 짐을 진 모습은 그곳의 포터들이나 별반 다르지 않았다. 이곳에서는 일반인이거나 군인이거나 간에 산더미 같은 짐을 지는 것이 피할 수 없는 숙명이었다.

그리고 오른쪽 산 위에서 군용 헬기 한 대가 솟아올라 계곡을 따라 내려가는 모습이 보였다. 그곳은 일본인이 지어 놓은 에베레스트뷰 호텔이 있는 곳인데, 그 장면에서 문득 예티(히말라야의 설인, 몸에 털이 많고 유인원을 닮았다고 전해진다. 목격자는 있지만 존재가 정확하게 증명된 것은 아니다) 두개골 도난사건이 떠올랐다. 원래 텡보체 사원에는 예티의 두개골과 손목뼈가 보관되어 있었는데, 1991년 누군가에 의해 도난당했고, 누군가가 헬기를 이용해 두개골을 운반하다 헬기가 히말라야 산중에 추락하는 바람에 세계에서 하나뿐인 예티 두개골은 영원히 찾을 수 없게 되었다는 첩보영화 같은 이야기이다.

남체 바잘에 도착해서 우선 들른 곳은 셀파 박물관이었다. 시설은 규모가 작고 특별히 관리되지 않아 보잘 것 없어 보였지만, 그들의 손때가 묻어 있는 물건들이 다양하게 전시되어 있었다. 셀파 족의 생활용품으로부터 옛날 히말라야 등정 장비와 셀파의 기록과 사진, 생활하는 셀파들의 실물 크기의 인형, 만다라, 불화 등을 좁은 공간 속에 알차게 꾸며 놓았다. 다만 아쉬운 것은 실내가 좀더 밝았으면 하는 것이었다.

박물관 뒤쪽 잔디밭에서 아마다블람을 배경으로 사진촬영을 했다. 그곳이 군부대 안이라 그런지 초소가 보이고, 우리의 행동을 주시하는 눈빛도 보였다. 때마침 사진을 찍고 있는 프랑스 팀을 만나 서로 사진을 찍어 주며 깔깔거리며 웃다 보니 히말라야 인으로서의 동질감이 느껴졌다.

박물관을 빠져나와 좁은 골목길을 요리조리 통해서 남체 시장으로 내려갔다. 시장에서 티베트에서 넘어온 숄과 기념품을 샀다. 그곳에서도 역시 가격 흥정의 대가인 박재욱 님의 흥정으로 물건을 샀다. 부피가 큰 물건들이라 양이 만만찮았는데, 가게 주인은 주저 없이 커다란 마대자루를 들고 와서 물건을 자루가 터지도록 꾹꾹 눌러 넣었다.

"아! 선물로 줄 물건인데 저렇게 마구잡이로 눌러 넣어도 되나?"

가게 주인은 눈치를 챘는지 "노 프로블램"이란다. 야크 털로 짠 숄은 복원력이 뛰어나서 문제가 없다고 하는데, 글쎄?

선물 꾸러미를 몰고 온 좁키오 등에 실어 놓고 다시 하산을 시작했다. 일주문 같은 문을 빠져 나오며 다시 뒤를 돌아 남체의 전경을 보았다. 거듭

보아도 정말 대단한 산중 마을이자 시장이었다.

그리고 출입 통제소 건물을 지나갔다. 이곳에서는 남체로 들어갈 때나 나올 때나 출입 서류를 제시해야 한다. 역시나 검문소의 경찰이 확인증을 보여 달란다. 괜스레 배낭에 넣어 둔 출입 서류를 꺼내는 것이 귀찮아 "나마스떼!" 하고 인사를 건네고는, 손으로 뒤쪽을 가리키며 "가이드, 가이드"라고 손짓을 하자 그냥 지나가라고 손짓한다. 그렇게 대충 검문소를 지나다가 나도 모르게 웃음이 나왔다.

셀파 박물관 내부.

셀파 박물관에서 만난 프랑스 트레커들.

히말라야가 내민 손

놀라운 포터의 능력

라자 브릿지까지 내려가는 내리막에는 먼지가 몹시 심하게 풀풀거렸다. 우리가 올라올 때만 하더라도 몬순기가 끝난 지 얼마 되지 않아 먼지가 지금처럼 많지는 않았다. 그런데 지금은 발이 닿기 무섭게 먼지가 풀썩풀썩 피어오른다. 그래서인지 오르막을 오르는 사람들은 스카프를 마스크처럼 입에 두르고 올라왔다. 그런데 아쉬운 것은 그런 가운데서도 빨리 내려가려고 먼지를 자욱하게 피워 대며 달리듯 내려가는 사람들이 있었다. 그것은 코를 땅에 박듯이 몸을 숙이고 간당간당 숨을 몰아쉬며 올라오는 트레커나 포터들에게는 분명 몹쓸 짓이었다. 나는 조심스레 발을 옮겨 봤지만 그렇다고 먼지가 나지 않는 건 아니었다. 그래도 힘들게 올라오는 사람들을 위해 최대한 먼지가 나지 않도록 조심스레 걸어 내려갔다. 그렇게 배려심을 가지는 것도 하산하는 자만이 누릴 수 있는 특권이다.

그렇게 조심스레 경사면을 지그재그로 반쯤 내려갔을까. 문득 짐을 지고 올라오는 포터를 만났는데, 아! 정말 예사롭지 않은 모습이었다. 저걸 어떻

베니어합판은 물론 쇠파이프를 뗏목처럼 엮어서 포터들이 운반한다. 작은 체격에 80kg이 넘는 쇠파이프를 루크라에서 남체까지 일주일간 지고 올라간다.

게 지고 올라왔을까? 그들은 160센티 정도의 키에 우리에 비하면 턱없이 왜소한 체격이지만, 그 만만찮은 오르막을 12개의 쇠파이프를 뗏목처럼 엮어서 지거나, 베니어합판 13장을 지고 올라간다.

가이드에게 물어 보니 무게가 80~84kg쯤이란다.

문득 페리체에서 본 포켓볼 당구대가 생각났다. '그 무거운 포켓볼 당구대도 저렇게 4,300m 높이의 페리체까지 옮겼을까?'

"베리 베리 엑설런트."

엄지를 치켜 올리며 칭찬하자 그냥 씨익 웃는다. 지독한 자외선 때문에 검게 그을린 얼굴에 하얀 치아가 더없이 순수하게 보였다. 하산을 거듭하면서 끊임없이 만나게 되는 포터들. 그들의 뇌 구조가 궁금해졌다. 이렇게도 힘든 일을 하면서도 불평은커녕 마냥 행복한 얼굴을 하고 있는 까닭은 무엇일까? 네팔이 합법적인 마약 사용 국가라지만 셸파 족들이 마약을 즐긴다는 말은 들어 보지 못했다. 그런데 그들은 중노동을 하면서도 마치 하시시라도 한 대 시원하게 빨아댄 사람처럼 그렇게 여유롭고 행복해 보였다.

그렇게 한참을 내려가다 라자 브릿지를 만났고, 그곳에서 그만 먼저 간 일행과 멀어졌다. 간발의 차이로 다리를 건너오는 좁키오 떼를 만났기 때문이었다. 라자 브릿지는 지형적으로 가장 번잡할 가능성이 큰 곳이었다. 다리가 협곡에 높다랗게 위치해 있으므로 다리 건너편은 곧바로 급경사 계단을 이루고 있어, 계단에서 짐꾼이나 좁키오들의 정체가 심했다.

특히 좁키오라는 동물은 내리막을 무척 힘들어한다. 등에 무거운 짐을 지고 있는 데다 자칫 몸을 너무 숙이면 짐 무게 때문에 절벽 아래로 추락할 수도 있기 때문이다. 그래서 이따금 절벽에 떨어진 좁키오의 고기가 남체 시장에 나오기도 한다. 그런데 뒷얘기로는 네팔은 도살이 금지되어 있어 일부러 절벽에서 좁키오나 야크를 떨어뜨려 고기를 얻는다는 얘기도 들린다. 이왕 늦은 것 유심히 좁키오와 짐꾼들이 계단 내려가는 모습을 지켜보기로 했다.

보통의 짐꾼들은 트레커들처럼 그냥 계단을 내려가지만, 쇠파이프나 합판을 진 짐꾼은 무게 중심 때문에 몸을 돌려 뒷걸음질 치며 내려갔다. 눈결에 그들의 그런 몸짓이 서글퍼 보였다. 그러나 그들은 선택받은 포터들이다. 루크라에서 남체까지 5일정도 짐을 지어 주고 30달러를 받는다고 하니 그들의 세계에서는 능력 있는 고소득 산업역군인 셈이었다.

그런가 하면 좁키오는 그 좁은 계단을 S자로 돌아 내려갔다. 그것은 동물적인 감각으로 몸의 경사각을 최대한 작게 만들려는 몸동작이었다. 그래야 앞으로 고꾸라지는 일이 없을 테니까. 그리고 뒤따라가는 좁키오는 앞의 좁키오가 밟은 곳을 정확히 따라 밟았다. 즉 앞 좁키오가 안전한 지점을 보증해 준다는 것을 잘 알고 있기 때문이다. 바람이 일기 시작하면서 라자 브릿지에 달아 놓은 오색의 경전 깃발이 흩날리기 시작했다. 팔랑이듯 하늘거리는 그 유연한 몸짓에서 자유로움과 초월이 느껴진다.

아마조네스 롯지

라자 브릿지를 어렵사리 건너와서 계곡을 따라 내려갔다. 다리 아래에서 다시 한 번 라자 브릿지를 올려다봤다. 열흘 전쯤 이곳을 오를 때도 그랬지만 다시 봐도 그 다리는 인간의 세계와 초월의 세계를 잇는 선계의 다리 같아 보였다. 두 세계를 잇는 상징성과 그 줄에서 나부끼는 형형색색 경전의 격렬함….

오늘은 산을 오르는 트레커들이 무척 많아 보였다. 시기적으로 몬순기후의 우기가 지나고 얼마 되지 않을 뿐 아니라 날씨도 상대적으로 춥지 않은 시기인, 이른바 시즌이라서 그런 모양이다. 이들이 로부제나 고락셉에 도착하면 숙소 문제가 클 것 같았다. 이미 내가 걱정할 일은 아니지만, 그래도 그곳에서의 숙박이 어떤 것인지를 잘 알기에 지레 걱정이 되었다.

점심을 먹기 위해 조르살레의 롯지에 들렀다. 재미있는 것은 그 롯지의 광경이었다. 우선 조그만 테라스가 있는 것이 특이한 데다 화분에는 꽃이 화사하게 피어 있고 식탁은 2개뿐이었다. 마치 VIP만을 모시려고 만들어 놓은 독립된 공간 분위기가 났다. 그런데 이상한 것은 그 집에는 유독 여인들이 많고, 모두들 머리를 감느라고 야단들이었다. 원래 셀파 족들은 전통적으로 일요일에 머리를 감고 목욕한다고들 한다. 그런데 오늘은 일요일도 아닌데 무슨 일일까? 처음엔 이 집에 딸들이 이렇게 많나? 하고 생각했지만, 나중에 살펴보니 그 집은 그 동네에서 머리를 만지는 이른바 헤어숍이었다. 나는 여인네로 가득한 그 롯지를 '아마조네스 롯지'라고 명명했다. 얼음장 같은 찬물에 긴 머리를 감고 있는 그녀들의 모습에서 '아마조네스'의 강인함이 느껴졌기 때문이었다.

조르살레를 지나자 주변 분위기는 한결 부드러웠다. 길은 완만해지고 사람들의 움직임도 여유로웠다. 몬조를 지나오다 잠시 그림가게에 들렀다. 가게 안은 유화가 대부분이고 더러는 목탄화도 보였다. 그 그림들은 가게 주인인 화가가 직접 그린 그림들이었다. 그 가운데 남체 바잘의 풍경화가 눈에 들어왔다. 그림을 한참 그리고 있던 화가에게 가격을 물었다.

"하우 마치 달러"?

"식스 헌드레드 달러."

600달러면 72만원인데…. 화가가 400달러까지 해주겠다고 했지만 나는 손사래를 치며 조용히 나왔다.

팍딩에 도착하자 모두들 만족스런 표정이 역력했다. 그런데 너무 거침없이 내려온 모양이었다. 주방 팀은 아직 식사 준비를 하지 못했고, 가이드보다 우리가 먼저 도착한 탓에 방 배정도 아직 안 된 상태였다. 나를 위해 아무것도 준비된 것이 없어도 마음은 행복했다. 롯지를 빙 둘러 심어 놓은 주황색 말라꽃의 향기가 그윽했다. 롯지 앞의 잔디밭엔 보기에도 여유로워

루크라에 짐이 들어왔는지 짐꾼들이 줄기차게 산을 오르고 있다.

보이는 파라솔이 놓여 있었고, 언제나 그랬듯이 순하게 생긴 그때의 그 누렁이가 대문 처마 밑이 제자리인 양 한가로이 앉아 있었다.

잠시 뒤 어쩐 일로 혜안 스님이 가이드보다 먼저 도착했다. 이제야 혜안 스님이 산행에 완전히 적응된 모양이다. 일순 모두들 자리에서 일어나 스님에게 박수를 치며 한 마디씩 축하 멘트를 날려주었다.

"스님, 이제 하산하셔도 되겠습니다."

"안 그래도 하산 중입니다, 헛헛."

"이제 적응도 됐는데 에베레스트 한 번 더 뛰시죠?"

"절에 급한 일이 있어 아쉽지만 그만 하산하렵니다. 하하."

방 배정을 받자마자 우선 샤워를 했다. 천국이 따로 없었다. 그동안엔 고산병 때문에 세수도 못 하고 얼굴과 발을 물휴지로 닦으며 버텼다. 그런데도 의외로 몸 상태가 괜찮았다. 머리가 떡 지지도 않고 얼굴에 피지도 없어지고…. 고산이라는 곳이 인간의 생리를 그렇게 바꾸어 놓았던 것이다. 그리고 조명도 훨씬 밝아졌다. 그것은 곧 문명의 세계와 가까워진다는 뜻이다. 현실에서의 밝음은 문명에 있고, 정신에서의 밝음은 그 반대편에 있는 모양이다. 샤워를 하고 나니 몸이 노곤해졌다.

저녁시간은 만찬 분위기였다. 그리고 조심스럽게 이번 여정의 마무리를 논의했다. 내일이면 가이드를 제외한 나머지 스텝들과 이별해야 했기에 그들과 마지막 밤을 어떻게 보내느냐라는 것을 논의해야 하는데 생각처럼 쉽지는 않을 것 같았다. 식사를 마치자 박재욱 님이 말을 꺼냈다.

"어차피 내일 저녁에 쫑파티 문제가 남았는데 논의를 해야 하지 않을까요?"

"그럽시다. 물론 논의를 마쳐야죠."

일행이 동의하자 그는 거두절미하고 간략하게 설명했다.

"그동안 어느 정도 얘기됐던 건이라 간단히 말씀 드리겠습니다. 우선 쫑파티용으로 염소를 한 마리 잡으면 180달러이고, 2차 노래방은 1인당 30달러만 내면 우리 가이드와 스텝 전원이 노래, 술, 안주 무한 리필이랍니다. 그러면 우리가 9명이니까 1인당 50달러씩만 내면 총 20명 정도 인원의 1, 2차가 모두 해결됩니다. 염소가 비싸면 삼겹살로 하는 것도 괜찮으시고…."

그러자 말이 끝나기가 무섭게 오 선생이 딴지를 걸었다.

"염소로 하려면 뼈를 12시간 이상 푹 고아야 되고, 고기는 냄새가 나면 안 되고, 고기는 소금구이 반, 양념 반에 파절임도 있어야 하고…. 그리고 우리 집사람은 삼겹살을 못 먹습니다."

"오 선생님, 무슨 한국 치킨집의 양념 반 프라이드 반도 아니고, 사골을 12시간 이상 끓이는 것도 불가능한 요구고요. 여기 식대로 할지 말지만 정합시다."

"그러지 말고 파티는 없던 걸로 하고, 팁이나 조금씩 더 모아 줍시다."

오늘 점심까지만 해도 뒤풀이를 해야 한다고 거듭 주장하던 오 선생의 얘기치 않은 변심에 모두들 의아해 했다. 모두들 그의 변심을 팁 때문이라고 생각하는 것 같았다. 그동안 스텝들에게 개인적으로 빚진 팁을 주긴 줘야 하는데, 끝 마당에 별도로 주기는 아깝고, 전체적으로 팁을 좀더 모아 주면서 슬쩍 묻어 버리려는 의도인 것 같았다.

"팁은 개별적으로 신세 진 만큼 알아서 주면 되고, 파티는 별도로 해야지요. 그래도 열흘 넘게 같이 지냈던 사람들인데요."

"파티는 무슨 파티, 팁을 더 주는 게 낫지."

결국 뒤풀이 건은 무산되었다. 그들에게 지불해야 할 공식 팁 120달러에다 고마움의 표시로 30달러씩 더 얹어서 150달러씩 주기로 했다. 쫑파티는 없던 것으로 마무리되었다.

방으로 돌아오는 길이 허전했다. 대부분의 사람들은 그동안 10여 일을 함께 움직이며 고생했던 스텝들과 함께 돈을 조금 들이더라도 제대로 된 파티를 해주고 싶었는데…. 특히 이 선생님과 혜안 스님이 몹시 아쉬워했다. 방에 돌아와서 오랜 만에 하상진 님, 박진순 님, 박재욱 님과 함께 맥주를 한 캔씩 했다. 이 선생님과 혜안 스님도 함께할까 했는데, 몹시 피곤했는지 벌써 잠자리에 들었다. 노크를 해도 기척이 없었다.

"거참, 이상하네? 우리처럼 술을 못 마시는 사람들도 똑같이 돈 내고 뒤풀이를 하겠다는데, 희한하게도 술이라면 사족을 못 쓰는 술고래들이 술과 안주, 노래까지 무한 리필된다는 쫑파티를 반대한다고 하니, 참 이해 안 되네?"

박재욱 님이 고개를 갸우뚱거리며 말을 꺼냈다.

"혹시 압니까? 가만히 생각해 보면 생각을 잘못 했다 싶어 다시 쫑파티 하자고 할지."

"이젠 못 한다. 한 번 안 하기로 했으면 그걸로 끝이지 뭐. 내일 선물로 줄 만한 것이나 잘 챙겨서 고생했던 친구들이나 나눠 줍시다."

"그럽시다."

그렇게 한참 대화를 나누고 있는데 문 두드리는 소리가 들려왔다. 누굴까? 아니나 다를까. 오 선생이었다.

"말씀 중이시네요. 드릴 말씀이 있어서….."

그는 우리가 농담 삼아 예견했던 대로 종파티를 삼겹살이나 구워서 술이라도 한 잔하면서 끝내는 것이 어떻겠느냐고 말을 꺼냈다.

"이미 끝난 얘기 또 해서 뭐합니까? 우린 각자 알아서 팁을 주고 끝내기로 했습니다."

그렇게 오 선생은 쓸쓸한 뒷모습을 보이면서 방을 떠났다. 우리도 곧 각자 방으로 돌아간 뒤 잠을 청했다. 룸메이트인 박재욱 님의 표정이 몹시 밝아 보였다. 콧노래를 흥얼거리는 얼굴에 행복이 가득해 보였다.

"즐거워 보입니다. 잘 자이소."

"그럼 행복하지, 그 어려운 순간을 이겨내고 5,550m를 올라갔다가 이렇게 내려와 있다는 거…. 헛헛…, 박 선생도 잘 자이소."

꼭! 챙겨 봐야 할 것들

1. 캉주마에서 여명 속의 아마다블람
2. 셀파 박물관. 소박하지만 색다른 맛이 있다.
3. 라자 브릿지. 안 볼 수도 없겠지만 볼수록 신통방통한 다리다.
4. 몬조의 가게들. 그림 가게를 들러 보라.

열나흘째 날

내 수염과의 첫 만남

아주 편안한 잠자리에서 향기로운 꽃향기와 함께 아침을 맞이했다. 창문의 커튼을 젖히자 창틀 높이로 만들어진 화단에 진노랑 말라꽃이 화사하게 피어 있었다. 오늘은 모닝 티를 가져오는 키친보이가 오기 전에 먼저 침대에 일어나 앉아 있었는데…. 잠시 후 똑똑, 역시 노크 소리가 들려왔다.

"컴온."

모닝 티를 들고 들어오는 키친보이들이 우릴 보고 의외라는 표정으로 웃었다. 그동안 대부분의 아침은 키친보이들이 잠을 깨워 일어났었는데, 이제는 잘 훈련된 새 나라의 어른이(?)가 되어 깨우기도 전에 알아서 일어난 모습이 우스웠던 모양이다.

"오, 마이 미스테이크."

내가 침대 이불 속으로 도로 들어가는 시늉을 하자 깔깔대고 웃었다. 그러자 앞니가 빠진 친구가 말한다.

"노노노! 선생님, 노 미스테이크. 마이 미스테이크."

하며 모닝티를 들고 도로 방을 나가는 시늉을 하더니 다시 방을 들어오는 척하며 "굿 모닝" 하고 외치며 넉살좋게 장난을 쳐왔다. 오늘 아침에 본 그들의 웃음은 순수하기도 하거니와 친근감이 가득한 웃음이었다. 그래서인지 종파티에 대한 미안함이 자꾸 떠올랐다.

오늘은 일정이 그렇게 바쁜 날이 아니라서 느긋하게 아침 샤워를 했다. 그러다 무심코 샤워기 옆 세면대에 있는 낡은 거울 속에서 열흘 만에 내 모습을 보았다. 아, 이게 내 모습인가? 그동안 내 모습을 보는 유일한 방법은 카메라의 뷰파인더를 통해서만 가능했었다. 이곳 팍딩 위로는 롯지에 거울이 없다. 거울이 없다는 것이 처음에는 무척 불편했었지만, 트레커에 대한 배려인지도 모른다는 생각이 들었다. 어차피 세면을 제대로 할 수도 없는 상황에서 거울을 보면 그 순간순간이 고통스러울지도 모른다. 거울 속의 내 모습…. 수염이 덥수룩하게 자라나 있었다. 그동안 매일 손의 촉감으로 하루하루 자라나는 수염의 모습을 상상하곤 했었는데, 직접 거울로 본 수염은 생각보다 많이 달랐다. 우선 생각보다 흰 수염이 너무 많았고, 내 수염이 자라는 생김새가 이렇다는 것을 처음 알게 되었다. 태어나서 한 번도 사흘 이상 수염을 길러 본 적이 없던 나에게 보름 남짓 기른 수염의 모습은 충격적이었다. 정작 검고 윤기 나는 수염을 가졌던 청년 시절에는 한 번도 길러 본 적이 없었고, 기껏 오늘에야 길러 본 수염은 하얗고 초라해 보였다. 현대를 살아가는 이른바 문명국의 사람들은 수염을 기르지 않는다. 아니 오히려 기르지 못한다는 것이 더 옳을 것 같다. 수염을 기른다는 것은 거친 느낌과 불복종, 미개함…, 이런 유쾌하지 못한 이미지 때문에 사회생활을 하는 대부분의 남자들이 복종의 의미처럼 수염을 깎는다. 그래서 평생을 살아가면서 제 수염이 어떻게 생겼는지도 모르고 살다가 죽는 것이 현대를 살아가는 이른바 문명국 남자들의 운명이다. 그것이 나에게는 '남자로 태어났지만 남자로 살지 못한 채 죽었다' 라는 거세의 의미로 다가왔다.

아침 식사를 하고 다시 하산을 시작했다. 오늘은 하산이 아니라 등산을 한다고 하는 게 옳을 것이다. 목적지인 루크라는 팍딩보다 표고가 200m 정도 높은 곳에 위치해 있기 때문에 쉬엄쉬엄 올라가야 했다. 팍딩 롯지 앞의 기다란 출렁다리를 건너가면서 오늘의 뚜벅이 일정이 시작되었다. 계곡을 따라 내려가자 두드코시 강의 격류가 강바닥을 후려치는 소리가 우렁차게 들려왔다. 활기찬 물소리를 들으며 계곡을 따라 내려가는 동안 몸이 활기찬 에너지로 충만해지는 느낌이었다.

평탄해진 길로 들어서자 민가와 감자밭, 가축을 키우는 우리도 보였다. 길은 구불구불 돌담으로 이어져 있었고, 교복을 입고 학교 가는 어린애들만 삼삼오오 노래 부르며 걸어갈 뿐, 마을은 한적했다. 함께 가던 이 선생님이 배낭에서 주섬주섬 무엇을 꺼내는가 싶더니 등교하는 어린학생들에게 볼펜 한 자루씩을 나누어 주었다. 그러자 순식간에 아이들이 모여들었다. 그는 한국에서 볼펜 10다스를 준비해 왔단다. 그 중 몇 다스는 트레킹하는 동안 아이들에게 이미 나눠 주었다. 볼펜이 순식간에 동이 났다. 그러자 늦게 와서 볼펜을 못 받은 아이들이 두 손을 벌리고 우두커니 서 있었다.

"이럴 줄 알았으면 좀더 준비해 오는 건데요. 못 준 애들이 눈에 밟히네요."

그는 볼펜을 못 준 애들이 자꾸만 신경 쓰이는 모양이었다. 아! 이렇게 간단하면서도 요긴한 선물이 있는데 나는 그 생각을 왜 못 했을까? 이곳의 아이들을 위해 볼펜을 준비해 간 그가 대단해 보였다.

한참을 걸었을까? '천하대장군', '지하여장군'을 새겨 놓은 장승과 마주치자 루크라가 가까워졌다는 반가움과 곧 쿰부 히말라야를 떠나야 한다는 아쉬움이 교차한다. 돌길을 따라 약간의 오르막을 올라갔다. 돌길 오르막을 오른다는 것은 루크라 바로 코밑까지 도착했다는 의미이다. 마지막 한 구비 오르막을 돌아서자 루크라의 그 아치 경계문이 계단 위에 버티고 있었다. Welcome. 저 계단을 오르고 문을 통과하면 다시 현세로 들어서게 된다. 문 한가운데를 지나가자 감회가 밀려왔다. 속세가 반갑기도 하고, 초월의 세계를 빠져 나온다는 것이 못내 서운하기도 했다. 만약 이 문의 안과 밖의 세상 중 어느 한 곳을 선택하라면, 나는 어떤 것을 선택할 것인가? 앞으로 이 물음은 두고두고 내 삶의 화두가 될 것 같았다.

루크라에 막 들어선 풍경. 룽다가 반갑게 느껴진다.

문명의 세계 루크라

루크라 시장은 장날 분위기였다. 나는 시골 장날 보자기에 싸여 온 촌닭처럼 멀뚱멀뚱하니 골목을 살피며 지나갔다. 야바위꾼도 보이고, 손가락으로 치는 포켓볼, 노름하는 아이들이 뒤섞여 떠들썩한 것이 영락없는 장날 분위기였다. 레스토랑에서 흘러나오는 클래식 음악이 있는가 하면, 한편에서는 경전 읊는 소리, 비디오방에서는 영화 효과음, 비행장에 비행기 이착륙하는 굉음 등 온갖 소리들이 뒤섞여 들려왔다. 열이틀 전 이곳을 떠나갈 때만 해도 가게가 있는 조용한 산중 시장 정도로 생각되었었는데, 오늘 이곳이 이렇게 번화하고 번잡하게 느껴지는 것은 왜일까? 아마 그동안의 오지 트레킹이 나를 그렇게 변화시킨 까닭이리라. 그렇게 촌뜨기 마냥 얼떨떨해진 내 모습에 자꾸 웃음이 나왔다.

비행장 철조망을 에둘러 롯지에 도착했다. 미리 도착한 요리 팀이 식사 준비를 하는 동안 우리는 햇살이 따갑게 내리쬐는 정원에 앉아 담소를 나누었다. 점심 식사는 대표적인 네팔 전통 음식인 달밧 따까리였다. 달밧은 원래 손으로 조물조물해서 먹어야 제 맛이지만, 우리는 아직 그 정도로 토속화되진 않아 선뜻 나서지 못했다. 그래도 마음 한구석에서는 손을 씻고 와서 한 번 손으로 도전해 봐? 하는 생각이 들기도 했다. 생각보다 달밧은 맛있었다. 외국의 음식이라 여러 모로 잘 안 맞을 거라는 예상하고는 딴판이었다. 그동안 알게 모르게 우리의 입맛도 쿰부에 많이 토속화된 것 같다.

네팔 전통음식 달밧. 처음이지만 맛있게 먹었다.

주방장 '담배'. 네팔에서 제일 인기 있는 직업이 트레킹 팀의 주방장이란다. 네팔에서 담배는 한국 음식의 지존이었다.

점심을 먹고 방을 배정 받았다. 긴장이 풀린 탓일까. 졸음이 밀려왔다. 호흡이 자유롭고, 살랑살랑 창문을 넘어 들어오는 따뜻한 바람을 느끼며 즐기는 낮잠은 달짝지근한 단맛이었다. 느낌은 지극히 행복했다.

낮잠에서 깨어나 가장 먼저 할 일은 짐 챙기는 일이었다. 우선 남체 바잘에서부터 좁키오 등에 싣고 온 짐을 풀어 일행들에게 나눠 주었다. 그리고는 부리를 불러다가 한국에서 준비해간 손목시계를 그동안 고생했던 스텝들에게 나눠 주라고 전해 주고, 필요한 것이 있으면 챙기라고 했다. 잠시 머뭇거리던 부리는 한 번씩 사용했던 등산양말과 줄 수 있다면 짚티, 바지를 줬으면 좋겠다고 했다. 한 번 쓴 것을 어떻게 주겠냐며, 새것을 가지라니 새것은 부담스럽다며 굳이 헌것을 챙긴다. 그래서 부랴부랴 양말과 옷을 모두 빨았다. 부리가 그냥 줘도 된다고 했지만, 그냥 그렇게 줄 순 없었기 때문이다. 그리고 사용하고 남은 다이나막스, 항생제, 소화제, 수면제, 지사제, 1회용 밴드까지 부리에게 모두 건네주자 부리는 활짝 웃으며 "감사합니다"를 연발한다. 이제 분배는 모두 끝난 것 같았다.

'이제 무얼 한담? 그래 하산주!'

하상진 님과 함께 루크라 비행장 너머의 상가로 넘어가서 '산미구엘' 맥주 여섯 캔을 사고, 오는 길에 '루크라 베이커리'에 들러 해발 2,840m에서 구워 만든 빵을 샀다. 산미구엘은 필리핀 맥주인데, 특이한 것은 미적지근한 온도에도 지린 맛이 아닌 고소한 맛이 난다는 장점이 있다. 그래서인지 루크라부터 고락셉까지의 가게에 있는 맥주란 맥주는 대부분 산미구엘이었다. 냉장고 없이도 팔 수 있는 맥주이기 때문이었다.

빵은 주인인 파티쉐가 직접 구워 만든 것이다. 콧수염이 인상적인 듬직한 파티쉐가 갓 구워낸 빵을 주겠다며 매장에서 제빵실로 우리를 안내했다. 빵 중에 먹음직스러워 보이는 것을 몇 개씩 골랐다. 블루베리스콘, 베이글, 데니쉬, 페스트리…. 빵 값이 그리 싼 편은 아니었지만 고산에서 구워낸 빵맛을 보는 것도 좋은 기억이 될 것 같았다. 고도가 높을수록 비등점이 낮아 화력을 내기가 어려워 빵 만드는 것도 평지와는 많이 다를 것이다. 루크라의 비등점은 대략 92°쯤 되는 모양이다. 그래서일까? 루크라 베이커리의 빵은 쫀득한 근기가 조금 떨어지는 것 같았다. 하지만 오랜 만에 맛보는 빵이라 그럴까, 맛이 절묘했다. 빵을 먹다 박진순 님에게 슬쩍 장난을 쳤다.

"빵 맛 끝내주지요?"

"고산에서 먹는 귀한 빵이라 그런지 정말 끝내주네요."

"이 빵 이름이 뭔 줄 아세요?"

"글쎄요 베이글 종류 같은데?"

"정답은 이팔사빵입니다"

"이팔사빵?"

"해발 2,840m에서 구워낸 빵. 그리하여 이팔사빵, 하하하."

모두들 웃었다. 이럴 줄 알았으면 페리체의 독일 빵집에서 사이칠빵(4,270m)도 사먹어 보는 건데…. 우리는 산미구엘과 함께 하산주를 마셨다.

"무사 산행을 자축하면서, 이번 산행이 앞으로의 삶에 행복을 가져다 주길 바라며, 우리 모두와 특히 이팔사빵을 위하여!"

"위하여!!!"

하산주를 마시고 잠시 휴식 시간을 가졌다. 그 사이에 잔디 마당으로 나간 하상진 님은 한국에서 차고 온 고급 손목시계를 풀어서 아침마다 모닝티를 성의껏 끓여다 주던 앞니 빠진 키친보이에게 선물로 건넸다. 시계를 받은 그는 입 안 가득 웃음 지었다. 웃는 모습이 보기 좋았던지 하상진 님의 표정도 행복해 보였다.

밍마의 시계

나는 문득 밍마를 떠올렸다. 페리체에서 내 손목의 시계가 두 개라며 무척이나 부러워하던 17살짜리 소년. 나는 그 아이를 찾아보았지만 보이지 않았다. 가이드에 물어보니 좁키오를 몰고 남체에 갔단다. 남체에 있는 좁키오 주인에게 인계하러 갔다는데, 남체라면 우리가 이틀 동안 죽을 고생을 하며 올라갔던 곳이다. 이런! 조금 전에 남체로 출발했으니 이제는 밍마를 만날 수 없게 되었구나⋯. 아뿔싸! 손목시계를 꼭 밍마에게 주려 했었는데⋯. 허탈감이 밀려왔다. 그렇게 시계를 갈구하던 초롱초롱한 눈빛이 떠오르며 마음이 알싸해졌다. 그럴 줄 알았으면 점심 때 미리 줘버릴 걸⋯. 아마도 전해 주지 못한 미안함은 히말라야 트레킹의 멍에가 되어 한국에 돌아와도 가슴에 오래오래 남을 것 같았다. 나는 허전한 마음으로 창밖 풍경을 물끄러미 내려다봤다.

잔디 마딩에는 스텝들에게 주려고 빤 옷가지가 긴 줄에 가득 널려 있었다. 박재욱 님이 그곳에서 요리 팀과 농담도 하고 장난도 쳤다. 이곳에 트레킹을 오면 스텝과 트레커는 가족 같은 친밀감을 느끼게 된다. 물론 사히브(고용인)와 쿨리(피고용인)의 관계로 트레킹을 하지만, 오래도록 서로 부대끼며 지내다 보면 서로가 가슴을 열고 친구가 된다. 그런데 정작 가슴을 서서히 열게 되는 것은 그들이 아니라 우리다. 왜냐하면 그들은 처음부터 가슴이 열려 있었으니까.

청정한 공기를 마시면 폐포가 펴지고, 오염된 공기를 마시면 폐포가 오그라들듯 우리는 그동안 오염된 도시생활에서 폐포를 닫듯 가슴을 닫고 살아 왔다. 그리고 이제 깨끗한 공기를 호흡하자 비로소 폐포가 열리고 마음 또한 열리게 된 것이다. 가슴이 열리자 머리가 맑아지고, 머리가 맑아지자 마음이 행복해졌다. 히말라야의 맑은 공기는 곧 이곳 사람들의 맑은 마음이다. 막상 이들과 헤어지려니 왜 진작 좀더 친근하게 대하지 못했을까 하는 후회가 밀려왔다.

얼마 있지 않아 일몰이 시작됐다. 히말라야에서 마지막으로 보는 저녁놀. 멀리 루크라 반대편 설산의 끝부터 붉게 타올랐다. 그리고 어둠이 순식간에 밀려들었다. 해가 지는가 싶더니 금방 컴컴해졌다. 어둠속에서 문명의 상징처럼 루크라 공항의 관제탑과 상가의 불빛이 하나 둘 켜지기 시작했다.

"선생님, 디너."

치킨보이가 저녁을 먹으러 식당으로 올라오란다. 허전한 마음으로 3층 식당을 올라가려고 계단에 발을 딛는 순간, 엉?⋯.

"밍마!"

분명 그 녀석이었다. 남체로 출발했다던 밍마가 어찌된 일인지 다시 롯지에 돌아와 있는 것이다. 남체로 가지 않았느냐고 물으니, 대답은 "남체 고, 루크라 고"란다. 아무래도 남체를 갔다 왔다는 말 같은데, 세상에 무슨 축지법을 쓰는 것도 아니고⋯. 모르긴 해도 남체 바잘의 남체가 아니라 그 근처에 남체라는 마을이 있거나 좁키오 주인 또는 농장 이름이 남체였던 모양이다. 아무튼 밍마를 다시 만난 것은 다행한 일이었다. 나는 그의 손을 부여잡고 방으로 데리고 왔다.

"밍마, 시계 줄까?"

밍마가 뜻을 금세 알아차리고 눈이 휘둥그래졌다. 뜻밖의 선물이라는 뜻이었다. 아마 페리체 협곡을 지나오면서 시계는 얻지 못할 거라고 내심 포기했었던 모양이다.

"땡큐."

밍마의 환해진 얼굴을 보면서 모두들 덩달아 얼굴이 환해졌다. 이 하잘 것 없는 손목시계 하나로 인간을 저렇게 행복하게 만들 수 있다는 것이 감사할 따름이었다.

휫산 뺄리리

식당에 들어서자 분위기가 심상찮았다. 식당 한견에 푸짐하게 저녁이 차려져 있어 처음에는 어리둥절했다. 그동안 스텝들은 철저한 카스트 제도로 식사 시간과 자리가 서로 달랐었는데, 오늘 하루만큼은 자리 배치만 조금 다를 뿐 모두 함께 식사를 했다. 그리고 그들이 준비한 '럭시'라는 네팔 식 고량주와 '뚱바'와 '창'이라는 막걸리가 나왔다. '히말라야에서 술은 곧 죽음'이라는 생존의 법칙은 산을 오를 때의 법칙일 뿐이다. 이미 고산에 적응하고 하산한 자는 술을 즐길 수 있는 특권을 갖는다. 술을 한 잔 두 잔 하다 보니 흥이 났다. 스텝들도 술을 즐겼다. 보통 대부분의 셀파 족들은 술을 즐긴다고 한다. 그래서 셀파나 가이드를 고를 때는 술꾼인지 아닌지 잘 살펴보고 골라야 한다고 한다. 자칫 순간의 선택이 잘못되면 안내 받기는커녕 트레킹 내내 술 때문에 속을 썩는 경우도 많다고 한다.

식사기 끝나사 한국어가 유창한 푸르바가 사회를 보기 시작했다.

"선생님, 반갑습니다. 오늘 이 자리는 우리들이 준비했습니다. 누가 준비를 하든 우리의 전통은 한 번 온 손님을 아무런 환송 파티도 없이 그냥 보내는 법은 없습니다. 그래서 오늘은 저희들이 준비했으니, 아무 부담 갖지 마시고 즐기시기 바랍니다. 진행은 우리 전통 방식대로 할 겁니다."

부담 갖지 말라는 푸르바의 말에 오히려 부담이 느껴졌다. 그것은 우리가 쫑파티를 준비하지 못했다는 미안함과 진행의 전권을 쥐고 있는 저 친구가 무슨 짓궂은 장난을 칠지 모르기 때문이었다. 푸르바가 눈짓을 하자 스텝들이 모두 일어나 노래 부르며 춤을 추기 시작했다. 그들이 부르는 노래는 "휘싼 뺄리리"라는 네팔 전통 노래였다.

"이 노래는 산에서 만난 아가씨에게 반한 남자가 사랑을 노래한 네팔 대표 노래(민요)입니다. 이번엔 선생님들이 화답하는 노래를 해주셔야 합니다."

우리는 갑작스런 제안에 쭈뼛거리다 '아리랑'을 부르기로 하고 합창을 했다. 이국 만 리 네팔에 와서 아리랑을 합창하는 기분이 묘했다. 노래가 끝나자 다시 네팔 민요를 부르고, 우리는 답가를 하고, 그러면서 술을 마시고 흥에 취해 갔다. 이번엔 모두를 식당 중앙으로 모아 놓더니 롯지 주인이 틀어 주는 요상한 네팔 음악에 맞춰 춤을 추었다. 의외로 신명이 많은 친구들이었다. 낙천적인 인생관 때문일까. 춤추기 시작하자 그동안 보여 왔던 수줍음이나 쑥스러움은 온데간데없고, 심취하고 열광하는 셰르파 족 남자만이 홀 안에 가득했다.

이번엔 팝송이 흘러나왔다. 댄스곡이라기엔 느린 박자였지만, 스텝들은 이런 음악에 이골이 났는지 느릿느릿하면서도 절도 있게 잘도 춤을 추어 댔다. 흥이 나기 시작하자 이번엔 마침 식당 안에 있던 서양 트레커들도 함께 엉켜 춤을 추기 시작한다. 그렇게 신명 나게 춤을 추는데 참으로 놀라운 것은, 열이틀 전 이곳 비행장에 내리자마자 고산 증세로 춤은 고사하고 계단 오르기도 어려웠던 내가 한국에서처럼 펄쩍펄쩍 뛰어 가며 춤을 출 수 있다는 사실이었다. 역시 적응력이 곧 생존력인가 보다. 가난하지만 손님을 그냥 보내는 법이 없다는 그네들의 따뜻한 마음이 우리를 부끄럽게 했다. 조금씩 돈을 갹출해서 고기도 구워먹고 노래방도 가면 좋았을 텐데….

환송파티. 치킨보이들. 맨 오른쪽이 밍마다.

환송 파티의 댄스 타임. 셸파들은 발뒤꿈치만으로 고무공 튀듯이 통통 튀는 특이한 춤을 추고 있다.

행사를 마치고 숙소로 돌아가는 길에 그동안 아침마다 따뜻한 모닝 티와 함께 모닝콜을 해주던 두 명의 치킨보이에게 주머니에 남아 있던 네팔 지폐 400루피 두 장을 각각 한 장씩 나눠 주었다. 환하게 웃으며 몇 번이고 감사를 표현하는 그들에게서 내가 돌려받은 것은 '8,000루피의 행복감'이었다. 그을리고 부르터서 새까만 손, 새벽이면 얼음물에 맨손으로 감자를 씻고 양파를 까곤 하던 그들에 대한의 기억에 다시 한 번 가슴이 뭉클해졌다.

꼭! 챙겨 봐야 할 것들

1. 루크라 시장 풍경
2. 스텝과 함께할 수 있다면 나름대로의 환송 파티

열닷새째 날
| 루크라 – 카트만두 – 더르바르 광장 – 전통 식사 |

씨유 레이터, 밍마

청아한 새소리와 코끝에 와닿는 신선한 공기를 느끼며 잠에서 깨었다. 기상 시간은 여느 때보다 조금 일렀다. 이제 아침을 먹고 경비행기에 몸을 실어 카트만두로 가기만 하면 되었다. 하지만 루크라의 날씨는 언제 변할지 모르기 때문에 가능하면 서둘러야 했다. 오후가 되면 일기가 나빠져서 자칫 비행기가 이륙하지 못하는 경우도 허다하기 때문이었다. 아침을 먹는 동안에도 앞산의 설봉이 아침놀로 붉게 타올랐다. 히말라야는 떠나는 마지막 날까지 우리에게 붉은 아침놀이라는 선물로 배웅해 주었다.

그동안 그 무거운 짐을 싣고 나르던 좁키오도 없고, 지금부터는 순전히 자기 힘으로 짐을 날라야만 했다. 그동안 먹고 마시며 부피와 무게를 많이 줄이긴 했지만, 여전히 무거운 연두색 카고백을 손에 들고 배낭을 짊어진 채 루크라 비행장으로 향했다. 비행장이라고 해봐야 바로 코앞이어서 총 이동 거리는 40~50미터에 불과했다. 그동안의 정 때문일까? 셀파와 키친 보이들이 부득불 짐을 들어 주겠다며 공항 대합실까지 짐을 들고 따라 나왔다. 비행기 표를 끊고 잠시 대기한 다음 짐을 부치고 개찰구를 향해 걸어 갔다. 스텝들이 손을 흔들며 배웅해 주는 가운데 밍마도 초롱초롱한 눈빛 으로 서 있었다.

"밍마. 굿바이.

"굿바이~.

밍마는 자그마한 목소리로 배웅했다. 뭔가 어색한 느낌의 이별인 것 같 았다 그래서 나도 모르게 불쑥 한 마디 더 던졌다.

"밍마. 씨 유 레이터."

밍마는 말을 알아들었는지 미소를 잔뜩 머금은 채 손을 흔들며 해맑게 웃었다. '다시 만나자'고 인사를 했는데, 언제 다시 만날 수 있을지 모를 일 이었다. 몇 년이 지나면 밍마는 건장한 청년이 되어 있을 것이다. 그리고 그들의 아버지와 형들이 했던 것처럼 포터를 하거나 가이드를 하며 자신의 삶을 살아가게 될 것이다. 그것을 자신의 운명으로 고스란히 받아들이면 서….

경비행기가 갑자기 소리를 높였다. 솜으로 귀를 틀어막았지만 가히 폭발 적인 굉음이었다. 굉음은 곧 이륙한다는 것을 뜻했다. 비행기는 출발점에 서자마자 몸을 틀어 지체 없이 활주로 끝 절벽을 향해 내리막을 내리 달렸 다. 프로펠러의 굉음과 바퀴의 격한 진동으로 가득한 격정적인 순간이 지 나자 일순 바퀴가 조용해졌다. 비행기가 대지를 떠나 자유로워지는 순간이 었다. 비행기의 바퀴가 땅에서 떨어지는 순간 히말라야에서 나는 타인이 되었다. 창밖으로 설경이 가득했지만 그곳은 이미 만질 수도 갈수 도 없는 곳이 되어 버렸다.

구름이 끼기 시작했다. 카트만두에 가까워질수록 안개같이 뿌연 구름이 많아지더니 시야가 점점 흐려졌다. 그리고 아주 희뿌연 스모그가 나타났다. 비행기가 구름 속으로 한참을 비행한 뒤에야 불쑥 구름 밖을 빠져나왔다.

카트만두였다. 카트만두는 여전히 넓었고, 직사각형의 블록을 깔아 놓은 듯 야트막한 집들이 촘촘하게 자리 잡고 있었다. 그리고 그 사이로 좁다란 도로가 보이기 시작하자 착륙도 하기 전에 벌써부터 매캐한 시내의 모습이 떠올랐다.

미-스테이크

시내에 도착하자 먼저 점심을 먹으러 갔다. 숙소인 하얏트 호텔은 아직 체크인하기에 너무 이른 시간이라 점심을 먹고 오후에 들어가야 했다. 시내를 빙빙 돌다 점심 식사를 하러 레스토랑에 들렀는데, 그곳도 아직 오픈 전이란다. 그래서 도로를 따라 도보로 시내를 둘러보기로 했다. 청정 지역에서 열흘 이상 지내다 내려온 탓에 카트만두 시내의 공기가 너무 탁해 호흡이 곤란했다. 매캐한 공기에 역겨움이 느껴지고, 자동차 배기가스에 구토가 날 지경이었다.

그곳을 지나다 보면 나라얀히티 왕궁도 보이고 박물관도 보인다. 그것은 원래 마지막 힌두 왕조인 샤 왕조의 가넨드라 왕이 거주했던 왕궁이었다. 그런데 얼마 전 사회주의 국가가 세워지면서 왕정이 끝나게 되어, 그 건물의 일부가 박물관이 되었다고 한다.

그렇게 한참 시내 구경을 한 뒤에 다시 레스토랑을 찾아갔다. 점심은 달밧 전통 음식부터 스테이크까지 다양했다. 문득 힌두교 신자가 다수인 카트만두에서 소고기 스테이크를 판다는 것이 신기했다. 그곳 소고기 스테이크가 어떤 맛일지 궁금했다.

"난 소고기 스테이크."

"나도."

스님을 제외한 모두가 소고기 스테이크를 먹겠단다. 사실 이곳 네팔은 닭고기가 고급 음식이고, 소고기나 돼지고기는 조금 격이 떨어지는 음식이라고 한다. 하지만 그것은 현지인들의 생각이고, 우리에게는 소고기가 더 먹음직스러운 걸 어쩌겠는가? 문제는 단 한 사람. 성 여사는 이걸 먹을까, 저걸 먹을까 하며 자꾸 재는 것이 좀 불안해 보였다. 그러다 결국 일이 터졌다. 종업원이 사람 수와 관계없이 주문한 숫자만큼의 스테이크를 들고 왔는데, 주문도 안 한 성 여사가 먼저 스테이크를 차지하다 보니 결국 순번에 밀린 윤 선생이 쫄쫄 굶게 생겼다. 다시 주문하면 안 될 것도 없지만 시간이 문제였다. 성격 좋기로 정평이 나 있는 윤 선생도 배가 많이 고팠는지 민감한 반응을 보였다. 그러자 안 그래도 못 마땅해 하던 박재욱 님이 한마디 거들었다.

"그래서 남들 고를 때 같이 선택하라니까요. 여기 애들은 우리처럼 쪽수 세아리고(세고) 안 합니다. 안 먹는 사람이 있을 수도 있기 때문에 주문한 만큼만 준다 아이가."

성 여사 입장이 난처해지는 순간이었다. 결국 그녀가 선택한 것은 그녀답게도 자학적 정면 돌파였다.

"그래, 내가 나쁜 년이여, 내가 죽일 년이여, 내가 미친년이여."

결국 스테이크 1인분을 추가 주문시키고 점심을 먹었다. 식사 전부터 분위가 조금 곤두선 탓인지 고기 맛이 별로였다. 육질은 질겼고 조리법도 우리와는 많이 다른 것 같았다. 잔뜩 뿔이 나 있는 윤 선생의 증오의 아우라를 강하게 느낀 성 여사의 슬프고도 초라한 식사 모습이 식사 시간 내내 이어졌다.

더르바르 광장과 전통 공연

하얏트 호텔에 여장을 풀고 우선 샤워를 한 다음 우리는 오수를 즐겼다. 그리고 오후 3시쯤에 나간 곳은 더르바르 광장이었다. 이곳은 구 왕조의 왕궁이었다. 그곳은 왕궁 외에도 시바 신전을 비롯한 많은 신전이 있고, 특이

호텔 로비에 비치된 현지 신문들.   더르바르 광장 근처의 신문 가판. 문맹률 80%
의 네팔에서 신문은 어떤 의미일까?

한 것은 그 한 쪽에 버젓이 교도소가 있다는 것이다. 가이드 말에 의하면, 교도소가 여기 있는 까닭은 이곳에 신전이 있기 때문에 빨리 교화되어 좋은 사람이 되라는 뜻이란다.

처음엔 왕궁이 있는 신전 옆에 교도소가 있다는 것이 이상하게 느껴졌지만, 그것은 편견이라는 생각이 들었다. 대부분의 교도소는 격리 혐오시설이 되어 항상 외진 곳에 위치하면서 외부와 철저히 단절시키는 것이 일반적이다. 하지만 죄인을 바로잡고 올곧은 인간으로 교도하여 정상적인 사회인으로 적응시키려면 이곳 카트만두 교도소 같은 입지도 좋을 듯했다. 다만 신의 은총이 가득한 더르바르 광장의 교도소에 수감 중인 죄인마저도 행복도가 높아져서 만족스런 교도소 생활로 출소를 거부하는 일이 생기지나 않는지 걱정 아닌 걱정이 일기도 했다.

신전도 끗발 순인 모양이다. 신전 가운데서도 '시바 신전'이 가장 붐볐다. 신전을 참배하는 데도 일정한 격식이 있는 것 같아 보였다. 우선 커다란 향로에 향을 피우고 신전 안에 들어가 기도를 올린 뒤, 신전을 한 바퀴 돌면서 처마 끝에 산사의 풍경처럼 달려 있는 종을 차례대로 돌아가며 쳤다. 그렇게 시바 신전은 뎅그렁거리는 종소리와 함께 참배객들이 경문을

바이라브석상 모습. 인트라자트라 축제 때에는 석상의 입에서 흘러나오는 술을 사람들이 받아 마신다고 한다.

외는 소리로 장엄한 분위기를 자아냈다. 그러나 너무 많은 사람들로 붐빈 탓인지 근엄함은 보이지 않고 산만해 보였다.

앞마당에는 시바의 화신이라는 '바이라브' 석상이 우리네 사찰의 사천왕처럼 눈을 부릅뜨고 여러 개의 팔을 휘두르는 모습이 보인다. 그곳에도 많은 사람들이 줄을 지어 향을 피우며 차례대로 빌고 또 빌고 있었다. 과연 이들은 무엇을 빌고 있을까?

그리고 광장 한가운데에는 상인들이 좌판을 벌이고 있었는데, 쉴 새 없이 날아다니는 비둘기 때문에 제대로 구경을 할 수가 없었다. 그러는 가운데서도 유별스레 눈에 띄는 사람이 있었다. 도인처럼 화려한 옷감으로 몸을 감은 사두(sadhu, 힌두의 성직자)였다. 밝은 진노랑색이 눈에 띄는 그

구왕궁 건물 처마 밑에는 남녀의 성행위 모습이 조각되어 있다.

사두는 수도와 사진 모델을 겸하는 모양이었다. 그는 관광객과 사진을 함께 찍어 주는 대가로 돈을 받기도 했다.

한편으로 그곳은 젊은 남녀가 데이트를 하는 곳이기도 했다. 데이트 중인 젊은 남녀와 교복을 입은 여고생들이 군데군데 앉아서 이야기를 나누고 있다. 그런데 그곳의 건축 양식은 특이하게도 처마 밑의 장식이 남녀가 성애를 나누는 적나라한 장면이 줄지어 조각된 곳이라 학생들과 아베크족들이 있기에는 왠지 부자연스럽게 느껴졌다. 하지만 아무렇지도 않게 데이트를 즐기는 것을 보면 그들에게는 이런 풍경들이 일상에 불과한 모양이다. 그에 반해 이방인인 내 눈에는 부조화된 일탈로 보였다.

그리고 다시 찾은 타밀 시장. 이제는 지리감각이 제법 늘었다. 시장 입구에 들어서자 골목별로 주로 팔던 물건과 풍경이 떠올랐다. 그 동안 성가시게 느껴지던 거리의 잡상인들의 접근이 살갑게 느껴졌고, 막연한 귀찮음 대신 친근한 느낌이 들었다. 거리를 걷다 보면 행상들이 말을 걸어온다. 대부분 일본인 또는 중국인이냐고 묻는다. 웃으면서 아니라고 대답하면 눈치 빠른 상인은 "안녕하세요?" 하며 한국말로 접근한다. 그러면 답례로 파는 물건을 봐주는 척 얼마냐고 물어 보고는 제 갈 길로 가는데, 이곳의 상인들은 그렇게 집요하게 권유하지는 않는다.

너무 늦게 왔을까? 아쉽게도 어둠이 내리기 시작했다. 급하게 지도 한 장을 사고 다시 시장을 빠져나왔다. 이제 저녁을 먹으러 전통 음식점으로 가야 했기 때문이었다. 달밧 따까리를 먹고 전통 민속공연도 보는 곳은 그곳에서 차로 5분 정도 떨어진 어느 골목 안이었다. 공연장이라기에 극장식 대형 공연시설로 생각했는데, 의외로 작은 건물이었다. 입구에는 두 손을 모아 인사하는 여주인이 우리를 맞이했고, 안으로 들어갈 때는 맨발로 들어가라고 가르쳐 주었다. 맨발로 들어가자 안에는 좌식 테이블이 길게 자리하고 있었다. 그리고 한 쪽 구석에 자그마한 무대가 보였다. 이곳은 중앙에 큰 방과 큰 무대가 있고, 그 좌우에 작은 방과 작은 무대가 있었는데, 우리는 그 중 작은 방에 앉았다.

음식을 먹으면서 공연을 보기 시작했다. 공연은 그렇게 화려하지도 현란하지도 않았지만, 전체적은 음악과 무용은 밝고 흥겨웠다. 달밧(달밧은 달밧 따까리의 약칭이다. 달=Dhal, 콩으로 만든 스프, 밧=Bhat, 밥, 따까리=Tacari, 야채, 피클)을 먹었다. 식사 도중에 서빙하는 전통 복장의 남자가 전통술인 럭시를 녹차 사발 같은 그릇에 부어 주었다. 그는 그냥 선 채로 주둥이가 기다란 술 주전자를 부어 그릇까지 낙하시키는 재주를 부렸다. 그렇게 높은 곳에서 부어 주는 술인데도 술이 그릇 밖으로 튀지 않는 것이 신기했다.

전통주가 나오고 맥주도 나왔다. 이번엔 네팔에서 만들었다는 '에베레스트 비어'를 한 잔 했다. 맥주 맛은 생각보다 괜찮았다. 그렇게 카트만두에서의 마지막 밤은 깊어만 갔다. 산행을 모두 마쳤다는 성취감과 느슨해진 긴장감, 맛스런 달밧 코스 요리와 전통술인 럭시, 뚱바, 창, 맥주…. 행복한 시간이었다.

달밧을 먹으면서 보는 셀파 족 전통공연.

꼭! 챙겨 봐야 할 것들

1. 카트만두 가는 길의 히말라야 풍광. 비행기 오른쪽에 앉아야 볼 수 있다.

2. 시내 왕궁. 시간이 되면 박물관도 구경하라.

3. 더르바르 광장

4. 네팔 전통요리인 달밧요리 맛보기와 전통공연 관람하기

열여섯째 날

| 하얏트 - 불교 사원 - 몽키 공원 - 일식 - 귀국 |

만다라

아침 기상과 함께 샤워를 했다. 조그마한 볼록 TV에서는 쉴 새 없이 요가 동작과 음악이 흘러나왔다. 나이가 들어도 집에 간다는 것은 역시 설레는 모양이었다. 샤워를 하고 나오는 박재욱 님의 콧노래가 흥겨웠다. 짐을 챙겼다. 혹시 빠진 게 없나 꼼꼼히 챙기는 것은 이제 떠나면 잊은 게 있더라도 다시 찾으러 올 수가 없기 때문이다. 연두색 카고백은 여전히 두툼했다. 그동안 부피를 많이 줄이긴 했지만 선물로 산 숄의 부피가 만만찮았기 때문이다. 그래도 무게만큼은 가뿐해졌으므로 모르긴 해도 짐 무게 때문에 오버차지 물어야 할 일은 없을 것 같았다.

아침 식사를 하러 식당에 갔다. 음식 맛이 근사해진 걸 보니 그동안 알게 모르게 네팔 음식에 많이 적응된 것 같았다. 시큼한 요구르트도 맛나고, 얇게 썰어 놓은 냄새나는 치즈도 맛있었다. 식사를 마치고 향이 진한 커피를 한 잔 마시고 나니 세상을 다 가진 느낌이다.

짐을 문 밖에 내다 놓고 로비로 올라갔다. 아침 햇살이 들어오는 창밖 풍경이 좋아 잠시 테라스에 나가서 시내의 모습을 눈에 담아 두었다. 그리고 사람 키 높이의 탑으로 가득한 로비에 앉았다. 이제 조금 후면 이 하얏트 호텔도 떠나야 한다. 아쉬움 때문인지 모두들 사진을 찍었다. 잠시 후 부리와 푸르바가 도착했다. 우리는 호텔을 나섰다.

호텔 정문을 빠져 나가자 완연히 달라진 시내풍경이 눈에 들어오기 시작했다. 그동안에는 정문에서 오른쪽으로만 다녔었는데, 오늘은 '보우더나트'로 가기 위해 왼쪽으로 갔기 때문이다. 카트만두 최대의 불교 사원인 '보우더나트' 정문에서 입장료를 내고 사원 안으로 들어가자 중앙에 세계 최대의 거대한 초르텐이 있고, 초르텐을 중심으로 바깥쪽으로 상가와 사원 건물이 요새처럼 빙 둘러 서 있었다. 초르텐을 한 바퀴 돌고 상가를 둘러봤다. 상가에서는 등산용품, 기념품, 만다라 등을 팔고 있었다. 그 중 만다라를 파는 가게가 가장 많이 차지하고 있었다.

만다라 가게를 기웃거리자 점원이 재빨리 다가와서 타밀 시장 상인처럼 '니혼진'(일본인)이냐고 물었다. 아니라고 하자 '차이나'냐고 다시 물었다. 내가 웃으며 고개를 갸웃거리자 어디서 왔느냐고 묻는다. 아마 나라별로 흥정의 특성이 있어서 물어보는 것이 아닌지 나는 도리어 점원에게 묻고 싶었다. 점원은 끈질기게 만다라를 권했다. 얼마냐고 물으니 50달러란다. 너무 비싸다고 손사래를 치며 옆집으로 가서 물으니 40달러란다. 바로 옆집인데 10달러나 차이 나는 것은 너무한 것 같았다. 그런데 또 그 옆집은 35달러…. 몇 집을 지나자 20달러에 해주겠단다. 황당하기 그지없었다. 그런데 우연찮게 내부를 들여다보니 아뿔싸! 그 여러 개로 나누어진 가게가 모두 같은 집 가게였던 것이다. 밖에서 보면 각각의 가게로 보이는데, 실제로는 안이 서로 트인 가게였다. 아마도 관광객이 오면 옆집으로 갈수록 깎아 주듯이 장사를 하는 모양이었다.

보우더나트의 세계 최대 규모의 초르텐(스투파).

보우더나트 안에 있는 사원. 셀파 문양이 선명하다.

살아 있는 여신 쿠마리

사원을 빠져나와 다시 '쿠마리'를 만나러 쿠마리 사원으로 갔다. 쿠마리
는 세계 유일의 살아 있는 여신으로 혈통과 일정한 자격을 검정하여 선발
한다. 우선 4~5세의 여자 아이로 성이 석가모니와 같은 사카 씨(氏)이어야 하

고, 얼굴이 예쁘고 눈동자가 검어야 한다. 또한 홀로 어두운 방에 하루 동안 있으면서 말머리를 밀어 넣어도 놀라거나 울어서는 안 된다. 예언과 예지의 능력이 있다고 온 국민으로부터 추앙받는 쿠마리는 개인적으로 볼 땐 비운의 여인이다. 쿠마리는 초경이 시작되면 자격이 정지되어 일반인으로 돌아온다. 하지만 죽을 때까지 결혼을 할 수 없고, 홀로 살아야 한다.

오전 10시 30분. 쿠마리를 알현할 수 있는 시간은 하루 한 번뿐이어서 시간을 맞추어 부랴부랴 쿠마리 사원 안으로 들어갔다. 쿠마리 사원은 3층으로 된 건축물로서 구조는 ㅁ자 모양으로 생겼고 조각장식이 화려한 것이 특징이다. 건물 안쪽 마당에 서서 알현함에 50루피를 넣었다. 함께 갔던 멤버들도 조금씩 알현비(?)를 알현함에 넣고 쿠마리가 모습을 드러내길 기다렸다. 그러는 동안에도 비둘기가 성가시게 날아다니며 깃털을 날리기도 하고 똥을 싸기도 했다.

말로는 쿠마리를 알현할 때 몹시 심하게 웃거나 화를 내면 그것은 알현한 사람이 병들거나 병으로 인한 죽음을 암시하는 것이며, 눈을 비비거나 눈물을 흘리면 죽음을 암시하기도 하고, 갑자기 몸을 부르르 떨면 죄를 짓거나 감옥에 간다고 한다. 우리 같은 외국인에게도 그런 신통력이 통할지는 모르겠지만 쿠마리를 보기 전까지 약간의 긴장감이 느껴졌다. 그리고 그저 덤덤한 표정을 지으면 소원을 들어 주겠다는 뜻이니까 만약을 대비해 소원도 준비해야겠다.

이윽고 3층 정면의 문이 열리고 아름답고 깜찍한 모습의 5~6세 정도 되어 보이는 쿠마리가 모습을 드러내고 우리를 빤히 내려다보았다. 어리지만 도도해 보이고 기품 있는 모습이었다. 그리고 익숙한 동작으로 모델처럼 도도한 자세를 잡고 잠깐 자리에 서 있다가는 안쪽으로 사라졌다. 그리고 문이 닫혔다. 짧은 시간 만나 본 쿠마리의 모습에서 카리스마가 느껴졌다. 그 카리스마의 눈빛으로 내 소원이 무엇이었는지를 보았을까? 만약 보았다면 덤덤하게 표정을 지었으니 당연히 들어 주었으리라. 그렇게 쿠마리 사원 안에서만 생활하고 있는 쿠마리는 1년에 단 한 번, 9월의 인드라자트라(Indra Jatra) 축제 때 가마를 타고 더르바르 사원을 한 바퀴 도는 것이 유일한 외출이다.

이번엔 비좁은 골목을 돌고 돌아 세계 문화유산이라는 '스와얌부와트'(몽키 사원)로 갔다. 그곳은 야생 원숭이가 인간과 함께 살아가는 곳으로 이 사원도 입장료가 있다. 계단을 올라 사원에 들어서자 입구부터 타르쵸가 온 사원을 휘감고 있는 모습에 눈이 어지러웠다.

입구에서 처음 마주친 것은 연못이었다. 사람들이 그 연못 한가운데 있는 불상에 동전 던지기를 하고 있었다. 동전을 던지며 기원하는 것은 세계 공통일까? 때마침 소풍 나온 학생들이 연못가에 빼곡하게 둘러서서 동전을

쿠마리 사원. 정면의 3층 중앙 창으로 쿠마리를 볼 수 있다. 쿠마리 촬영이 금지되어 있어 건물만 찍었다.

던진다고 시끌벅적했다. 연못을 지나 계단을 따라 오르막을 오르다 보니 길가에서 구걸하는 거지들이 보였다. 그 중 어린애를 안고 있는 유독 피부가 검은 젊은 여자가 눈에 띄었다. 그녀의 동냥 통에는 동전이 몇 개 없었다. 그러나 그녀는 지나가는 관람객들을 해망쩍게 바라볼 뿐 돈을 달라고 극성스럽게 굴지 않았다. 문득 그 모습이 바로 아래 연못과 너무 대조적이라는 생각이 들었다. 연못 가운데의 불상에는 쉴 새 없이 동전을 던져 주지만, 그녀에게 동전을 던져 주는 사람은 아주 귀하다는 것이었다. 나의 행복을 비는 데는 한 움큼의 동전이 아깝지 않지만, 한 여인과 그 어린아이의 행복을 위한 동전 한 닢은 그렇게 아까운 것이 현실인 모양이다.

계단을 오르자 카트만두 시내가 끝없이 펼쳐졌다. 몽키 사원은 카트만두를 모두 볼 수 있는 전망대 같은 곳이었다. 표고로 따져 봐도 100m가 채 안

스와얌부나트에서 내려다 본 카트만두 시내 전경.

사원 안에 있는 야생 원숭이들.

될 것 같은 곳인데도 사방이 탁 트여 카트만두의 어느 곳이라도 다 볼 수 있었다. 이곳 사원에 살고 있는 야생 원숭이들은 땅에 내려와 사람들이 던져 주는 과자를 먹곤 한다. '과자 맛을 즐길 줄 아는 야생 원숭이'. 참으로 아이러니한 상황이었다. 이곳에선 원숭이를 조심해야 한다고 한다. 특히 여성들의 과자를 채가는 것은 물론 더러는 작은 가방을 낚아채는 경우도 있다고 한다.

그리고 눈에 띄는 것은 사원의 개였다. 개나 소를 대접하는 티하르 축제가 끝난 지 얼마 되지 않아서 그럴까? 이곳의 개들은 대부분 길가에 제멋대로 누워서 늘어지게 잠을 잔다. 발라당 누운 놈, 모로 누운 놈, 야트막한 계단을 베고 자는 놈, 가게 문지방을 베고 자는 놈…. 참으로 품위 있는 개 팔자들이다. 사진을 찍으면서 사원을 한 바퀴 돌아보니 온통 기념품 파는 가게들로 빼곡했다. 네팔 전통 칼인 '쿠꾸리'로부터 경전 묶음까지, 수많은 기념품이 즐비했다. 문득 좁은 골목을 들어섰다가 그림 가게를 지나게 되었다. 그 중 초모룽마의 전경을 그린 30호 정도 됨 직한 목탄화가 눈에 띄어 주인에게 물어 보니 120달러를 달라고 했다. 비싸다고 하니 60달러까지 해주겠다는데 아무래도 한국까지 가져가는 것이 문제였다. 결국 아이쇼핑으로 만족하고, 발길을 돌려 사원 안의 다른 곳을 돌아봤다.

사원 중심의 대형 백탑이 보수공사 중이어서인지 사원의 신비로움이나 경건함이 떨어지는 데다, 사원 안에 빼곡하게 자리 잡은 기념품 가게로 전체적인 분위기는 시장통 같았다. 한참을 돌고 나니 햇살도 따가웠고 배도 고파 왔다. 이제 점심을 먹으면 한국으로 돌아가기 위해서 공항으로 가야 한다. 그렇게 되면 이번 트레킹은 모두 정리가 되는 것이다.

꼭! 챙겨 봐야 할 것들

1. 보우더나드 사원. 세계 최대 초르텐과 만다라 등 볼거리가 꽤나 있다.
2. 쿠마리 만나기. 현실 속에 현존하는 신과 직접 만나는 유일한 기회.
3. 몽키 공원에서 시내 내려다보기. 단, 맹원 주의(猛猿注意), 또는 도원 주의(盜猿注意)

15일 만의 귀국

카트만두 국제공항은 친근한 모습으로 다가왔다. 특이한 것은 입국 때는 가방검사를 하는 둥 마는 둥했었는데, 출국 때는 아주 엄격했다. 주로 칼과 라이터를 검사했다. 등산용 나이프부터 쿠구리 칼까지 대부분 도검류가 다양하게 압수되어 있었다. 그런데 우리들 가방마다 동그란 메주 덩어리처럼 한 덩이씩 들어 있는 '추르피' 가 늘 문제였다. 네팔에서도 귀한 치즈라서 그런지 검사원들이 뭐냐고 물었다. 야크 치즈라고 하자 그제야 알았다는 표정으로 통과시켰다.

비행기는 정시에 출발했다. 인천에서 올 때처럼 늦게 탑승한 네팔 청년도 없었고, 설사 그렇다 치더라도 그때처럼 그런 조바심도 없었을 것이다. 문득 인천에서의 네팔 청년들의 행동이 궁금해졌다. '이렇게 정시에 탑승을 하는 네팔 사람들인데, 그때는 왜 그리 늦게 왔을까? 한국에 있는 동안 코리안 타임을 배운 것일까? 아니면 다른 이유에서일까?'

카트만두를 떠나 인천으로 날아가는 비행기 안에서 지난 15일간의 기억을 더듬었다. 그리고 마음속으로 하나하나 정리하기 시작했다.

'히말라야에서 나는 무엇을 버리고 왔을까? 또한 무엇을 가지고 돌아가고 있을까?

눈을 감고 지난 15일간의 행복을 하나하나 그려 보았다. 눈을 감으니 다시 히말라야로 빨려 들어가는 느낌이다.

쿰부 히말라야

쿰부 히말라야에 가면
산은 나고, 나는 곧 산이 된다.
하늘, 산, 땅, 숨탄 것, 초목…, 잠자거나 혹은 깨어 있는 공존만이 있다.
인간은 자연이고 자연은 곧 인간이다.
인종도 언어도 종교도 이곳에선 모두 히말라야다.

쿰부 히말라야는
무존재의 존재감이 지배하는 세상
실바람처럼 살랑이는 무게감으로 살고프면
혹은 거칠 것 없는 자유로운 존재가 되려거든 쿰부로 가라
카스트마저도 자유가 되고 행복이 되는 곳
배낭 가득 짐을 지고, 일만 근의 마음의 짐은 쿰부 히말의 바람에 모두 날려 버려라.

쿰부에선
야크의 날카로운 뿔보다 천사 같은 눈빛을
단폐의 기품 있는 고리보다 무심한 한가로움을
출렁다리 밑의 급류보다 펄럭이는 깃발의 외침을
말처럼 푸르륵거리는 룽다의 몸부림보다 풍마(風馬)의 가르침을
만국기처럼 펄럭이는 원색의 타르초보다 그 본질을

초르텐의 근엄함보다 나쁜 것을 듣지도 말하지도 않는 불심을
왼쪽만을 돌아야 하는 마니스톤보다 돌에 새겨 놓은 경전들을
마음으로 보고 가슴에다 새겨라

쿰부 히말라야는
루크라를 경계로 바퀴마저 사라진 세상
마추피추처럼 산자락을 돌아서면 전설의 도시처럼 불쑥 나타나는 쿰부의 뜨거운
심장 남체 바잘
하늘을 비상하듯 날렵한 자태가 아름다운 아마다블람
가지런한 잇몸처럼 초모룽마를 감싸 안은 눕체
그 끝에 송곳니처럼 솟아오른 로체, 로체사르
눕체 뒤로 경이롭게 솟아오른 8,848m 초모룽마…

쿰부 히말라야에 가면
루크라에서 고락셉까지 완전한 어둠 속 밤하늘을 보라.
별은 높이 오를수록 크고, 차가울수록 아름답다.
페리체에선 밤하늘에 빼곡히 박혀 있는 무섭도록 커다란 별을 보라.
로부제에선 까만 밤하늘에 교교히 피어 있는 매화 같은 별무리를 보라.
고락셉에서는 금방이라도 낙화할 듯 하늘 가득 흐드러지게 피어 있는 벚꽃 같은 밤
별들을 보라.

오늘도 풀 한 포기 나무 한 그루 없는 화성(火星) 같은 고락셉에서 밤하늘의 화성
(火星)을 찾는다.
오로지 눈과 바람과 파란 하늘만이 존재하는 초모룽마를 마주하며
나를 닮은 또 다른 나를 찾는다.

이번 트레킹의 시작은 분명 에베레스트를 만나기 위한 것이었다. 그 지존을 만나기 위해 루크라에서 하루하루 발품을 팔면서 쿰부의 계곡을 따라 오르고 또 올랐다. 힘들고 지칠 때마다 나를 일으켜 세운 것도 당연히 에베레스트였다. 그렇게 힘든 여정의 끝에서 벅찬 가슴으로 만난 8,848m 높이의 에베레스트…. 그러나 나는 그곳에서 태고 적부터 그곳 사람들에게 불리어 온 초모룽마를 떠올렸다. 우리나라가 '코리아' 이기 이전에 '대한민국' 이듯이, 에베레스트도 '에베레스트' 이기 이전에 '초모룽마' 라는 것이다. 아이러니하게도 그 산을 벗어나면 그의 이름은 에베레스트가 되지만, 그 산 안에 들어가면 그 산은 초모룽마가 된다. 그것이 내가 초모룽마라는 이름에 집착하게 된 첫 번째 이유였다. 또한 이 지존의 이름을 '초모룽마' 라고 불러주는 것이 이 위대한 산과 산의 신과 정령들에 대한 최소한의 예의라고 생각했기 때문이었다.

그리고 행복이었다. 트레킹 동안 나도 몰래 쿰부 히말라야의 사람과 자연으로부터 '행복' 이라는 숭고함에 동화된 것이다. 척박한 땅, 고된 노동에 비해 형편없는 수입, 100%에 육박하는 문맹률…. 하지만 쿰부에서의 행복은 어떤 조건을 필요로 하지 않는다. 조건이 있다고 한다면 그것은 핑계일 뿐, 바람만 불어도 행복해지고, 길을 걸어도 행복해진다는 것을 우리는 왜 알지 못하며 살아가는 걸까? 행복을 가지려는 욕심만 컸을 뿐 정작 행복을 공유하려는 마음은 꽁꽁 닫은 채 살아 온 나에게 히말라야는 가슴을 열고 행복을 공유하라고 말했다. 생각해 보면 그것이 바로 '히말라야가 내게 내민 손' 이었고, 그 손에 가득 담긴 행복이었다. 바람이 전해 주는 행복, 그 행복이 가득한 나라 히말라야를 떠나오는 것이 끝내 아쉬운 이유는 거기에 있었다.

이제 15일간의 기억과 무심한 행복을 가슴에 담고 집으로 돌아간다. 가슴에 담은 무심한 행복….

한동안은 쿰부 히말라야에 버리고 온 '행복의 반대말'들을 만나지 않아
도 될 것 같다. '영원한 행복의 적', 그리고 그것의 또 다른 이름들을 하나
씩 떠올려 보았다. 치토치토, 조급증, 경쟁, 질투, 시기, 모략, 탐욕, 집착,
고집, 멸시….

그리고 가슴에 담아온 '행복어'들을 되새겨 보았다. 비스따리, 쿰부 히말
라야, 팍딩, 마니차, 초르텐, 타르초, 마니스톤, 밤하늘의 별, 고락셉, 초모
룽마, 좁키오, 야크, 열부문(烈夫門), 말(馬), 무쇠 화로(火爐), 모닝 티…, 그
리고 박재욱, 하상진, 박진순, 이 선생님, 혜안 스님….

트레킹에 대한 유일한 공증서다. 사카마타 국립공원 관리사무소에서 받은 것인데 뭐라고 쓴 것인지 내가 내 이름 알아보기도 쉽지 않다.

부록

1. 트레킹 준비
1) 기본적인 준비
① 코스 정하기(히말라야 지역)   ② 트레킹 비용

③ 건강 체크 및 보완   ④ 계절 및 시기 선택하기

⑤ 네팔의 축제

2) 트레킹 물품 준비
① 장비(계절별 도표 사용)   ② 의약품

2. 트레킹 시 참고사항
1) 고산에서의 기본 상식
① 고산병 증상과 대처   ② 고도와 인간의 몸

③ 트레킹 속도   ④ 음식물 섭취

⑤ 잠   ⑥ 체온

⑦ 체력 배분   ⑧ 오를 것인가, 포기할 것인가

⑨ 기타 주의 사항

2) 대인 관계
① 스텝들과 친해지기   ② 동료와 협력하기

③ 가이드 정보   ④ 현지인과 소통하기

3) 기타
① 롯지 상황   ② 짐 꾸리기

③ 선물 준비

1. 트레킹 준비

1) 기본적인 준비

① 코스 정하기(히말라야 지역)

▲ 저난도(관광+트레킹 수준)

- 랑탕(8~9일, 최고점 4,026m) : 세계에서 가장 아름답다고 불리는 계곡. 봄이 적기이다.

- 푼힐(8일, 최고점 3,200m) : 안나푸르나 산군 조망

▲ 중난도(등산 유경험+기본 체력 필요)

- 안나푸르나 베이스캠프(11일, 최고점 4,130m) : 안나푸르나 및 주변 산군 조망

▲ 중고난도(등산 유경험+일정 수준 이상 체력 필요)

- 에베레스트 베이스캠프(15일, 최고점 5550m) : 쿰부 히말라야 산군과 에베레스트 조망

- 고쿄(13일) : 쿰부 히말라야 일부와 호수 등 풍경이 아름다운 곳

- 고쿄~촐라~에베레스트 베이스캠프(16~17일) : 고쿄의 빼어난 경관과 에베레스트 등 쿰부 히말라야 산군 조망

- 안나푸르나 순환 코스(18일) : 안나푸르나 주변 산군 조망과 옛 티베트와 인도 무역로, 현지인 삶 체험 코스

- 무스탕(15일, 최고점 4,060m) : 세계 최후의 은둔의 땅. 은둔의 무스탕 왕국이 있어 살아 있는 박물관이라 불리는 곳. 세계 최고 높이의 사막이 있는 곳이기도 하다.

▲ 고난도(전문 등산가 또는 일반인 중 베테랑 급)

- 고쿄~촐라~에베레스트 베이스캠프~임자체(22일, 최고점

6,189m) : 고쿄, 에베레스트 조망과 임자체(설산) 등반. 쿰부 히말라야 3대 뷰포인트인 고쿄, 칼라파트라, 추쿵을 다 돌아볼 수 있다.

※ 촐라는 겨울철에는 폐쇄되므로 주의.

▲ 기타 베테랑 트레커들이 가는 코스로 다울라기리, 마나슬루, 캉첸중가, 마칼루, 돌포 지역 등이 있다. 그곳을 가려면 텐트와 식량을 가지고 가야 하므로 초보자는 곤란하다.

② 트레킹 비용

- 코스 별 시즌 별로 비용 차이가 큼. 국내 전문 여행사를 통해 문의
- 기본 비용은 코스 별로 다르기는 하지만 대략 200만~400만 원 정도이나, 시기 별로 편차가 있고 현지 물가도 지속적으로 상승 중이므로 항상 가변적이다.
- 개별 출발 트레킹 : 개별 출발을 하면 여러 가지 제약이 많다. 특히 초보자라면 훌륭한 조력자와 동행해야 한다. 경험이 많지 않다면 여행사를 통한 트레킹을 권하고 싶다. 고생도 고생이지만 여러 가지 돌발 상황에 대처해야 할 경우 해결에 한계가 있다. 개별로 간다면 당연히 비용 절감은 가능하다(여행사와 똑같은 조건이 아니므로 단순 비교는 어렵다).

③ 건강 체크 및 보완

트레킹을 떠나기 전에는 자신의 문제 부분에 대해 필히 전문의에게 건강 체크를 하고 그에 따른 대비를 해야 한다. 왜냐하면 트레킹 도중에 지치거나 고산병이 오게 되면 몸에서 가장 취약한 부분에 문제가 생긴다. 주로 문제가 되는 것은 다음과 같다.

▲ 혈압 : 혈압 약으로 혈압 조절 필요. 고산병과도 관계있으므로 관심 가

져야 함.

▲ 치질 : 현지 롯지의 시설은 추위를 막는 데 적합하지 않기 때문에 치질이 있으면 차가운 기온에서 배변 시 특히 문제가 됨. 차가운 공기를 쏘이면 치열이 생길 가능성 큼.

▲ 관절 : 특히 중요한 것이 관절이다. 트레킹은 자력으로 걸어야 하는 일이기 때문인데, 문제가 있으면 출발 전에 충분히 치료받아야 한다. 단, 보통의 경우 2~3일이 지나면 관절도 걷는 데 적응이 된다. 트레킹 도중에 관절에 가벼운 수준의 통증이 발생한다면 경험 상 트레킹에 큰 문제는 생기지 않는다(약이나, 관절 보호용품을 늘 휴대해야 한다).

▲ 치과질환 : 치주질환 등 통증을 유발할 수 있는 병은 치료 후 출발하는 게 좋다. 만약 완치가 어렵다면 약을 준비해야 한다.

▲ 그 외의 빈혈, 당뇨, 심장질환, 폐질환 등 개인적인 질환이 있으면 전문의와 상담하고 만반의 준비를 하고 떠나야 한다.

④ 계절 및 시기 선택하기

▲ 히말라야 기후 : 6~9월까지가 몬순기후로 우기에 들어간다. 가능하면 우기를 피하는 것이 좋다. 우기에는 구름과 안개로 시야를 가리는 경우가 많기 때문에 풍광을 제대로 즐기는 데 한계가 있다. 방학을 이용할 경우에는 여름방학과 겨울방학이 가능한데, 여름방학은 비교적 기온은 높으나 흐린 날이 많은 단점이 있고, 겨울방학은 날씨는 맑으나 추위가 문제된다.

▲ 계절 별 특성

△ 봄-비교적 날씨도 좋고 꽃이 피는 계절이라 봄은 좋은 계절이다. 단 5월 말~6월부터 몬순기에 들어가므로 트레킹은 불편하다. 특히 안나푸르나 지역은 우기에 거머리를 주의해야 한다. 진흙탕에서 올라오는

거머리도 있지만, 나무 위에서 낙하하여 트레커의 몸으로 기어드는 거머리가 죽을 맛.

△ **여름**-여름은 방학을 이용할 수 있어 교사나 학생들에게는 시간적으로 유용한 시기이다. 그러나 역시 몬순기가 겹치는 것이 문제다. 그렇다고 하루 종일 비만 오는 것은 아니나, 전반적으로 풍광을 즐기기엔 무리가 따르고, 폭우가 내릴 경우는 일정이 지연될 수 있다. 단, 비수기라 물가가 싸다.

※ 주의점 : 비수기 기간에는 영업을 하지 않는 롯지나 지역이 있다. 여행사를 통하면 별 문제가 없지만, 개별 출발 시엔 각별한 주의가 필요하다. 또한 시설 보수를 하는 경우가 많아 일부 시설을 제대로 볼 수 없을지도 모른다.

△ **가을** -몬순이 끝나는 10월부터가 본격적인 시즌이다. 겨울에 비해 기온이 낮지 않아 트레커들이 선호하는 기간이다. 맑은 날씨에 히말라야의 멋진 풍광을 즐길 수 있다. 설산의 풍광은 겨울보다 조금 떨어진다. 그러나 설선 위로 펼쳐진 만년설 풍광은 감탄하기에 충분할 것이다. 다만 물가가 비싼 것이 흠.

△ **겨울**-눈은 많이 오지 않지만 설산의 풍광을 제대로 볼 수 있고, 베이스캠프에 가면 원정대를 만날 수도 있다. 아침에는 안개가 끼는 경우가 많으나 낮에는 맑은 편이다. 추위 때문에 방한복 등 동계 장비를 추가로 챙겨야 하는 부담이 있다.

※ 네팔 트레킹은 몬순이 끝나는 9월 말부터 다음 해 몬순이 오기 전인 5월 중순까지가 좋은 시기이며, 가장 좋은 달은 10월과 11월이다.

⑤ **네팔의 축제** : 네팔은 1년에 50여 가지의 축제가 열리는, 세계에서 축제가 가장 많은 나라 중에 하나다. 트레킹을 하면서 가능하면 축제 때를 맞

쳐 가면 또 다른 즐거움을 맛볼 수 있다. 단, 날짜가 네팔 음력으로 계산하기 때문에 해마다 날짜가 달라진다는 점에 유의해야 한다. 주요 행사는 대략 이렇다.

◆ 다사인(Dasain) 축제 : 네팔에서 가장 큰 축제로 9~10월 사이에 열린다. 축제는 10여 일 동안 계속되며, 특히 축제의 주요 행사가 벌어지는 동안에는 모든 학교와 관공서가 휴가를 갖는다.

◆ 티하르(Tihar) 축제 : 10월~11월경에 5일간 열린다. 여신 바가바티(Bhagabati)가 악마 Mahisashur에게 승리한 것을 축하하는 Dashain과 여신 락슈미에게 양을 바치는 축제인 Tihar이다. 네팔에서의 티하르는 다사인 다음으로 중요한 축제이다. 까마귀, 개에게 경의를 표하고 먹이를 주며, 부의 여신인 락쉬미의 화신, 소들을 기념하는 날로 디파발리(Deepavali)라고 부르기도 하는데, 모든 카트만두의 가정에서는 부의 여신을 위해 램프를 켜둔다. 바이 티카(Bhai Tika) 날에는 여자 형제들이 악으로부터의 보호를 기원하며 남자 형제들의 이마에 띠까를 붙여 주면, 남자 형제들은 작은 선물로 여자 형제들에게 보답한다.

◆ 인드라 자트라(Indra Jatra) 축제 : 8~9월경에 열린다. 비의 신인 인드라 신을 기리는 축제. 장마를 끝내고 수확의 계절을 주심에 감사하는 축제. 살아 있는 여신 쿠마리가 일년에 딱 한 번 외출하는 날. 쿠마리는 가마를 타고 더르바르 광장을 한 바퀴 돈다.

◆ 부다 자이얀티(Buddha Jayanti) 축제 : 5월 중에 열린다. 네팔 석가 탄신일이다. 세계 최대 규모의 초르텐이 있는 보드낫 사원에 순례자들이 세계 각지에서 몰려든다.

◆ 시바 라트리(Shiva Ratri) 축제 : 1~2월 중 열린다. 시바 신의 탄신일 축제.

2) 트레킹 물품 준비

① 장비

분류	품목	수량	기준	중요도	참고	수준
신발	중 등산화	1 켤레		상	– 목이 긴 것이 좋음 – 방수되어야 함 – 깔창을 사용하면 무릎의 부담을 줄일 수 있음(1~2개 정도 준비).	국산화도 무난함
	슬리퍼	1 켤레		상	– 롯지에서 사용 – 물에 젖지 않는 재질	일반
옷	내의 상하	여러벌	기능성	중	– 매일 갈아입을 필요는 없음. 현지 기후 특성상 땀 배출 적음. 모두 같은 형편, 깔끔 떨 필요 없음. – 등산 셔츠를 내의로 대용 가능함	방습기능
	셔츠(티)	여러벌	기능성	중	– 긴 팔 필요	등산용
	바지	여러 벌	하계용 동계용	상	– 가능하면 먼지 및 적설 대비, 발목 쪽으로 좁은 것 권장.	등산용
	반바지	1벌	하계	하	– 하계 트레킹 시 저지대에서 착용. 선택 사항	등산용
	방풍복	1벌		상	– 방수 기능 유리 – 배낭 상시 휴대용. 부피 작을수록 유리함	등산용
	파일 자켓	1벌		상	– 롯지에서 아침 저녁에 사용	등산용
	우모복	1벌		중	– 고지대에서 사용	오리털 파카도 무방
	개인 의류	취향	양말 여러 켤레	상	– 발 씻기가 어려움. 여러 켤레 준비. 자주 갈아신자. – 빨래 가능. 이동 시 배낭에 달아서 건조 가능.	등산용 두툼한 것
	비옷	1벌	하계	중	– 우기가 아니면 크게 사용하지 않음	1회용 비닐도 가능
가방	카고백	1개	여행용	상	– 80ℓ 이상 – 내용물은 15kg 이하로(네팔) – 여행사를 통할 경우 80~100ℓ 크기의 카고백 줌. ※ 카고백이 너무 클 필요는 없음. 큰 카고백에 이것 저것 넣다보면 무게가 초과되어 처치 곤란	튼튼한 것
	소형 배낭	1개	등산용	상	– 30~40ℓ 정도 – 트레킹 시 항상 메고 다님 – 평소 쓰던 것 사용	가벼운 것

분류	품목	수량	기준	중요도	참고	수준
기타 장비	침낭	1개	등산용	상	- 롯지에서 취침 시 사용 - 내피와 외피로 된 것 준비 - 베이스캠프 코스 = 1200g 　저지대 코스 = 800g - 겨울에는 단열용 비닐도 효과적	다운제품
	장갑	2~3 짝	등산용	상	- 저지대 하계용 1 - 고지대 동계용 2	기능성
	비니모자	1~2 개	등산용	상	- 고산병 예방 모자, 늘 쓰고 다님 - 취침 시에도 쓰고 잠	방습
	차양 모자	1개	등산용	상	- 트레킹 시 항상 써야 함 - 강풍 대비, 목끈 있는 걸로 준비 - 추위 때문에 비니모자 위에 쓸 때 대비, 사이즈 약간 큰 것 효과적	넓은 창
	방한 모자	1개	등산용	상	- 고산 트레킹 시 사용	등산 용품
	선글라스	1개	등산용	상	- 고글도 좋음 - 눈 보호 기능	자외선 차단 가능
	스카프	1~2 장	등산용	상	- 자외선으로부터 얼굴 가림 - 먼지 날 때는 마스크 - 추울 때는 보온 마스크	일반 다용도 스카프
	스틱	1쌍	등산용	중	- 체력 비축에 유리	가벼운 것
	헤드랜턴	1개	등산용	상	- 야간에 움직일 때 - 롯지에서 야간 식사 시 - 야간에 화장실 갈 때	크고 절전형
	물통	1~2 개	1ℓ	상	-고산병 예방 차원. 자주 수분 섭취해야 함 -하루 2ℓ 정도 권장 -100°에서 변형 안되는 제품필요 (밤마다 체온 유지용으로 뜨거운 물통을 껴안고 자야 함)	외국산 = 나이찐 권장 국내산 = 아웃도어 제품 가능
	아이젠	1개	동계	중	동계 트레킹 시 필요	6발 이상
	스패치	1쌍	동계	중	동계 트레킹 시 필요	등산용
세면	세면용	1세트	여행용	상	- 칫솔, 치약, 비누, 샴푸 - 고산에서 세면 주의	
	면도용	1세트	여행용	하	- 면도기, 거울 - 가능하면 하산 후 면도 권장	
약품				의약품 란 참조		
먹거리	밑반찬			선택	- 여행사 단체는 불필요 - 개인 출발자는 개별 준비(주식은 사먹어야 함)	
	간식			중	초콜릿, 사탕, 과자 등 준비, 피로회복에 필요하기도 하고 트레킹 중에 한 번씩 먹는 것도 별미	
	커피			중	- 주방 팀이 있을 경우 네팔 커피를 끓여 주는데, 맛이 진하고 거친 느낌임 - 입맛에 맞지 않는다면 한국에서 1회용 커피를 준비	

분류	품목	수량	기준	중요도	참고	수준
기타	화장지	1개		상	– 두루마리 가능	
	물티슈	1개	대용량	상	– 세면용으로 사용 – 기타 용도 다양	
	선크림	1개		상	– 자외선 차단지수 30 이상	
	립크림	1개		상	– 건조한 기후로 입술이 쉽게 갈라짐. 꼭 바르도록	
	물자루	1개	등산용	하		
	카메라			상	– 배터리 여러 개 준비 필요 – 고지로 갈수록 충전비가 비싸지고 방 전도 잘됨	
	필기구			상	–트레킹 기록 시에 필요. 수첩은 포켓용, 필기구는 목에 거는 것으로 권장	
	지도			중	–초행일 경우 코스를 어느 정도 예측 가 능, 알찬 트레킹에 도움	
	휴대폰	1		중	– 네팔에서 휴대폰 통화 가능 지역은 그리 넓지 않다. 쿰부 지역 쪽은 카 트만두, 남체, 페리체 정도다. – 잘 터지지 않는 휴대폰에 얽매이지 말고, 휴대폰 없는 트레킹을 권하고 싶다. 하루 이틀만 지나면 진정한 자 유를 맛볼 것이다. – 배터리 충전이 어려움	

② 의약품

　트레킹을 하다보면 환경의 변화에 따른 몸의 이상이 생길 경우가 종종 있다. 특히 고산병을 비롯한 각종 이상이 생길 때는 예방 및 치료약이 절실해진다. 약만 잘 준비해도 트레킹은 엄청 쉬워진다.

　△ 비아그라 –혈관 확장으로 산소 공급을 원활하게 하여 고산증 예방에 특효, 특히 고산 등반 시 가장 위험하다는 폐수종 예방. 50mg 5~8알 정도 필요. 하산 시에는 필요가 없다. 비아그라를 복용하면 문제가 없냐는 분이 많은데, 비아그라 주작용은 고산에서는 안 통한다. 비아그라 복용 후 주체치 못할 자극이 온다면 당신은 진정한 슈퍼맨이다. 처방 필요 품목.

△ 다이나막스 −이뇨제(이뇨작용으로 몸속의 이산화탄소 배출)로 고산
증 예방 및 증상 완화에 도움을 준다. 단, 이뇨작용 때문에 밤에 화장
실 드나들기가 괴롭다. 5~8알 정도 필요. 사용 후 남으면 가이드에게
주면 감사 또 감사, 깜빡 넘어간다. 구입은 한국과 네팔 모두 가능하
다. 처방 필요 품목.

※ 비아그라나, 다이나막스는 산을 오를 때만 필요하다. 하산 때는 이미
고산에 몸이 적응했기 때문에 필요가 없다. 다만 증상이 발생하기 전
에 미리 먹는 것이 상책.

△ 소염 진통제 −고산 증세로 머리가 아프거나 기타 통증 발생을 대비해
서 준비하는 것이 좋다. 처방 필요.

△ 감기약 −한국과는 전혀 다른 급격한 기온과 고도 변화로 체력적으로
지치면 감기가 잘 걸린다(3~5일치 정도). 처방 필요.

△ 지사제 −히말라야에서는 항상 끓인 물을 먹든가 생수를 사먹어야 한
다. 그래도 몸이 몹시 지친 상태에서 장까지 약한 경우에는 설사 증상
이 나타난다. 지사제는 히말라야인 점을 감안, 약효가 강력한 것으로
준비해야 한다. 우리나라와 물과 풍토가 달라 설사가 잘 멎지 않는 경
향이 있다

△ 소화제 −소화 기능이 약하다면 준비하라. 우리와 음식이 다르기 때문
에 어떤 문제가 발생할지 모른다.

△ 1회용 밴드 −발에 물집이 생기거나 몸에 생채기가 나면 꼭 필요하다.

△ 무릎 보호대 −등산용 규정품

　　　　　　　　−1회용 밴딩 제품(무릎 보호대가 갑갑한 경우 사용 권장)

2. 트레킹 시 참고사항

1) 고산에서의 기본 상식

① 고산병 증상과 대처

머리(특히 후두부)가 아프고 구역질이 나며 호흡이 곤란하면 고산병 초기 증세다. 증상이 약할 경우에는 약을 먹고 휴식을 취하면 컨디션을 회복시킬 수 있지만, 만약 증세가 심해지면 서둘러 고도를 낮춰야(산을 내려가야) 한다. 즉 가장 빠른 치료법은 해발고도를 500~1,000m까지 빠른 속도로 내려가는 것인데, 증세가 호전되면 다시 올라오면 된다. 그리고 기본적으로 무조건 천천히 걸어야 한다. 고산병 치료가 가능한 곳은 디보체, 페리체이다. 숙소를 정할 때 고려해 볼 일이다.

▲ 폐수종 : 고산에서 기압차로 생기는 부종. 혈관 수축으로 모세혈관의 체액이 폐로 유출되어 산소 흡수를 막는다. 심각해지면 호흡곤란으로 사망할 수도 있다. 예방은 천천히 고도를 올리는 것이다. 천천히 걷는다면 그리 문제되지 않는다.

▲ 뇌수종 : 폐수종이 오면 비틀거리게 되고, 기억 및 논리 기능 저하, 시력장애 등이 오며, 뇌간의 압력이 높아지면 혼수 상태와 죽음으로 이어질 수도 있다. 예방법은 천천히 걷는 것. 천천히 걷는다면 그리 문제되지 않는다.

▲ 감기 : 고산을 오르다 보면 일반적으로 약간의 감기 몸살 증상을 동반한다. 체력 저하와 고소 부적응 등의 문제가 발생하는데, 출국 전에 2~3일치 정도의 감기약(몸살 겸용)을 준비하는 것이 좋다. 트레킹을 무리하지 않도록 한다. 기온 급변으로 인한 체온변화에 적절히 대처해야 한다.

▲ 설사 : 트레킹 중에는 생수를 사먹거나 끓인 물을 마셔야 한다. 물이 맑다는 이유만으로 자연 상태로 그냥 마시면 십중팔구는 설사를 일으킨다. 설사가 나면 체력 소모와 함께 수면 부족 등으로 심각한 문제를 일으키게 되므로 각별히 주의해야 한다.

▲ 폐렴 : 고산에서 폐렴이 걸리면 치료가 어렵고, 급성 폐렴이라면 더욱 더 문제가 심각해진다. 폐렴의 원인은 여러 가지이긴 하지만, 무리한 트레킹으로 인한 체력 저하는 몸의 면역성을 떨어뜨리므로 각별히 주의해야 한다.

▲ 기타 : 고산병에 걸렸다고 무조건 격심한 고통을 느끼는 것은 아니다. 아주 미약해서 잘 인지하지 못하는 수준으로부터 해머로 머리를 내리치는 듯한 극심한 고통, 그리고 사망에 이르는 수준까지 다양하다. 하지만 무리가 되지 않도록 체력 안배를 하여 천천히 걷는다면 그리 크게 걱정하지 않아도 된다. 단, 자만은 절대 금물!

▲ 고산병 약은 보조약이다! : 약을 먹어도 고산병에 걸릴 수 있다. 즉 고산병의 완벽한 예방 치료제는 없다. 단지 그 증상을 완화시켜 주는 것이라는 것을 명심하라. 고산병의 가장 효과적인 약은 먹는 약이 아니라 천천히 걸으려는 마음의 약이다.

▲ 고산병에 좋은 식사로 마늘 스프를 먹기도 한다.

※ 고산 증상에 대한 설명을 보다 보면 고산 트레킹이 이렇게 위험한가? 하는 두려움이 생길 수 있다. 그러나 계속 반복되는 얘기이지만, 천천히 걷고 가이드의 조언을 잘 들으며 걸으면 문제없다. 주로 고산 증상은 젊음을 과신하는 젊은이와 체력을 자신하는 건강한 사람, 그리고 가이드를 우습게 생각하고 제멋대로인 사람들에게 자주 발생한다. 히말라야에 가면 히말라야의 법을 따르라!

② 고도와 인간의 몸 : 고도에 적응하는 것은 사람마다 개인적인 차이가 있다. 하지만 그 차이는 그리 크지 않으며, 고도와 적응 시간은 비례한다. 가능하면 하루에 고도를 500m 이상 올리지 말고 휴식을 충분히 갖도록 노력하라. 무리해서 500m 이상 고도를 올리면 고산병 증세가 나타날 확률이 높다. 하지만 일정상 500m 이상 고도를 높일 경우도 있는데, 그러면 그 다음날은 무조건 쉬어야 한다. 팍딩~남체, 디보체~페리체 코스 주의.

③ 트레킹 속도

▲ 무조건 천천히 걸어라! 빠른 걸음은 곧 고산병이라고 생각하라. 당일 트레킹을 오후 3시 종료로 맞추고 천천히 걸어라. 조금 늦어도 문제될 것은 없다.

▲ 젊음을 과신하지 마라! 고산병은 아이러니하게도 젊고 건강할수록 잘 온다. 물론 그것은 역설적인 말이다. 체력을 과신하면 무리를 하게 되고, 그것이 곧 고산병의 원인이 된다.

▲ 호흡이 가빠지기 전에 휴식을 취하라! 한 번 호흡이 가빠지기 시작하면 반복되는 경향을 보인다. 비스따리 비스따리!

④ 음식물 섭취

▲ 식사 : 아침, 점심은 충분하게, 저녁은 간편하게!

히말라야의 생존법으로 '밥은 한 숟갈 더, 빵은 한 조각 더'라는 말이 있다. 체력이 떨어지면 문제가 심각해지기 때문이다. 하지만 그것은 아침과 점심의 경우이고, 저녁은 반대로 식사량을 줄여 위장운동의 부담을 줄여야 한다. 위장운동은 산소를 필요로 하기 때문에 산소 부족으로 고산 증상이 올 수도 있다. 고산으로 갈수록 비등점이 낮아져서 음식의 조리가 힘들다.

그래서 음식 맛도 떨어지고, 입맛도 떨어진다. 그래도 꾸역꾸역 먹는 것이 최고다.

▲ 물 : 충분히 마셔라!

하루에 2L정도는 마셔야 한다. 고산 지역은 습도가 적고 자외선이 강해 수분이 빨리 빠져나간다. 수분이 부족해지면 신진대사가 느려지고 원활한 산소 공급이 이루어지지 않는다. 한 번에 많이 마시지 말고 갈증이 생기지 않도록 미리, 자주 마셔야 한다.

▲ 술과 담배

술은 곧 고산병!이라고 생각하라. 묻지도 말고 따지지도 마라! 담배 또한 고산병과는 절친 사이다.

⑤ 잠

잠은 6~8시간 정도. 수면 중에는 깊은 호흡을 할 수 없다. 그래서 몸 안으로 들어오는 산소량이 줄어든다. 특히 고산병은 산행 시작 후 10~13시간 사이에 잘 온다. 그래서 저녁에 조금 늦게 자고 아침에 일찍 일어나는 것이 좋다.

⑥ 체온

▲ 트레킹 장비를 잘 챙긴다.

침낭, 윈드자켓, 우모복 등 장비를 충실하게 준비하라. 고산 지대는 날씨가 급변한다. 체온이 떨어지면 고산병도 함께 온다. 심하면 저체온증(본인이 체온이 떨어지고 있다는 사실을 인지 못 하는 경우가 대부분이다)으로 목숨이 위태로울 수도 있다.

▲ 감기 조심! 몸을 따뜻하게 한다.

고소에서는 감기에 한 번 걸리면 회복이 더디고 고산병으로 이어지기가 쉽다. 체온이 떨어지면 쉽게 지칠 뿐만 아니라 오한, 몸살로 고생하게 된다. 특히 수면을 취할 때 몸을 따뜻하게 해줘야 한다. 트레킹 도중 휴식을 취할 때는 꼭 보온에 신경 쓸 것!

⑦ 체력 배분

기본적으로 무리하지 않아야 한다. 오버페이스가 되지 않도록 느긋한 마음으로 트레킹을 즐기라. 트레킹은 순위 경쟁이 아니라는 걸 명심하라. 똑같은 돈쓰면서 제대로 보고 느끼지 못하고 빨리 지나간다면 바보 같은 짓이다.

⑧ 오를 것인가, 포기할 것인가

트레킹 중에 심각한 문제가 발생할 경우 어떻게 할까? 자신의 판단에 의한 고집보다는 가이드의 의견을 존중해 줘라. 가이드의 경험이 빛을 발할 것이다. 고산병이 왔다면 계속 갈 것인가? 속도는 어떻게 할까? 휴식을 취할 것인가? 하산할 것인가? 등등 특히 고산을 오를수록, 고산병 증상이 있을수록 판단력은 떨어지게 된다. 자칫 오판으로 고집 부리다가 드물기는 하지만 생명을 잃을 수도 있다는 것을 명심하라!

⑨ 기타 주의 사항

트레킹 중의 주의 사항은 내용이 중복되긴 하지만 참고로 몇 가지를 말하자면 다음과 같다.
- 절대로 천천히 걸어라
- 무리가 된다 싶으면 무조건 쉬어라.
- 좁기오나 야크의 앞에 서지 말라! 그놈들은 본능적으로 떠받는 데 익숙하다.

- 자연수는 절대 마시지 마라. 설사가 나면 큰일이다.
- 가능하면 가이드나 셀파의 말에 따라라. 가이드가 수준 이하라면 별개겠지만, 그들은 일정한 시험을 거친 자격 있는 가이드들이다. 그들의 경험이 목숨을 살릴 수도 있다.
- 동물을 놀라게 하지 말라. 이곳에서 가장 쉽게 마주치는 동물은 조류들이다. 딱새, 꼬리치레, 바위종달새, 단페, 마못, 까마귀, 독수리 등이고, 운이 좋다면 사향노루 등을 볼 수 있다. 이곳 대부분의 동물들은 인간과 교감을 하듯 경계하지 않는 편이다. 그들이 놀라지 않도록 하지 않는 것이 예의다.

2) 대인 관계

① **스텝들과 친해지기** : 현지에서 한국인들에 대한 인식은 그리 좋은 편이 아니다. 서양이나 일본인에 비해 다소 거칠고, 따지기 좋아하고, 위압적이고, 막무가내라는 것이다. 스텝과 친해지려면 이름을 빨리 외우는 것이 좋다. 그리고 밝은 표정으로 대해 준다면 쉽게 친해질 것이다. 약간의 영어와 네팔어를 쓰는 것도 좋은 방법.

② **동료와 협력하기**

홀로 트레킹을 할 수도 있지만 전문가가 아니라면 필연적으로 동행을 하게 된다. 서로가 서로를 존중해 주지 않으면 유익한 트레킹을 할 수 없다. 가능하면 서로 잘 아는 사람끼리 가도록 하고, 그렇지 않다면 서로 문제가 되지 않도록 노력해야 한다.

▲ **멤버 구성**

△ 단독으로 출발하면 여행사나 기타 단체에 속해서 가는 게 편하다.

△ 잘 아는 사람과 짝을 이루거나 팀을 이루는 것을 권장하고 싶다. 특히 부부나 가족이 함께 한다면 평생의 좋은 추억이 될 것이다. 방은 2인 1실이 원칙이므로 부부나 잘 아는 지인이면 좋다. 개별적으로 독방을 쓰려면 추가 비용을 지불하면 된다.

△ 가능하면 단일팀이 좋다. 여러 팀이 함께 하다 보면 서로간의 갈등이 생길 수도 있다.

△ 아주 초보적인 영어회화는 필요하다. 가이드가 한국어에 능통할 수도 있지만, 영어만 할 줄 아는 경우도 있다. 영어, 프랑스어, 독일어, 스페인어, 북유럽어, 일본어 등을 할 줄 안다면 더욱더 즐거운 트레킹이 될 것이다. 트레커 대부분이 그런 국가들에서 오기 때문에 즐거운 대화가 가능하다.

③ 가이드 정보

네팔의 히말라야 가이드는 일정한 자격시험을 거친 자격자가 가이드를 맡는다. 그리고 기본적으로 심성이 곱다. 하지만 개별적으로 접촉하다 보면 수준 이하의 가이드를 만나 고생하는 경우가 종종 있다. 특히 주의할 것은,

술을 즐기는 가이드 – 트레킹 내내 술 때문에 고생한다. 이런 가이드는 절대 사절

의무감 없는 가이드 – 가이드가 어느 순간부터 태업을 하거나 아예 사라져 버리는 경우도 있다.

그 외에도 문제 있는 가이드가 있지만 그것은 일부에 불과하고, 또 한편의 원인 제공은 본인이 한다는 걸 명심하라. 결과적으로 여행사를 통하는 것이 무난하다.

④ 현지인과 소통하기

현지인과의 소통은, 장사하는 사람과는 영어로 소통하면 된다. 하지만 일반인과의 소통은 가이드를 통해야만 한다. 그들은 네팔어말고는 다른 언어를 사용하지 못한다. 기본적인 것은 바디 랭귀지로 통하면 되지만 간단한 네팔어 몇 마디를 배워서 간다면 더욱 좋을 것이다. 아니면 기본 회화 몇 개라도 메모를 해서 써보면 좋을 것이다.

3) 기타

① 롯지 상황

▲ 여행사를 통한다면 별 문제가 되지 않는다.

▲ 개별적으로 떠난다면 롯지 상황에 신경을 바짝 써야 한다.

　※ 가능하면 피해야 할 곳

　-탱보체, 로부제는 시설 수준이 떨어진다.

　-딩보체, 투글라는 시즌이 아닐 경우 영업을 하지 않는 경우가 있다.

▲ 시설 수준

　-가격 별로 난방, 화장실과 샤워장이 갖춰진 룸이 있는 반면, 공동 화장실에 샤워 시설이 아예 없는 롯지도 있다. 남체를 지나가게 되면 대부분 공동 화장실이고 샤워 시설이 없다.

　-고도가 올라갈수록 물가가 비싸진다. 물 값, 배터리 충전비, 샤워비(남체까지)… 등. 특히 전기 사정 때문에 배터리 충전이 어려울 경우도 있으므로 주의해야 한다.

② 짐 꾸리기

트레킹을 하려면 많은 짐이 필요해진다. 하지만 가능한 한 짐 무게를 체크하며 짐을 꾸려야 한다. 부득이하게 무게를 초과한다면 오버차지를 물면 되지만, 짐이 많으면 항상 문제를 동반한다. 참고로 한국에서 네팔로 나갈 때는 20kg(이코노미 기준)을 허용하지만, 네팔 국내선을 타려면 15kg 이하만 허용한다. 무게가 초과되면 절차가 복잡하다. 그로 인한 출발 지연은 각오해야 한다.

▲ **카고백** : 카고백에는 트레킹 도중 수시로 필요로 하는 것 외의 물품을 넣는다. 실제 항공 탑승 시 계량을 하는 것은 카고백이다. 무게가 초과된다면 무거운 것은 개인용 배낭에 넣고, 그 대신 부피가 크고 가벼운 것을 카고백에 넣어 무게를 맞추는 것도 한 방법이다. 하지만 이것도 어느 정도라야 가능하다. 주의할 것은 자물쇠를 꼭 채우도록 해야 한다. 카고백은 포터나 좁키오 같은 동물을 이용하여 운반을 하기 때문에 아주 드물게 분실 사고가 일어나기도 한다. 예를 들자면 우리에게는 일반 등산 자켓에 불과하지만 그들에게는 1년을 꼬박 벌어야 겨우 살 수 있는 물건이다. 그런 귀중품(?)이 가득 든 카고백이라면 사람에 따라서는 욕심이 날 수도 있다. 그리고 좁키오는 짐을 나르되, 짐을 다루는 것은 짐승처럼(?) 다룬다. 길을 가다가 더러는 나무나 바위에 부딪치면서 가기도 한다. 열쇠를 단단히 채우고 벨트를 단단히 매지 않으면 가방이 터져 버릴 수도 있다는 걸 명심하라.

▲ **개인 배낭** : 트레킹 도중에 필요한 것을 넣는다. 물통, 수건, 비상식량, 바람막이 옷, 비옷, 등

▲ **짐 크기 측정**

수화물 위탁의 기본 허용량은 다음과 같다. 기본 허용량을 초과할 때는 별도의 요금이 부과되며, 기내에 가지고 들어갈 수 있는 휴대 수화물은 3면의 합계가 115cm이하인 수화물 1개로 제한된다. 참고로 기내에서 소지할 수 있는 짐과 부칠 수 있는 짐의 무게 및 크기에 관한 규정은 국가나 항공사마다 다르다. 우리의 경우는

△ 1등석(First Class)

　미국 캐나다 : 무게 40kg 이내, 크기 3면의 합이 158cm 이내의 수화
물 1개

　기타 지역 : 무게 40kg 이내

△ 프레스티지(Prestige Class) 및 비즈니스 클래스(Business Class)

　무게 30kg 이내, 크기 3면의 합이 158cm 이내의 수화물 1개

　기타 지역 : 무게 30kg 이내

△ 2등석(Economy Class) : 실제 트레킹에 주로 사용

　무게 20kg 이내, 크기 3면의 합이 158cm 이내의 수화물 1개

　기타 지역 : 무게 20kg 이내

▲ 짐의 부피에 너무 민감할 필요는 없다. 현지에 가면 작은 배낭 하나만 달
랑 메고 다니면 된다. 큰 카고백은 포터나 좁키오가 대신 운반해 준다.

▲ 짐 무게는 항상 신경 써라. 국내는 20kg 정도의 카고백은 허용하지
만, 네팔에선 15kg밖에 허용하지 않는다.

초과분을 처리하는 방법

1) 우선 계량대를 통과할 때는 카고백 무게만 재기 때문에, 무거운 것은
직접 매고 가는 배낭에 넣어 카고백 무게를 줄이는 방법.

2) 카트만두에 가서는 트레킹 기간 중에 굳이 필요한 것이 아니라면 호텔
에 맡기고 귀국할 때 찾아오면 된다.

▲ 공항에서 라이터, 칼, 기타 인화물질, 폭발물은 개인용 배낭에 휴대하
지 마라. 네팔 현지에선 검색대에 서면 '노 라이터, 노 나이프'라고 말
해 줘라! 인상이 좋으면 그냥 통과시키기도 한다.

△ 인천공항 가기

http://www.airport.kr 참고

경인지역 리무진과 기타 지역에서 인천공항 가는 버스 편 안내.

③ 선물 준비
▲스텝들에게 선물을 주고 싶다면
　빨간 고무장갑(주방 팀과 동행할 경우), 거기다가 안에 낄 수 있는 면
　장갑까지 주면 금상첨화
　슬리퍼, 새것도 좋고 신고 돌아올 때 주어도 좋다.
　사이즈가 맞다면 등산화
　기타 등산용품
※ 우리가 쓰던 물품을 주기가 참으로 마음이 편치 않다. 하지만 그들은
　그렇게 생각하지 않는다. 예를 들면 트레킹을 하면서 그 날 신은 양말
　을 쓰레기통에 버린다면 그들은 기겁을 할 것이다. 귀찮더라도 비닐
　봉지에 차곡차곡 넣어두었다가 하산해서 세탁해서 주면 좋은 선물이
　된다. (물론 10년이 지나고 20년이 지나도 그들의 생각이 지금처럼 이
　럴 거라고는 생각하지 않는다.)

▲ 기타 선물
　어린아이에게는 연필이나 볼펜도 좋은 선물이다.
　사진을 찍게 포즈를 취해 준다면 하나씩 나눠 줘라. 세상은 '기브 앤
　테이크' 다.
　그리고 문방용품도 좋다. 커터, 지우개 등등
※ 선물은 선택사항이다. 꼭 주어야 한다는 관례도 없고, 그들이 특별히
　바라지도 않는다. 하지만 막상 그들을 만나다 보면 뭐라도 주고 싶은
　생각이 들곤 한다.

3. 트레킹 기간 중 팁

▲ 시작부터 숨이 찬다고 남은 일정을 걱정하지 마라. 몸은 계속 적응하고 있다.

▲ 트레킹은 가능하면 일찍 시작해서 일찍 끝내라(일찍 끝내라는 것은 빨리 가라는 뜻이 아니다). 고산병 예방도 되고, 해가 빨리 지기 때문에 늦을 경우 문제가 되기도 하기 때문이다.

▲ 무조건 천천히 걸어라. 세계에서 가장 빠르게 트레킹하는 나라는 대한민국이다. 같은 코스임에도 불구하고 대한민국은 15일, 그 외의 나라는 우리보다 기간이 길어 최고 22일 동안 트레킹을 한다. 하지만 상대적으로 짧은 15일이라도 천천히만 걸으면 트레킹 상의 문제는 없다.

▲ 식사 -한국음식에 정통한 요리사와 동행하라. 그러면 트레킹의 반은 이미 성공한 것이다. 무조건 잘 먹어야 고산을 잘 견딘다. 아무리 먹어도 하산한 후 3~10kg의 다이어트를 경험할 것이다.

▲ 호흡법 -깊이 들이쉬고, 빨리 뱉어라. 호흡이 가쁘면 얕은 호흡을 할 수밖에 없고, 그러다 보면 산소 공급이 어려워 고산병이 온다. 그래서 호흡이 가빠지면 무조건 쉬어야 한다.

▲ 고산병이 오기 전에 미리 약을 먹어 둬라.

▲ 루크라에 도착하면 고산 적응에 주력하라. 가벼운 고산 증상을 느낄 수 있으나, 이것은 고산병이라기보다는 대부분 일시적인 부적응 정도니까 너무 과민 반응할 필요는 없다.

▲ 술은 하산 시까지 마시지 마라.

▲ 담배는 삼가라. 건강도 건강이지만 고산에 올라가면 불이 잘 붙지 않아 담배 피우는 것도 쉽지 않다. 공기 오염은 한국에서 저지른 것만으로도 충분하다.

▲ 샤워는 팍딩까지만 하고 그 위부터는 가능하면 하지 마라.

▲ 평지에서도 가능하면 천천히 움직여라. 그래야 고산 증상으로 고통 받지 않는다.

▲ 남체를 오르는 오르막은 천천히 올라라. 초반이라 체력이 좋다고 속도를 내면 밤새 앓아야 될지도 모른다. 고산병은 남체부터 나타나는 것이 일반적이다.

▲ 다소 힘든 코스는 조르살레~남체, 풍기텡가~텡보체, 페리체패스, 그리고 마지막 칼라파트라 봉이다. 극복하는 방법은 단 한 가지, 무조건 천천히 가라.

▲ 좁키오나 야크가 오면 일단 비켜서라. 순한 동물이지만 순하다고 성질이 아예 없는 건 아닐 것이다. 그리고 그때마다 휴식을 가져라. 호흡 조절에 좋은 기회가 될 것이다. 이들이 결코 성가신 동물이 아니라 고산 적응에 꼭 필요한 동물이라는 사실을 곧 알게 될 것이다.

▲ 남체 고층 롯지에 숙박할 때는 계단을 오를 때 조심하라. 무조건 천천히 오르지 않으면 고산 증상을 경험하게 될 것이다.

▲ 남체에선 티베트에서 넘어오는 물건을 선별해서 사라. 물건 값이 카트만두보다 싸다.

▲ 네팔은 오로지 좌측통행이다. 차량 통행, 초르텐, 마니스톤, 마니차.

▲ 정부 소유나 사원 소유의 롯지는 가급적 피하라. 텡보체, 로부제 등. 대부분 보수가 되지 않아 지저분하고 불편하다.

▲ 출발할 때는 선크림을 듬뿍 발라라. 게이샤처럼 화장(?)을 해라! 그리고 입술 연고도 빠뜨리지 말고 발라야 한다. 안 바르면 귀국할 때 배우자도 못 알아본다.

▲ 아무리 얌전하게 있어도 야크와 좁키오의 뿔은 절대로 손대지 마라. 뿔낸다.

▲ 숨을 몰아쉬는 것을 부끄러워하지 마라. 그것은 제대로 트레킹을 하

고 있다는 것이다.

▲ 트레킹 중 숨고르기하는 날(남체, 페리체, 딩보체)을 잘 활용하라. 휴식을 취할 것인가, 아니면 고산 적응을 하고 귀환할 것인가를 잘 선택하라. 단, 에베레스트뷰 호텔은 가능하면 가보라고 권장하고 싶다. 안보면 두고두고 후회할지도 모른다. 그리고 남체로 하산 길에 쿰중에 들르거나 주변의 초르텐 또는 암벽화를 둘러보는 것도 좋다.

▲ 대형 초르텐이 있는 곳은 대부분 뷰포인트가 된다. 초르텐을 만나거든 풍광을 즐겨라.

▲ 풍기텡가에서 충분히 휴식을 취해라. 그래야 텡보체 사원을 오르는 일이 무난할 것이다.

▲ 모든 것은 가이드와 소통하라. 그리고 카스트 제도가 존재한다는 것을 잊지 마라.

▲ 현지 아이들에게 사탕과 같은 단것을 주지 마라. 아이들은 양치질을 하지 않기 때문에 충치가 생긴다. 그래서 시간이 지나면 치통으로 고통 받을 것이다.

▲ 엄마와 함께 있는 아이의 사진을 찍을 때는 엄마의 동의를 구하라. 최소한의 예의가 필요하다.

▲ 내리막에서는 올라오는 사람을 위해 먼지가 나지 않도록 하라.

▲ 잠을 잘 때 숨이 차면 모로 누워서 자라. 반듯하게 누우면 호흡이 어려워진다.

▲ 아침이면 밤새 껴안고 잤던 물통의 물로 양치질을 하고, 여유가 있으면 얼굴만 닦아라. 머리를 감으면 고산병 위험이 크므로 신중하게 판단하라.

▲ 계절별로 통제되는 코스를 알고 가라. 예) 촐라패스는 겨울철에 주로 통행을 금지시킨다.

▲ 비수기에 간다면 휴업 중인 롯지를 알고 가야 한다. 두클라, 딩보체 등

은 비수기에 휴업할 가능성이 있다.

▲ 가능하면 고산병 치료 시설이 있는 곳에서 숙박하라. 디보체, 페리체 에는 가모우백과 고산병을 치료할 수 있는 병원과 시설이 있다.

▲ 젊을수록 고산병이 잘 오는 경향이 있다. 젊다는 것만으로 너무 빨리 산을 오르려 한다.

▲ 고도가 올라갈수록 체온 보존에 신경 써라! 예기치 않은 찬바람으로 한 방에 나가떨어질 수 있다.

▲ 트레킹 중에 동물을 만나거든 절대로 스트레스를 주지 마라.

▲ 페리체부터는 충분히 휴식을 하면서 올라가라. 숨고르기가 쉽지 않을 뿐더러 자칫 무리하면 고산 증상으로 고통 받을 수 있다.

▲ 새벽에 잠에서 깨어난다면 한 번쯤은 밤하늘을 봐라. 평생 다시 볼 수 없는 밤하늘을 보게 될 것이다. 초저녁보다는 새벽에 어둠이 짙어 별 들이 더욱더 아름답게 빛날 것이다. 그래서 새벽에 화장실에 가야 한 다고 투덜거릴 필요가 없다.

▲ 칼라파트라 봉은 가능하면(날씨가 맑다면) 오후에 오르라. 새벽에 오 르면 추위도 문제지만, 해가 떠오르기 시작하면 역광이 되어 사진 찍 기도 쉽지 않다.

▲ 칼라파트라 봉을 오를 때는 특히 보온에 신경을 써야 한다. 동작이 느 려서 체온이 오르지도 않고, 추위는 점점 심해진다.

▲ 고락셉에서는 가이드의 의견에 잘 따라야 한다. 일반적으로 고도가 높아지면 인지능력이 저하된다. 즉 판단력이 저하되어 무모한 행동을 할 수 있기 때문에, 고도가 높을수록 경험 많은 가이드의 의견을 존중 해 줘야 한다.

▲ 하산 때는 빠른 속도로 내려오기는 하지만, 호흡과 체력의 문제는 별 로 없으므로 풍광을 여유 있게 즐기며 내려와라.

4. 카트만두 둘러보기

☑ 관광지 설명

1) 더르바르 광장

  더르바르 광장은 네팔의 광장으로서 카트만두, 파탄, 박타푸르의 세 곳에 위치해 있다. 카트만두에 있는 더르바르 광장은 구왕궁이 있는 곳으로 시내 중심에 위치하고 있어 '네팔의 배꼽'으로도 불린다. 그곳에는 시바 신전을 비롯한 여러 개의 신전이 있고, 젊은이가 데이트를 즐기기도 하는 곳으로서 무척 붐빈다. 네팔의 전통과 종교와 현재의 삶을 한눈에 볼 수 있는 곳이다. 특히 인근에 살아 있는 여신 쿠마리가 살고 있는 쿠마리 사원이 있다.

2) 쿠마리 사원

  더르바르 인근에 세계에서 유일하게 현존하는 여신인 쿠마리가 살고 있는 사원이 있다. 쿠마리는 보통 5~6세에 선발되어 여신이 되었다가 초경이 시작되면 일반인으로 돌아온다. 사원에서는 사진촬영이 금지되어 있고, 하루에 한 번(오전 10시경)에 쿠마리를 알현할 수 있는데, 성금을 조금씩 내어야 한다.

3) 스와얌부와트(몽키 사원)

  네팔의 수도인 카트만두 서쪽 언덕에 있는 불교 사원이다. 주변에 원숭이들이 많이 살고 있어 몽키 사원이라고 불리기도 한다. 카트만두 시내에서 카트만두 중심과 가까우면서도 높은 언덕에 위치하고 있어서 카트만두 시내 전경을 가장 잘 볼 수 있는 곳이다.

4) 보우더나트 사원

세계 최대의 초르텐(인도에서는 스투파)이 있는 티베트 불교 사원이다. 지금도 불교도의 순례가 이어지는 곳으로, 네팔의 부다 자이얀티(Buddha Jayanti, 석가탄신일) 축제 때가 되면 세계 각국에서 순례자들이 모여든다. 초르텐의 구조 자체는 만다라의 형태를 띠고 있는데, 4층의 대좌는 땅, 반원형의 돔은 물, 사방을 응시하는 눈과 13층의 첨탑은 불, 그 위의 둥그런 우산 모양은 바람, 뾰족한 첨탑은 하늘로서, 우주를 구성하는 5가지 에너지를 상징하고 있다.

5) 파슈파티나트

카트만두 바그마티 강변에 위치한 힌두 사원이자 화장터. 이곳에서는 강 옆 화장대에서 시신을 태우는 모습을 볼 수도 있고 사진을 찍을 수도 있는데, 사진은 예의상 멀찌감치 찍어야 한다. 인생의 덧없음을 가슴으로 느끼는 곳이다.

5. 선물 등 물품 구입(에베레스트 트레킹 코스 중)

1) 물품 구입

(1) 시장 별

① 남체 바잘

△ 숄 –남체에서는 티베트에서 야크로 운반해온 물건들이 싸다. 나머지는 대부분 카트만두보다 비싸다. 그래서 대표적으로 싸게 살 수 있는 것은 야크 털로 짠 숄이다. 단, 숄을 사면 한 번 세탁

을 해야 한다. 그래야 잔털이 빠지고 염색이 배어나는 것을 막을 수 있다.

△ 지도 스카프 –쿰부 히말라야, 특히 에베레스트 지도가 그려진 스카프를 구입하여 선물로 준다면 좋을 것이다. 가격은 타밀 시장보다 비싸지만, 타밀 시장에는 안나푸르나 코스의 지도 스카프는 구하기 쉬우나 의외로 에베레스트 지도 스카프를 구하기는 쉽지 않다. 흠이 있다면 스카프의 크기가 조금 작다는 것.

※ 남체에서는 트레킹에 필요한 물품이 거의 다 준비되어 있다. 특이사항은 이따금씩 원정대가 하산하면서 고급 장비나 옷을 팔고 갈 경우가 있는데, 그 때문에 시장을 잘 살피면 고가의 장비를 저렴하게 살 수도 있다.

② 몬조

△ 그림 –몬조에서 작가가 직접 그린 그림을 감상하고 마음에 들고 가격이 맞으면 구입하는 것도 좋다. 단, 가격은 그리 싼 편은 아니다. 작가의 자존심이 걸린 가격이라서 그럴까?

③ 타밀 시장

△ 지도 –가능하면 출발 전에 타밀 시장에 들러서 사라. 주의할 점은 지질이 좋지 않아 부분적으로 찢어진 것도 있고, 접힌 부분이 거의 떨어질 지경인 지도도 많다. 잘 보고 상태가 양호한 것으로 구입하라.

△ 지도 스카프 –주로 안나푸르나 코스의 지도가 그려진 스카프를 판다.

△ 모직류 –모직 제품에 비해 가격이 싸다. 전통적으로 모직물의

질이 좋은 것으로 알려져 있다. 이곳에선 주로 실크로 짠 숄이 인기 있는 편이다.

△ 카펫 −카펫은 고가품이고 선별하기가 쉽지 않아 굳이 추천하고 싶지는 않지만, 카펫에 조예가 있는 마니아라면 대단한 물건들이 많으므로 잘 살피고 구입해도 좋을 것이다. 물론 가격도 비싸고 운반 항공료, 입국 시 신고 등의 번거로움을 감수해야 한다.

△ 만다라 −가는 곳마다 빠지지 않는 것이 만다라다. 너무 흔해서 하찮아 보일지 모르지만, 그래도 시각적으로나 담긴 의미로 볼 때 귀중한 물건임에 분명하다. 가격이 천차만별이므로 몇 군데 둘러보고 비교하여 사는 것이 필요하다.

△ 그림 −몬조, 타밀 시장, 나트얌 사원 등에서 그림을 살 수 있다. 마음에 드는 그림은 많은데 가격은 그리 싸지 않은 것 같다.

(2) 흥정 요령

네팔은 인도와 마찬가지로 구매자가 먼저 물건 값을 제시하면 불리해진다. 주인에게 팔 금액을 자꾸 되물어 봐라. 그래야 물건을 싸게 살 수 있다. 주인이 제시한 금액부터 가격 흥정에 들어가는 것이 싸게 사는 방법이다.

(3) 구입 시 주의해야 할 물품

식물, 동물 등 가공되지 않은 것은 국내 유입이 어렵다.

도검류 : 쿠구리 칼 등 도검류는 공항에서 압수당한다. 한국에 들어오더라도 도검류는 신고를 해야 한다.

2) 참고사항

(1) 국내 반입 금지 품목

국내 반입 금지 품목은 다음과 같다.

◇ 총기, 도급류(칼) 등의 위해 가능한 무기류

◇ 마약류, 향정신성 의약물

◇ 국가 헌법질서나 공공안녕, 미풍양속에 침해가 될 수 있는 물품

◇ 음란물

◇ 화폐 지폐 등의 위조품

◇ 동물, 육류, 채소, 과일 등은 검역을 거쳐야 한다.

◇ 멸종 위기의 야생동물

관련 기관 문의처

★ 관세청 : http://www. customs.go.kr 032-740-3100

★ 국립수의과학연구원 : http://www. nvrqs.go.kr 032-740-2660

★ 국립식물검역원 : http://www.npqs.go.kr 032-740-2074